edition hochfeld

Eine drückende Hitze liegt über dem See und seinen Ufern. Schielin und Funk fahren zu einem etwas abseits gelegenen Gehöft – eine Nachbarin hatte mitgeteilt, dass dort seit Tagen das Licht brenne und das Radio die Nacht durch zu hören sei. Die beiden finden ein verlassenes Haus vor. Von dem Ehepaar, das hier wohnt, fehlt jede Spur. Auch die Feuer, die fast jede Nacht in den Wäldern um Lindau zu sehen sind, machen Schielin Sorgen. Was steckt hinter dem ganzen Spuk?

Jakob Maria Soedher lebt in Augsburg und Lindau (Bodensee). Seine Kriminalromane erscheinen in der edition hochfeld (Augsburg), im Aufbau-Verlag (Berlin) und als Hörbuch bei radioropa. Er ist Mitglied der Autorenvereinigung *Das Syndikat*. Weitere Informationen auf der Autoren-Website unter: *www.soedher.de*

Schielins vierter Fall

Hexenstein

Kriminalroman

edition hochfeld

1. Auflage
Mai 2010
edition hochfeld, Augsburg

Umschlagkonzept und Gestaltung: edition hochfeld
Titelbild: Ullrich-Jürgen Schönlein; Altes Wehr an der Leiblach
Lektorat: Dr. Gotlind Blechschmidt, Augsburg
Satzherstellung: Amann, Aichstetten
Kartenillustration: Pete Monaghan für das
›Atelier am See‹, Lindau (Bodensee)
Gesamtherstellung: CPI Ebner & Spiegel, Ulm
Printed in Germany

ISBN: 978-3-9810268-3-2
www.edition-hochfeld.de

Kann auch eine Frau ihr Kindlein vergessen,
dass sie sich nicht erbarme über den Sohn ihres Leibes?
Und ob sie seiner vergäße,
so will ich doch deiner nicht vergessen.

Jesaja (49, 15)

Hexenstein ist ein Kriminalroman. Handlung und Personen sind frei erfunden. Etwaige Namensgleichheiten oder Ähnlichkeiten mit lebenden Personen oder Ereignissen sind rein zufällig und unbeabsichtigt.

Seeglut	9
Haussegen	21
Alte Bücher	71
Eseltouren	115
Tierherzen	143
Blutkreuze	161
Kartenspiele	203
Unfallakt	239
Glückskind	267
Eseltier	297
Danksagung	302
Karte Bodensee	303
Karte Lindau	304

Seeglut

Lange hatte eine eisige Kälte Menschen und Land in hemmendem Griff gehalten. Mit großem Gleichmut war die Landschaft um den See unter dem überraschend kalten Biss des Winters erstarrt. Der See selbst wogte sanft und unbeeindruckt. Die Menschen waren während dieser Wochen und Monate einsilbiger geworden. Straßen und Gassen blieben ungewohnt still und einsam; selbst die Ankunft des Frühjahrs vermochte den eisigen Schauer zunächst nicht zu mildern. Erst nach einem kühlen Osterfest ließen sich wohligere Temperaturen fühlen.

Umso erstaunlicher war zu beobachten, mit welcher Kraft die Natur dem von der Kälte geschaffenen Grau, das behäbig und wie ein zehrender Tau über allem lag, ihre leuchtenden Farben entgegenreckte, und einige Wochen später der Winter ganz vergessen war, wie alle anderen vor ihm auch. Nur eine Ahnung war geblieben, eine verdrängte Erinnerung an das beißend Kalte, Kühle und Klamme, das irgendwann wiederkommen würde.

Das lebenssatte Grün eines späten Mai pochte aus Bäumen, Wiesen und Gärten. Die ersten Rosen verstrahlten süßen Duft und Farbe und der alte Gefährte See spiegelte ein so sorgloses Blau, als wollte er lächeln. Nie schien es anders gewesen zu sein.

Wie der eisige Winter selbst, so war auch der Jammer über die von ihm ausgegossene Kälte vergessen und nun stand das Klagen über die doch in dieser Heftigkeit unerwartete Hitze des Frühjahrs bevor. Tatsächlich hatten sich die Temperaturen innerhalb weniger Tage wie im Fieber gesteigert, sodass ein Stück Sommer schon jetzt vorweggenommen war. Ein beständiger, aber unaufdringlicher Wind flog von den Schweizer Bergen heran, gab dem Wasser Bewegung, milderte die Wärme und brachte spürbare Frische in die Cafés an den Uferpromenaden.

Mit der neuen Jahreszeit war auch das befreite Leben am See zurückgekehrt. Vor den Ampeln warteten nun lange Fahrzeugschlangen, in den Gassen hallten die Geräusche von Ausgelassenheit wider und aus dem Blau des Sees stachen die weißen Segel der Boote hervor, wie Botschafter einer guten Zeit, und machten dem, der es zuließ, den Blick wie auch den Geist weit.

Wie alle anderen Orte am See, so füllte auch Lindau seine reichen Reservoire mit Gästen, die nun von allen Seiten in die Stadt drangen. Der Campingplatz am Zecher Hafen war bereits gefüllt, was zu sehen und zu hören war, und in den Gärten ringsherum wurde an den erträumten Paradiesen gestaltet. Auf der gegenüberliegenden Seite des Wassers, wo hinter Leuchtturm und Löwe der Lindauer Hafen lag, blieb kein Tisch unbesetzt. Löwe und Leuchtturm vermittelten Sicherheit, wie auch das dumpfe Tuten der Bodenseedampfer und das gedämpfte Grollen der Dieselloks, das sich vom Bahnhof her über die Insel ausbreitete. Eine Brise, frisch und unermüdlich, lief über den See und brachte einen letzten Hauch Leichtigkeit mit sich.

Dann kam die Nacht.

*

Mit Ankunft der Dämmerung ließ auch der Wind nach, ohne jedoch völlig zu verebben. Die aufgeregte Geräuschkulisse der ersten Reisewelle schwoll ab und die Klänge und Laute der Natur wurden hörbarer. Als bald darauf die ersten Lichter aus dem Dunkel drangen und die Nacht den See eroberte, zog eine frische Brise über das Wasser. Von den schweizerischen Hügeln schimmerten Lichterketten herüber und die Scheinwerfer einsamer Fahrzeuge, die durch das Dunkel und über kehrenreiche Straßen des Appenzell fuhren, erschienen aus der Ferne wie orientierungslose Glühwürmchen.

Weit nach Mitternacht, als der Schlaf über das Land gekommen und beinahe alles künstliche Licht rund um das Wasser erloschen war, als über allem nur die Sterne funkelten und ein halber Mond, zu dieser Zeit schlug das grelle Licht einer blanken Glühbirne aus den Fenstern eines Hauses, dessen großzügiges Abmaß im Widerschein des fahlen Lichtes erkennbar wurde. Bald darauf erlosch der unnatürliche Schein und eine Gestalt erschien in der Haustüre, zog sie leise zu und trabte mit müden Schritten zunächst in Richtung des Krankenhauses. In den Häusern und Gehöften von Hoyren war es ruhig.

Die dunkle Kleidung ließ die sich langsam bewegende Gestalt im begrenzten nächtlichen Farbraum verschwinden. Nur der Straßenbelag war hell genug, dass die langsam fortschreitende Figur als Schatten erkennbar wurde. Wenn es aber möglich war, nutzte der Gehende die Grasflächen neben dem Teerweg. Es war nicht erforderlich mehr von diesem Menschen zu sehen, als die Haltung seines Körpers und die Art seines Ganges, um zu verstehen, dass der Grund des nächtlichen Ausfluges nicht der Befriedigung eines Bewegungsdranges diente, oder einer skurrilen Freude an nächtlichen Wanderungen – alles an dieser Gestalt vermittelte einen Ausdruck von aggressivem Leid.

Er musste den Weg kennen, denn kein einziges Mal kam es zu einem Zögern, einem Innehalten, um Orientierung zu finden. Er hatte dem See den Rücken zugewandt, nahm keinen Blick zurück, hatte keine Augen für das nächtliche

Schauspiel, das sich vollzog, wenn der Wind, einem unsichtbaren Kulissenschieber gleich, eine Wolkenlücke vor dem Mond sich öffnen ließ, dass dessen silberner Glanz aus der schwarzen, wie tot erscheinenden Fläche ein nächtliches Stück Wasser schlagen konnte. In diesen Augenblicken flirrte das stumme nächtliche Wasser, es vibrierte, tänzelte, warf Schatten und Licht ineinander, war irritierend schön, leuchtend, anziehend – ein kalter nächtlicher Sonnenaufgang. Und doch stand hinter dem fesselnden Schauspiel die Ahnung, es mit einer betrügerischen, verbotenen Lockung zu tun zu haben, einem uneinlösbaren Versprechen der Nacht, die doch niemals Tag sein konnte.

Hätte die Gestalt in jenem Moment zurückgeblickt, wäre ihr die düstere Verheißung des bedrohlich glänzenden Schlundes, den Mond und See zeichneten, deutlich geworden.

Seit geraumer Zeit ging Laurenz Brender den Weg von Hoyren aus in jeder Nacht. Eigentlich hatte er angesichts der Situation, der er sich ausgeliefert fühlte, andere Reaktionen seiner Seele, seines Körpers erwartet, als jene, die er erlebte. Er hatte etwas Spektakuläres erwartet. Nicht dieses banale Plagen, das ihn seit Wochen quälte.

Es hatte in verblüffender Schlichtheit begonnen. Eines Nachts war er aufgewacht. Ein Geräusch. Es war ein Geräusch, das seinen Schlaf beendete. Er hatte auf die Uhr gesehen – drei Uhr – und gelauscht. Er hatte in die Ferne gelauscht, in das Dunkel des Raumes und über dessen Grenzen hinaus. So hatte er erwartungsvoll gelegen, noch halb im wohligen Taumel des Erwachens. Dieses Geräusch, ein dumpfes Brummen, war nicht von draußen gekommen. Es saß in seinem Ohr. Beständig. Fremd, dunkel surrend, ab und an knarrend, wie aus einer anderen Welt und es war doch sein Eigen.

Von jener Nacht an war es immer für ihn da. Es nahm ihm die Stille, den Schlaf, die Kraft, die aus einem tiefen Schlaf entsprang, und es war pünktlich. Drei Uhr. Jede Nacht. Er konnte diesem Schaudern seiner Seele nicht entfliehen, nahm es mit, wohin er auch fuhr, ging oder flog. Selbst mit einem Jetlag kam jenes Geräusch besser zurecht, besser als sein Körper. Irgendwann, als er von Schlafmitteln und esoterischem Zauber genug hatte, entwickelte er einen eigenen Plan. Er stellte seinen Wecker auf zwei Uhr dreißig, stand auf und ging mit seinem Geräusch auf Wanderschaft, zeigte ihm die Schönheiten der Nacht und entdeckte in deren Schutz sein eigenes Dunkel. Es war, als wollte ihn das Brummen in seinem Ohr dazu zwingen.

Zunächst aber war es eine Enttäuschung über das Ausbleiben des großen Zusammenbruchs, der ihm doch zugestanden hätte, genau wie der große Erfolg. Das Ausbleiben des Spektakels enttäuschte ihn. Hatte er nicht mehr verdient? Strafe, eine große Strafe? Spektakuläres – das war es, worauf er sein Leben ausgerichtet hatte.

Lindau war ihm und seinen großen Ideen immer zu klein erschienen. Erst war er in München gewesen, dann in London, schließlich in Hongkong, New York und zuletzt in Schanghai. Orte, an denen das Leben schneller war und länger erschien – nun gut, München? Er schloss kurz die Augen, machte einen Schritt ins Unbekannte. Intensiver war das Leben an diesen Orten, sagten und schrieben andere, solange jedenfalls, wie der Treibstoff der Intensität – das Geld – ausreichte, der zügellosen Geschwindigkeit die erforderliche Energie zu liefern. Als er alles verloren hatte, als alles unwiederbringlich verloren war, ahnte er, dass sein Tun nicht der kreativen Kraft seiner Gedanken entsprungen, sondern lediglich eine Kopie anderer Leben war. Er brachte nichts Eigenes zuwege und sein Geist war viel zu klein, um in der Welt schneller Intensität bestehen zu können.

Diese ihm so klein erscheinende Welt am Bodensee hatte ihm viel mitgegeben – und nun war alles verloren. Alles.

Anika hatte ihn schon vor einem Jahr verlassen, gleich als die Kreditkarte nicht mehr die Versprechungen ihres Namens und ihrer Farbe hielt. Danach hatte er sich von den Autos getrennt, dann von den Uhren, dem Schmuck, den Anika in der Wohnung nicht gefunden hatte bei ihrem eiligen Aufbruch ohne Worte, ohne Abschied. Sie war gegangen, so wie der Dieb in der Nacht kam. Die Wohnungen waren schnell und weit unter Preis verkauft worden. Zu viele seien am Markt, hatten die Makler schulterzuckend erklärt. Die *Kunst*, die er wie im Rausch erworben hatte – man machte das so in jenen Cliquen –, auch diese *Kunst* verrottete nun auf unbekannten Müllbergen. Als die Werte sogenannter Wertpapiere weltweit fielen, wurden die eigentlichen Schätze wieder sichtbar, tauchten aus einer im Brei der Eitelkeiten versunkenen Welt wieder auf. Das war Beständigkeit. Er hingegen hatte keine Kunstwerke erworben, sondern viel Geld für den Glauben daran ausgegeben welche zu besitzen. Die zusammengeschmiedeten Eisenteile vom Londoner Shootingstar mit Lederstücken beklebt, waren nun genauso viel wert, wie der Markt es bestimmte – reiner Materialwert. Er gehörte zu jenen Jüngern, die der Meinung waren mit der Anhäufung von Schulden zu Reichtum zu gelangen, hatte sich als Vertreter von etwas Neuem, Schnellerem, Einfacherem und zugleich Größerem gesehen – und nun tat ihm der Blick auf die alten Ölgemälde im Haus weh, die ihm Beständigkeit täglich vor Augen führten; die Landschaften, die Stillleben, die Portraits der Großväter und

Großmütter. Auch die Bücher und Folianten in der Bibliothek, die nicht mehr genutzt wurden und die er niemals nutzen würde. Laurenz Brenders Leiden lag daran, dass sich ihm der Wert von Dingen allein durch Zahlen erschloss, hinter denen ein Währungszeichen stand.

Nun war er wieder hier in seiner kleinen Stadt und alles war schwerer als zuvor. Das Grab seines Vaters fiel ihm ein, wenn der Oberrengersweiler Weg ihn in die tiefe Schwärze vor dem Waldstück führte. Vom Schönbühl her störten die Scheinwerfer eines einsamen Fahrzeugs das Dunkel rundherum und seine Gedanken. Das gedämpfte Brummen des Motors hatte etwas Besänftigendes durch die Nacht getragen. Vielleicht lag es am Fahrer. Er selbst war nie so gefahren.

Lange erst nach seiner Rückkehr hatte er das Grab seines Vaters besucht. Zuvor, in schweißerfüllten Träumen, hatte er vor ihm gestanden, hatte diese herrische Haltung, den tadelnden Blick gespürt und vor einer Prozession Verwandter Buße getan.

Vor dem Grab aber hatte ihn Zorn darüber befallen, dass dieser riesenhafte Mann seine Macht noch über den Tod hinaus bewahrte. Laut und zynisch hatte er zur Inschrift des Steins gesprochen. »Schade, dass du das nicht mehr erleben kannst. Schade, Papa.« Danach hatte er sich umgesehen, ob es jemand gehört haben konnte.

Laurenz Brender wäre eigentlich finanziell gut ausgestattet gewesen. Die Grundstücke und Wohnungen, die er schon erhalten hatte, waren jedoch alle im dunklen Loch einer Krise verschwunden, denen findige Geister den Namen *Finanzkrise* gegeben hatten. Ein genialer Coup, denn damit blieb aller üble Geruch in jener Finanzwelt haften und eine selbstgefällige Gesellschaft durfte sich erregen.

Mit dem Rest Geld, der ihm verblieben war, konnte er existieren, aber bald waren Zahlungen fällig, die er nicht würde bedienen können. Zwei Monate hatte er noch Zeit. Still, fast verborgen, lebte er wieder im Elternhaus. Ein herrliches Anwesen mit großem Garten, alten Rosenbüschen und Blick auf den See und die Berge darüber.

Zahlen. Zahlen konnte er nur, wenn er das Haus verkaufte. Er war das einzige Kind und würde also erben. So lautete das Gesetz. Seine Mutter lag krank droben im Zimmer des ersten Stocks und sah den ganzen Tag zum See hinunter, hinüber zu den Appenzeller Hügelzügen und den spektakulären Gipfeln dahinter. Wenn er ihr Zimmer betrat, bekam er die immergleichen Sätze zu hören. So, wie sie seit Jahrzehnten bei Tisch, zu Familienfeiern oder anderen Gelegenheiten schon gesprochen worden waren. Immer gleich, nie etwas anderes. Was jedoch neu war und er kaum hörte, war nur der Hauch von ergebener Wehmut, der mitklang. »Der Säntis, ein so stolzer Gipfel, wie ein Fingerzeig zu Gott«, oder »Die Segelboote, sieh nur, die Segelboote. Wie war das schön, als wir noch segeln gegangen sind, der Vati und wir, nicht wahr.« Und dann, wenn er mit einem Bankerlächeln zustimmte, klagte sie: »Ach, wenn ich nur endlich sterben könnte.«

Und er wusste das Gefühl nicht zu deuten, das ihn befiel, wenn er dachte: »Ja, wenn du nur endlich sterben würdest!« War es Scham? Oder steckte mehr hinter diesem Gedanken, der ihn eine tiefe Furcht erkennenen ließ und den er nur oberflächlich besah, nicht in das Dunkel dahinter blicken wollte.

In zwei Monaten würden die Zahlungen fällig.

Laurenz Brenders Mutter hatte noch zwei Monate, um zu sterben.

Rechts, in Schwärze getaucht, der Golfplatz, er lag brach. An der Abzweigung nach Heimesreutin ging er geradewegs auf die finstere Wand des Waldes zu.

Zwei Monate waren eine lange Zeit. In zwei Monaten konnte viel passieren.

Ein stechender Geruch riss ihn aus seinen Gedanken – beißend, rauchig. Er musste von einem Feuer stammen.

Vor dem Waldstück, in dem es modrig und säuerlich roch, lag das frische Gras einer offenen Weide. Die Grasspitzen waren von feinem Tau belegt und die frische Nachtluft eines späten Frühjahrs wehte lau. Im Wald war der Dunst, dem er folgte, ein wenig dumpfer geworden. Er spürte zwischen den Stämmen keinen Wind mehr, doch über ihm schwangen die Wipfel der Bäume sanft um die Lichtspitzen der Sterne, die sich ab und an zeigten. Er schloss die Augen und sog die Luft tief durch die Nase ein. Etwas Unbestimmtes, etwas Tierisches erwachte in ihm. Er verließ den Weg, tastete durch die Stämme, dem Geruch folgend, bis ein rötlicher Schein durch die Schattenarmee des Waldes schlug. Feuer. Es war ein Feuer. Sein Herz schlug so, dass es merkbar war.

War sein Körper bisher gekrümmt gewesen, weil er eine Last zu tragen meinte, so wandelte sich das Krümmen nun zu einem Ducken, weil er Lust verspürte, die alte, tief sitzende Lust des Jagens und des Lauerns. Er folgte weiter dem Schein. Hinter dem Stamm einer mächtigen Buche suchte er Schutz und sah auf einen freien Flecken, mitten im Wald, in dessen Mitte grobe Scheiter in einer Erdkuhle brannten. Die Glut knackte und knirschte im harzigen Holz.

Sein Gaumen wurde schlagartig trocken, die Ohren rauschten bis zum Schwindel und sein Herz schlug wild, denn aus der Entfernung sah er eine Gestalt, die nahe der Feuerstelle hockte. Was ihn fesselte, war der Gleichklang der Laute, die das Wesen von sich gab. Er klang fremd und doch vertraut. Jetzt, wo er hätte lauschen wollen, wurde ihm das Rascheln der Blätter bewusst. Er verstand nichts von den Worten, doch die Melodie der Sprache war düster, dunkel, beschwörend. Das war kein Lagerfeuer verliebter Jugendlicher. Er wollte mehr sehen, doch traute er sich nicht weiterzugehen. Sein altes Leiden – die Lust an der Jagd, aber zum Töten zu feige sein. Wirklich getraut hatte er sich nie etwas. Die Wagnisse, die er bewusst und mit Mut einging, betrafen nichts, was ihn existenziell berührte, waren nicht auf die Zukunft gerichtet, sondern auf das Jetzt.

Er kniff die Augen zusammen, als ein heller Feuerschein durch die Nacht fuhr. Das Wesen war aufgestanden und ging … nein, es schwang, drehte und tanzte um das Feuer. Mit langsamen Schritten, im Gleichklang des wohlig-gruseligen Textes, der in unverständlichen gutturalen Lauten über dem Geräusch des Feuers lag. Die Stimme war verstellt und die Eindrücke der Gestalt durch die Wirkungen von Licht und Schatten derart flackernd, dass er nicht wusste, ob er es mit einem Mann oder einer Frau zu tun hatte. Laurenz Brender meinte eine Mischung aus beidem vor sich zu haben. Das Feuer, der Rauch, der noch immer in seine Richtung zog, die beschwörenden Töne, der langsame Gang – alles erregte ihn und er überlegte, ob er nicht seinen geschützten Platz verlassen sollte. Wie in Trance folgte er dem Schatten. Gerade als er einen Schritt aus dem Schatten des Buchenstammes tun wollte, sah er, wie sich vorne am Feuer zwei Arme in die Höhe reckten. Die Hände hielten etwas. Mit einem Sprung und einem kehligen Schrei wurde dieses etwas auseinandergerissen. Laurenz Brender wurde schlecht. Er lehnte den Kopf an die Buche. Das Geräusch des Zerreißens war deutlich zu ihm herübergedrungen. Etwas Fleischiges, vielleicht Lebendiges war da zerrissen worden.

Langsam ließ er sich in die Hocke fallen, still lehnte er an der Buche und schluckte den Speichel, der sich schnell in seinem Mund angesammelt hatte.

Wie lange er im Schutz der Buche lehnte, wusste er nicht. Doch die Gestalt löschte das Feuer in der Kuhle mit Erde, die in lockeren Haufen um das Loch herumlag. Mit lauten Schritten, ohne einen Gedanken daran beobachtet oder verfolgt zu werden, ging der Schatten davon. In sicherem Abstand folgte Laurenz Brender, bis zu den ersten Häusern von Heimesreutin, wo er ihn aus den Augen verlor.

Haussegen

Schielin war zusammen mit Funk nach Wasserburg gefahren, der sich dort die aufgebrochene Tür an der Segelschule ansehen wollte. Auch eine der schmalen Seitenscheiben an der Nordseite war eingeschlagen. Der Aushängekasten war heil geblieben. Es war nichts gestohlen worden. Was blieb, waren der Ärger, der Schaden und die Aufregung, die es für die Betroffenen mit sich brachte. Da sich die Angelegenheit in kriminalistischer Hinsicht nicht problematisch darstellte und Schielins Unterstützung somit nicht erforderlich war, hatte dieser es sich an einem der Tische auf der Terrasse des Gästehauses gleich nebenan gemütlich gemacht. Von der leicht erhöhten Stelle blickte er über den Segelhafen und folgte mit den Augen den Booten, die vor der Halbinsel Wasserburg kreuzten. In seinem Rücken erhob sich der Zwiebelturm der Wasserburger Kirche. Es war Nachmittag, die Sonne stand hoch und eine leichte Brise machte das Dasein angenehm. Willig präsentierte man ihr die blanke Haut an Hals, Armen und Gesicht.

Drüben, am Ufersaum, brachen hölzerne Badeschuppen auf Holzpfählen und Bootshäuser die vom Grün der Bäume dominierte Uferlinie auf. Vor dem Horizont lagen die Lindauer Insel und dahinter der Pfänder, der von hier breit und mächtig erschien und dessen Funkmast sich wie ein mahnender Zeigefinger in den Himmel reckte.

Von nebenan hörte Schielin die beruhigend wirkende Stimme seines Kollegen, der letzte Formalitäten erledigte.

Schielins Blick galt im Moment einem Segelboot weit weg auf dem See. Es zog in gleichmäßigem Lauf Richtung Lindau dahin, als hinge es an einem unsichtbaren Seil. Mit einem Mal gewahrte Schielin, wie das Boot an Fahrt verlor, wie die Segel erschlafften und nach einem kurzen Zittern des Vorsegels in sich zusammensanken. Wenige Sekunden später spürte er, was er draußen schon verfolgt hatte. Das zarte Spiel des Windes um Haare, Kopf und Arme erlosch und aus dem Unsichtbaren walzte ein heißer Brodem heran. Schielin neigte den Kopf und lauschte mit halb geschlossenen Augen hinaus. Für einen Augenblick war es so, als hielte die Welt den Atem an, als erstürben mit dem Verlust des Windes jegliche Geräusche und jegliches Leben – in einem Grab aus drückend heißer Luft, die alles und alle umgab. Der Körper, der doch nur ruhend am Ufer saß, reagierte sofort und bildete in einem ersten Verteidigungsakt einen feinen Film auf der Haut. Schielin stand auf und sah sich nach Funk um. Mit dem Wind waren auch die Leichtigkeit verschwunden, die Unbeschwertheit und die Sorglosigkeit.

Als ob etwas geschehen wäre, in der friedlichen Welt am See.

Die Klimaanlage im Audi surrte und pfiff, als sie nach Lindau zurückfuhren, wo der Tag im schattigen Büro beendet werden sollte. Kurz vor den Stadtschildern verfolgten sie einen schmalen Dialog am Funk. Die Einsatzzentrale forderte eine Streife für Lindau an, doch war gerade keine verfügbar. Die einen meldeten eine Unfallbearbeitung am Berliner Ring, die sich aufgrund von Sprachproblemen schwierig gestaltete. Eine andere Besatzung hatte mit einem Betrunkenen zu tun, der unter unerschütterlicher Anwendung körperlicher Kraft gegen Sachen und Kollegen versuchte in seine Wohnung zu kommen, wie er behauptete, und sich durch nichts davon überzeugen ließ, dass er sich im falschen Haus befand. Eine Streife der Fahndung schleierte irgendwo bei Memmingen auf der A7 herum und die Ermittler waren gerade im Weißensberger Wald unterwegs. Schon wieder hatte ein Anrufer ein Feuer gemeldet, das in der Nacht zu sehen gewesen sein soll. Seit einiger Zeit ging das schon so mit diesen nächtlichen Feuerscheinen. Bisher war nichts geschehen, kein Brand, doch man musste der Sache nachgehen – Feuer war und blieb eine teuflische Sache. Soweit Schielin darüber wusste, hatte man bisher nichts finden können. Die Beschreibungen der Örtlichkeit waren zu vage.

Er erbarmte sich schließlich, griff den Funkhörer und übernahm den Auftrag, bei dem es sich eh nur um reine Routine handelte. Außerdem konnte man so Bonuspunkte bei den Trachtlern von gegenüber sammeln. Wie der Funksprecher kurz erklärte, hatte sich eine Frau gemeldet, die sich um ihre Nachbarn sorgte. Im Wesentlichen ging es darum dorthin zu fahren, Präsenz zu zeigen, ein ernstes Gesicht zu machen und für Beruhigung zu sorgen. Es war ja schön, dass es so etwas noch gab – dass Menschen einander nicht egal waren.

Als die Adresse durch den Lautsprecher schnarrte, sah Schielin kurz zu Funk, der durch ein stummes Nicken bestätigte zu wissen, wohin sie fahren mussten – ein Ort zwischen Hoyren und Heimesreutin. Funk nahm den Weg über Hoyren, bog in den Tobelweg ein und brachte sie in eine von buckligen Hügeln eng gemachte Landschaft, die man so nahe am Seeufer nicht erwartet hätte. Alles breitete sich auf tiefgrünem Boden aus, durchzogen von dunklen Waldflecken und Streuobstwiesen. Sanfte Kuppen lagen in Nachbarschaft von steilen Hügeln, und auf kurzen kantigen Anstiegen weideten Kühe, manchmal Schafe oder Ziegen. Dazwischen Häuser, alte Stadel, moderne Architektur – es war schön. Die Wege waren schmal und windeten sich in engen Kurven durch diesen romantischen Flecken Land.

Robert Funk fuhr langsam und kontrollierte die Hausnummern. Lange mussten sie nicht suchen, dann standen sie vor dem gesuchten Anwesen, dem vorletzten Haus in einer Reihe und am Ende eines Kopfweges. Es war ein zweistöckiges Gebäude, dessen Giebelseite mit Holz verkleidet war, wie viele der älteren Wohnhäuser hier. Die mattgrünen Fensterläden wirkten heimelig. Ein Holzzaun trennte das Anwesen von Weg und Nachbargrundstück ab. Das Holzgatter, das die Zufahrt zum Haus sperren sollte, stand offen. Funk bog scharf nach links ein und fuhr die wenigen Meter hinan, wo Besucher vom Garten in Empfang genommen wurden. Lilienbüsche warfen ihre orangen und gelben Farbpunkte in das Licht. Dazwischen standen die kunstvoll geflochtenen Stängelreste von Osterglocken und Narzissen. Links prahlten dichte, hohe Büsche, aus denen Spatzengezeter drang, und rechter Seite überzogen Staudenbeete die leicht schräge Fläche bis zur Hauswand. An dieser rankten Rosen bis zu den Fenstern des ersten Stocks.

»Sympathie«, sagte Funk.

»Wie?«, fragte Schielin.

»Sympathie«, wiederholte Funk und wies auf einen Rosenstock am Hauseck, der voller Knospen hing. Einige wenige Blüten leuchteten schon in munterstem Liebesrot. »So heißt die Rose und die da hinten heißt Sweet Juliet. Ist ein richtig kuscheliges Hexenhäuschen hier. Sehr gepflegt, schaut wirklich gut aus.«

Hinten am Haus, im Schatten eines ausladenden Ahorns, war die Garage zu sehen. Das Tor war geöffnet und gab den Blick auf das Auto frei. Hinter der Garage lag eine Wiese, die zum Nachbargrundstück hin anstieg. Einige Obstbäume und Büsche lockerten das Grundstück auf und nur der Giebel des Nachbarhauses lugte über den Rangen.

Die beiden stiegen aus. Schielin schnaufte. Das künstliche Klima im Fahrzeug täuschte über die Realität im Freien hinweg. Auch hier war nichts mehr von einem Windhauch zu spüren und die Hitze hatte sich nun mit der Feuchtigkeit verbündet. Schielin und Funk traten in eine schwül-warme Wand, die ihnen einige Sekunden abforderte, sich an die schwere Luft zu gewöhnen, die man mehr kauen statt atmen musste. Sie sahen sich um und warteten, ob jemand käme. Das Knirschen der Autoreifen in der Kiesauffahrt war laut genug gewesen, um es im Haus zu hören, aus dem nichts als Stille drang. Um sie herum blieb es ruhig. Nur vereinzelt war Vogelgezwitscher zu hören und auch dies klang nicht frisch, sondern eher wie eine auf das Notwendigste beschränkte Kommunikation. Vielleicht waren aber gerade auch nur Vogelehepaare unterwegs.

Hinter dem Staudenbeet begrenzte der Holzzaun das Nachbargrundstück. Weder Büsche noch Hecken hinderten den Blick. Nur einige Mahonien und Forsythien lockerten den Grenzverlauf. Funk sah zu Schielin und zuckte mit den Schultern. Sah eigentlich alles ganz normal und unauffällig aus.

Er ging in Richtung Garage davon.

Schielin nahm die andere Richtung und querte auf einem Pfad aus Rindenmulch die Staudenbeete zum Zaun hin. Irgendetwas hatte sich da drüben bewegt. Kurz bevor er am Zaun anlangte, stellte ihn eine scharfe Stimme.

»Hallo!?«

Er blieb stehen und ortete die Stelle, von wo der durchdringende Schall gekommen war. Es kam aus dem Flecken, wo buschartiges Chinagras in die Höhe schoss.

Gleich darauf raschelte es und zwischen den dicken Halmen tauchte eine Frau auf. Er war sich sofort sicher, dass sie es gewesen war, die vorhin angerufen hatte.

Sie hob leicht den Kopf und sah ihn misstrauisch an. »Von der Polizei?«

Schielin bejahte mit einem Nicken während er auf sie zuging. Sie hatte glatte graue Haare, deren Schnitt, da war sich Schielin sicher, seit Kindertagen der gleiche war. Forschende dunkle Augen blickten ihn an. Auf ihrem Gesicht lag eine sanfte, gesunde Bräune, welche die Falten weicher erscheinen ließ. Es war ein Gesicht, das Vertrauen erweckte. Eine dunkelgrüne Kittelschürze hing verloren an ihr herab und verdeckte halbwegs eine dunkelrote Bluse und eine braune Stoffhose. Ihre Füße steckten barfüßig in abgeschnittenen Gummistiefeln. Sie mochte um die siebzig Jahre alt sein und man hätte sie für ein altes Weiblein halten können, wäre ihre Stimme nicht gewesen. So wenig Schielin auch bisher gehört hatte, verriet sie mehr von dem Menschen, der ihm gegenüberstand. Es war ihre Bestimmtheit, ihre Klarheit, die darüber Auskunft gaben, dass sie gewohnt war, dass man ihr zuhörte. Sie klang dabei aber nicht scharf, unfreundlich, oder abweisend.

»Und? Haben Sie schon etwas gefunden?«

»Nein. Wir sind gerade erst gekommen«, sagte Schielin und ärgerte sich darüber, sich ihr gegenüber zu rechtfertigen.

»Da war doch gerade noch einer dabei, wo ist der denn?« Sie schob den Oberkörper zur Seite und reckte den Kopf, um an Schielin vorbei hinüber zur Hofeinfahrt zu sehen.

Schielin legte sein dienstliches Lächeln auf. »Mein Kollege ist auf der anderen Seite des Hauses. Aber erzählen Sie doch bitte, warum Sie angerufen haben?«

Sie sah ihn verständnislos an. »Ja, weil was passiert ist da drüben.« Ihre linke Hand wies dabei in einer kurzen, heftigen Bewegung zum Haus; die Faust der rechten ruhte auf dem Brustbein und fasste ein Stück Stoff, was nach Besorgnis aussah.

»Haben Sie etwas gesehen oder gehört, Frau …«

Sie überging die unausgesprochene Frage nach ihrem Namen und verfiel in unwirschen Befehlston.

»Ja, da muss er ins Haus gehen und nachsehen, muss er doch, wenn er von der Polizei kommt, oder!«

»Das machen wir noch. Wie lautet denn Ihr Name?«

»Erna.«

»Und weiter?«

»Kinkelin.«

»Und was hat Sie veranlasst, Frau Kinkelin, die Polizei zu verständigen?«

Sie deutete wieder auf das Haus. »Ja, Sorgen habe ich mir gemacht. Schon drei Tage habe ich sie nicht mehr gesehen. Verschwunden …«

»Wer wohnt denn in dem Haus?«

»Ja, unsere Nachbarn«, sagte sie ernst, ohne Schielin damit ärgern zu wollen.

Der hoffte, dass Funk bald dazukommen würde. »Wie heißen Ihre Nachbarn?«

»Kohn heißen sie, Kohn. Jeden Tag fährt sie mit dem Fahrrad, jeden Tag, runter zum Bauern. Holt dort die Milch. Immer schon früh. Grüßt immer. Immer. Und macht den Garten so schön, so viel Arbeit ist das. Und auf einmal nichts mehr. Seit Sonntag nichts mehr. Hat mir nichts gesagt und auch nicht angerufen. Das war noch nie, so was. War ja auch niemand da bei mir und bei meinem Mann auch nicht. Das hat sie noch nie gemacht, so was, einfach weggehen und schon gar nicht so. Das Licht brennt in der Stube die ganze Nacht und den ganzen Tag. Schaltet niemand aus.«

»Waren Sie schon im Haus und haben nachgesehen?«, wollte Schielin wissen.

»Heut Morgen war ich drüben. War kurz in der Stube und habe gerufen. Hat aber niemand geantwortet.«

»Ist die Haustür offen?«

»Ja, ich habe sie offen gelassen.«

Sie hat also einen Schlüssel, dachte Schielin. »Könnte es nicht doch sein, dass sie weggefahren sind?«

»Sie sind ganz sicher nicht in Urlaub gefahren. Das Auto ist ja auch noch da und es ist ja auch so schön hier, mit dem Garten.« Sie ließ ihre Hand über das Grundstück ihrer Nachbarn schweifen. Als sie Richtung Haus zeigte, erschlaffte ihr Arm. Sie drehte sich grußlos um und verschwand hinter dem Chinagras. Schielin sah ihr verdutzt nach.

Er ging zurück zum Haus. Funk stand vor der Tür und kramte am Briefkasten. Zwei Ausgaben der Frankfurter Allgemeinen steckten im Kasten. Die gestrige Dienstagsausgabe und die heutige. Auf dem Klingelschild stand in akkuraten, handgeschriebenen Lettern: *Kohn*.

Schielin erzählte in wenigen Worten von seiner Begegnung mit der Nachbarin und meinte: »Dann schauen wir halt mal rein.«

*

Die Sekunden nach dem Klingeln verstrichen, ohne dass eine Reaktion erfolgte. Wäre auch zu schön gewesen, drückte Funks Mienenspiel aus. Vorsichtig drückte er den Türgriff nach unten und tatsächlich klackte das Schloss – die Tür war unversperrt.

Der Hausgang war duster und eine angenehme Kühle war

sofort zu spüren. Es roch herb und würzig nach einer Mischung aus Holz und etwas Unbekanntem, Säuerlichem, irgendwie nach Werkstatt. In der Tür, die zum Wohnraum führte, wie Schielin vermutete, waren drei matte Glasscheiben, die nur wenig Licht durchließen. Es reichte jedoch aus, um zu erkennen, was hier im Gang herumstand und -hing: Schuhe am Boden, Jacken und Schürzen an einer Garderobenleiste. Schielin ging weiter, öffnete die Tür und gelangte in den Wohnraum. Ein glatter, heller Dielenboden empfing sie. Schielin rief zweimal ein lautes »Hallo!«. Niemand antwortete. Von irgendwoher war leise Musik zu hören. Funk sah ihn an und verzog das Gesicht zu einer fragenden Miene. Sie blieben stehen und sahen sich in dem großen, lichten Raum um. Rechts dominierte eine zwar schlichte aber dennoch massiv wirkende Eckbank, vor der ein runder Tisch und zwei Stühle standen. Es sah etwas eigenwillig aus. Erst beim bewussten Hinsehen gewahrte man, dass die Lampe über dem Tisch brannte. Hinten an der Wand die den Raum halb trennte, befand sich ein Kachelofen mit alten weißblauen Kacheln, in der Nische zur Wand war ein altes Kanapee eingeklemmt. Bücherregale füllten den Raum zwischen den Fenstern. Links neben dem Kachelofen führte ein breiter, offener Durchgang zur Küche hinaus. Außergewöhnlich war die verkleidete Holztreppe, die Bestandteil des Wohnraums war und mit vier Stufen zuerst Richtung Wand, auf ein Podest leitete, dort wendete, und parallel zur Holzwand nach oben führte. Auf dem Tisch standen zwei Tassen. Eine war halb gefüllt. Kalter Kaffee. Daneben die Montagsausgabe der FAZ, wie Schielin feststellte. Unaufgeschlagen, so, wie man sie aus dem Briefkasten genommen hatte.

Die freien Stellen der Wände schmückten Ölbilder. Landschaften und Stillleben. Wo dann noch Platz war, fanden sich alte Stiche.

Beide erschraken, als die Wanduhr schlug. Sie zeigte drei Uhr an, doch es war schon vier Uhr nachmittags. Schielin atmete genervt aus und blickte zu Funk. Der ging langsam nach oben. Schielin stand unschlüssig im Wohnzimmer, betrachtete alles ein zweites Mal, warf dann einen Blick in die Küche und öffnete eine Tür, die unter dem hölzernen Treppenkasten hindurch in einen Vorratsraum führte und von dort weiter in eine Art Waschküche.

Unter dem Treppenkasten befand sich linker Seite ebenerdig eine Klapptüre. Eine ausgetretene Sandsteinstufe zeigte, dass es hier in den Keller hinabging. Schielin hob den Bodendeckel an und fand drunten, hinter einer weiteren, von der Kellerfeuchte modrig gewordenen Tür, einen dumpfen Raum mit Lehmboden. Die Regale waren gut gefüllt mit Einmachgläsern. In der Ecke standen Weinflaschen und Weinkisten, hinter einem Brett lag noch ein Rest eingelagerter Kartoffeln, ganz so wie es sich gehörte.

Alles wirkte so still und friedlich. Nirgends waren Spuren zu sehen, die auf ein außergewöhnliches Geschehen hindeuteten. Das Haus lag verlassen, in stiller Ordnung. Und trotzdem hatte Schielin kein gutes Gefühl. Es war ihm unangenehm hier in diesem Raum zu stehen, doch kannte er nicht die Ursache für dieses Gefühl. Es war ein Gefühl, noch keine Ahnung, und es war nicht gut, dieses Gefühl. Nicht die Situation an sich war dafür verantwortlich, denn in fremden Wohnungen zu sein, die Räume, ihre Einteilung, die Möbel, den Geruch – all dies anzusprechen, zu bewerten und daraus zu folgern –, das war für ihn nichts Neues. Vielmehr war es das täglich Brot seines Berufes, fremd zu sein an verschiedenen Orten.

Von oben hörte er die Schritte Funks, der die Treppe wieder herunterkam und den Kopf schüttelte. »Ist niemand da. Nichts zu sehen. Da oben sind ein Schlafzimmer, ein Bad und eine Werkstatt, nach hinten raus, mit offenem Zugang in den Giebel. Schaut gut aus. Alles voller Papier, Kartons und Leder. Dieser Herr Kohn scheint ein Buchbinder oder Buchrestaurator zu sein. Es liegen jede Menge alter Schinken rum. Da kommt auch dieser würzige Geruch nach Leim, Leder und Firnis und altem Tuch her.«

»Was hältst du von der Sache?«, fragte Schielin.

»Ist schon seltsam, irgendwie. Sieht fast so aus, als wären die Bewohner mitten unter dem Alltag verschwunden. Das Radio, das Licht, Geschirr auf dem Tisch.«

»Finde ich auch seltsam. Aber das Auto steht noch in der Garage und am Schlüsselbrett da drüben hängen zwei Autoschlüssel mit anderen Schlüsseln zusammen. Könnten die Schlüssel fürs Haus sein. Wo soll denn jemand hingehen, ohne Auto, ohne Schlüssel. Passt irgendwie doch nicht, oder?«

Funk deutete auf das helle Sideboard, das an der Wand stand. Ein paar silberne Bilderrahmen waren darauf zu sehen. Es war nicht schwer das Ehepaar Kohn herauszufinden. Er war ein kleiner Kerl, mit weißgrauem Bart über furchiger, brauner Gesichtshaut. Seine Augen funkelten dunkel in die Kamera. Er sah zäh aus und gebildet. Für Letzteres war die runde Brille verantwortlich.

Frau Kohn machte einen sportlichen Eindruck in den Jeans, dem lockeren Sweatshirt und mit den kurzen blonden Haaren. Sie schien um einiges jünger zu sein als er. Sie standen nebeneinander. Er bleckte die Zähne, sie lächelte nicht. Neben den Fotos stand eine ausladende weiße Porzellanschale, die als Ablage diente. Funk wollte schon hineingreifen, hielt inne und zog die Plastikhandschuhe aus der Hosentasche. Es war umständlich sie über die feuchten Hände zu ziehen. »Und ohne Geldbeutel sind sie auch unterwegs.« Er nahm das Ledermäppchen und prüfte den

Inhalt. EC-Karte, eine Kundenkarte für Künstlergroßhandel, ein paar Euro Kleingeld, dann noch Personalausweis und der Führerschein von Herrn Kohn. Er notierte die wichtigsten Daten und wunderte sich über das wenige Geld. Neben der Porzellanschale, wie hingeworfen, lag ein aufwendig besticktes Täschchen das Funks Interesse weckte, denn es sah alt und wertvoll aus. Es war aus schwarzer Seide gefertigt und kunstvoll gestickte Ornamente in leuchtenden Farben schmückten den Rand. In der Mitte war mit elfenbeinfarbenem Faden ein Symbol eingestickt. Ein Kreis mit drei geschwungenen Armen. Funk kam das Zeichen bekannt vor, konnte es im Moment aber nicht zuordnen. Er suchte die Seide durch die Handschuhe hindurch zu fühlen. Der Verschluss war kompliziert gearbeitet. Ohne es geöffnet zu haben, legte er es wieder zurück. Am Rand des Sideboards stand ein Päckchen. Es war ungeöffnet und auf dem Paketpapier, das es umschloss, prangten die Lettern des Zustelldienstes.

»Was machen wir?«, fragte Funk.

»Wir löschen das Licht, machen das Radio aus, am liebsten würde ich ja auch noch die Uhr stellen, aber das gehört sich nicht. Dann gehen wir erst mal wieder. Ich probiere einen der Schlüssel aus, die draußen hängen, und wir schließen das Haus ab. Wir befragen die Nachbarn, um die Sache rundzumachen. Vielleicht weiß von denen ja jemand was. Die Streife soll ab und an vorbeifahren und nachsehen. Mehr können wir im Moment eigentlich nicht tun. Abwarten. Wie immer.«

Schielin sah sich noch einmal im Raum um, bevor er das Haus verließ. Er war froh, wieder draußen zu sein, trotz der Hitze.

Die Befragung von Frau Kinkelin erbrachte nicht viel mehr, als das, was sie bisher auch schon wussten. Auch ihr Mann, ein einsilbiger Kerl, hatte keine Erklärung, wo die Kohns sein könnten. Wenigstens erfuhren sie, dass außer dem Ehepaar Kohn niemand sonst in dem Haus wohnte. Sie hatten eine Tochter, die aber in Kanada lebte und es gab keinen Streit unter den Nachbarn hier. Die Kinkelins besaßen sogar einen Schlüssel für das Haus, wie sich herausstellte.

*

Im Nachbarhaus auf der anderen Seite des Kohnschen Grundstücks wohnte eine Familie. *Die Haubachers* – wie einem großen getöpferten Schild mit bunten Blumen und den krakeligen Buchstaben vierer Namen zu entnehmen war. Zwei Kinder rannten ausgelassen um einen Gummipool und bespritzten sich abwechselnd mit Wasser. In der Einfahrt lag wild verstreut Plastikspielzeug in knalligen Farben. Es mussten mehrere Kisten sein. Die Eltern hielten sich hinter dem Haus, im Schatten einer Pergola auf. Zwei gefüllte Sektgläser standen auf dem blanken Plastiktisch.

»Es gibt was zu feiern?«, leitete Schielin wohlwollend ein, nachdem er Funk und sich vorgestellt hatte.

Die Frau des Hauses lächelte ohne Glanz. Ihr Mann machte einen etwas aufgeschwemmten Eindruck, hatte blonde Haare, die im Nacken bis zum Rand des Muskelshirts reichten. Auf beiden Armen waren Tätowierungen zu sehen: Schwerter, Buchstaben, Schlangen.

Sie war schlank, ihre Augen hatten keine Strahlkraft und die ungepflegten braunen Haare hingen schlaff über die Schultern herunter, nahmen keine Bewegung ihres Kopfes auf. Das lockere Top legte ihren Hals frei, an welchem am Übergang zwischen Kehlkopf und Schlüsselbein die schwarze Tätowierung eines Pentagramms zu erkennen war.

Als Schielin nach den Kohns fragte, ob sie wüssten, wo die beiden sein könnten, zeigte sie sich überrascht und sah mit großer Verwunderung zu ihrem Mann. Schielin warf Funk einen kurzen Blick zu und erkannte an dessen regloser Miene, dass auch er bemerkt hatte, wie plump und gespielt ihr Verhalten war. Der Mann reagierte tumb und grummelte etwas. Seine Frau meinte nachdenklich, dass es ihr erst jetzt auffalle, da sie darauf angesprochen würde, Frau Kohn schon ein, zwei Tage nicht mehr gesehen zu haben. Ihr Mann nickte. Er sagte mit schwerer Zunge, dass er einmal drüben gewesen sei, beim Kohn. Bei der Arbeit habe er ihm zugesehen, das Zeug mit den alten Büchern eben.

Sie ergänzte fleißig, dass Kohn sogar eine alte Familienbibel der Familie wieder hergerichtet habe – ohne etwas dafür zu verlangen. Der Mann ging wortlos ins Haus und kam mit einem alten Lederschinken wieder zurück, den er seiner Frau in die Hand drückte, die den Wälzer an Funk weiterreichte. Der blätterte ein paar Seiten durch und nickte anerkennend. Sie erklärte, dass sie erst seit einigen Monaten hier in dem Haus wohnten und noch kaum Kontakt zu den Nachbarn hätten. Als sie grinste, war eine dunkle Lücke zwischen den beiden oberen Schneidezähnen zu sehen. Dafür funkelte auf dem rechten Schneidezahn ein Brilli.

»Es wird doch nichts passiert sein«, meinte sie, als Funk und Schielin sich verabschiedeten. Sie hatte ihre Hand dabei an die Wange gelegt.

Als Funk kurze Zeit darauf mit dem Auto langsam die Straße entlangfuhr, warfen sie beide noch mal einen Blick in den Hof. Der Pool war nun leer. Der farbige Zuwendungsersatz lag noch herum.

»Was gab es wohl zu feiern?«, sagte Schielin, ohne Funk dabei anzusehen.

»Mhm. Vielleicht einfach so ...«

»Er hat geschwitzt, der Herr Haubacher«, stellte Schielin fest und fühlte den eigenen, feinen Schweißfilm oberhalb der Schläfe, als ein Windzug des Gebläses seinen Kopf streifte.

»Wir schwitzen auch«, entgegnete Funk und drehte die Klimaanlage weiter hoch.

»Er hat anders geschwitzt. Du hast es doch auch gesehen. Und er hat sich bemüht die Klappe zu halten. So klar war er wohl noch in der Birne.«

»Ja, natürlich. Der hatte schon ganz schön getankt. Wie im Laientheater ist es da zugegangen.«

»Du hast ihre Hände gesehen«, stellte Schielin nüchtern fest.

»Ja. Sie hat gezittert und es lag nicht an der schweren Bibel, die sie gehalten hat. Sie musste auch sonst ihre Hände gefaltet halten und wenn sie sie einmal gelöst hat, dann waren die Druckstellen ganz weiß. Seltsam, alles seltsam hier. Und hast du den schmalen Trittpfad im Rasen gesehen? Der führt zum Hang und dann hinüber zum Hexenhäuschen. Er muss da drüben irgendwo hinter der Garage rauskommen. Einen Zaun habe ich auch von drüben zwischen den Grundstücken nicht entdecken können. Der Hügel und die Bäume sind ja auch als natürliche Grenze ausreichend. Aber irgendwer muss schon regelmäßig diesen Pfad gehen, sonst wäre der nicht so als solcher zu erkennen.«

»Gute Nachbarschaft eben.«

Funk lachte. »Genau. Nichts gehört, nichts gesehen, nichts gesagt, nichts gemacht. Wir werden mal schauen, was unser Datenbestand ausspuckt, wenn wir *Haubacher* eingeben.«

»Wird schon was zusammenkommen«, meinte Schielin, »wenigstens haben die noch eine Familienbibel ... hättest du das erwartet?«

Robert Funk schwieg.

*

Es war eine schwermütige Hitze, die sich, wie aus großen Kannen gegossen, über den See und seine Ufer breitete. Sie wirkte wie ein schnelles Gift, verlangsamte den Gang der Dinge und brachte eine seltene Mattigkeit über Menschen und Tiere. Die Lindauer Insel lag schutzlos im dumpfen Wasser, die Appenzeller Hügelzüge versanken hinter einem undeutlich grauen Flimmern und die Umrisse von Bregenz hielten sich nur verwaschen und unwirklich wie eine Geisterstadt über dem Wasser.

Robert Funk klapperte seinen Bericht über den Wasserburger Einbruchsversuch in die Tastatur. Immer wieder unterbrach er die Formulierungen, die zur Routine geworden waren, denn seine Gedanken wanderten zurück zum verlassenen Haus.

Conrad Schielin war in seinem Büro und überprüfte die Daten, die sie hatten ermitteln können. Namen, Adressen, Autokennzeichen. Am Klingelschild hatte nur *Kohn* gestanden. Das Auto war auf Gundolf Kohn zugelassen. Die Datenbank des Einwohnermeldeamtes gab für die Adresse einen Gundolf Kohn und seine Frau Carmen, geborene Lasalle, aus. Er hielt kurz inne, schrieb dann ebenfalls einen Bericht und schickte ihn an die Kollegen von der Uniform, denn die Kripo hatte mit dem Fall nichts zu tun. Ein Ehepaar war seit ein, zwei Tagen nicht mehr gesehen worden. Der Mann hieß Gundolf Kohn, war fünfundfünfzig Jahre alt und arbeitete selbstständig als Buchbinder und Restaurator. Seine Frau war einige Jahre jünger und hieß Carmen Lasalle. Im Haus waren keinerlei Spuren erkennbar, die Anhaltspunkte für ein kriminelles Geschehen nahelegten. Das war der Sachstand.

Gerade als er den Bericht per Mail verschickt hatte, kam Lydia herein. Sie wirkte frisch, denn der Schießkeller, in dem sie den halben Nachmittag verbracht hatte, war der allerletzte Winkel, den die Hitze erreichen konnte. Er erzählte ihr von dem Haus zwischen Hoyren und Heimesreutin. Sie hörte still zu, während sie die Pistole sorgfältig reinigte und meinte lapidar: »Wir werden sehen.«

Schielins Heimweg mit dem Rad gestaltete sich so lange passabel, wie es die Ludwig-Kick-Straße hinabging. Die durch das Rollen bewirkte Brise schaffte eine Illusion von Kühle, bis sein Weg gleich nach dem Kreisverkehr anzusteigen begann. Es folgte die Plage mit einer kaum wahrzunehmenden Steigung entlang der Reutiner Straße bis zum Köchlin, dann die Qual über den steilen Motzacher Weg nach oben. Endlich angekommen, wartete er eine Weile vor dem Haus, bis der Schweißfluss nachließ und ging gemächlich hinüber zur Weide. Die Friesen standen bewegungslos, mit gesenkten Häuptern am Rande hohen Buschwerks, das den Waldrand auflockerte. Ronsard hatte sich auch heute wieder von den Pferden ein Stück abgesondert und verharrte unter dem alten Birnbaum. Seine Mehlschnauze war hoch erhoben und wenn sich sein Kopf auch nicht regte, so konnte Schielin an den sich nachstellenden Ohren erkennen, dass er bereits im Visier seines Esels war. Als Schielin sich schließlich an den Weidezaun lehnte, trabte Ronsard heran, ließ sich die Nase kraulen und blieb still vor Schielin stehen. Der griff tief in das schwarze, lockige Fell. Immer noch konnte er seine Gedanken nicht von diesem verwunschenen Haus lösen. Wo mochte das Ehepaar Kohn jetzt sein? So recht wurde er seine getrübte Stimmung auch bei Ronsard nicht los. Und obschon er sich bemühte, diese Gemütslage nicht mit ins Haus zu nehmen, gelang ihm dies nur leidlich. Marja kannte ihn zu lange, um nicht zu merken, dass etwas nicht stimmig war. Sie sprach ihn aber nicht darauf an.

Laura und Lena verschwanden, völlig unbeeindruckt von der Hitze, gleich nach dem Abendbrot in Richtung Bösenreutin. Das Heiberfest stand bevor und sie wollten beim Aufbauen helfen, wobei sich der Begriff *helfen* darauf bezog, dort herumzuhängen und den Burschen der Freiwilligen Feuerwehr Bösenreutin beim Arbeiten zuzusehen. Schielin erzählte Marja beim abendlichen Glas Wein vom einsamen Haus und dem verschwundenen Ehepaar.

*

In der Nacht plagten ihn Träume und er fand nicht den rechten Weg in den Schlaf. Im Stillen gab er der Hitze die Schuld. Alles an und um ihn, auch noch so dünnes Leinen, war zu warm, zu schwer, war ihm lästig. Im Grunde aber wusste er, dass nicht alleine die Hitze Schuld trug. Drei Uhr war vorbei, als er aufstand und nach unten ging. Mit einem Glas Wasser setzte er sich ins Wohnzimmer und suchte den Träumen des bisherigen Halbschlafs zu entkommen. Er erschrak zutiefst, als das Telefon klingelte, verschüttete fast das Wasser. Die Suche nach dem verfluchten Mobiltelefon und der Ärger darüber, es nicht sofort zu finden, brachten ihm die Wachheit. Das hatte man von diesen elenden mobilen Teilen nun, dass man das Telefon nie fand, wenn es denn klingelte. Eine seiner beiden Töchter hatte es, wie immer, irgendwo liegen lassen. Wo hatte er es nicht schon gefunden … Wer immer es war, der ihn gerade anrief – er hatte Geduld. Endlich den Hörer in den Händen, lauschte er ins dunkle Haus, ob jemand vom Klingeln wach geworden war. Nichts regte sich, was ihn etwas beruhigte. Er meldete sich mit halblauter Stimme: »Schielin.«

Ein Kollege der Polizeiinspektion war am anderen Ende, der weder eine Erklärung, schon gar keine Entschuldigung für den Anruf zu dieser Zeit hören ließ. Er kam nach einem gemurmelten Gruß gleich zur Sache. »Du hast doch die Sache mit dem Haus bei Heimesreutin aufgenommen heute«, lautete seine Feststellung.

»Was ist?«, fragte Schielin unfreundlich.

»Also, die Streife sollte ja da am Haus vorbeifahren. Das haben die auch gemacht und stehen jetzt da draußen vorm Haus.«

»Ja, und warum stehen sie da?«

»Da ist jetzt jemand drinnen.«

Schielins Stimme wurde giftig. »Ja, ist das Ehepaar Kohn denn wieder zurück?«

»Das eher nicht. Ist wohl jemand mit einer Taschenlampe unterwegs. Du solltest vor Ort sein, eine Besatzung von der Fahndung fährt auch noch mit an. In deinem Bericht steht ja, du hättest einen Schlüssel für das Haus.«

Schielin legte auf, ohne geantwortet zu haben. Wenige Minuten später war er auf menschenleeren Straßen unterwegs. Schattenwelt. Am Himmel breitete sich ein düsterer Schleier aus, den nur die hellsten Sterne zu durchdringen vermochten, und dann fahl, wie tot über dem See hingen. Kein Lüftchen regte sich.

Am Haus angekommen, sah er den Streifenwagen direkt vor der Hofeinfahrt stehen. Das Blütenfeuerwerk vom Vormittag war in Schwärze und feuchtklebriger Luft versunken. Erst jetzt merkte Schielin, dass er schon verschwitzt war. An der Motorhaube lehnte ein Kollege, den er schon seit Ewigkeiten kannte. Als er Ewald Kubow begrüßte, meinte er, in ein besonders bleiches Gesicht zu blicken. Auch war von der fast eruptiven Fröhlichkeit, die er sonst von ihm gewohnt war, nichts zu spüren. Nüchtern berichtete er: »Vor einer guten halben Stunde sind wir hier angefahren. Wir haben beide ganz deutlich den Schein einer Taschenlampe gesehen. Unten, hinter den Fenstern, die zum Garten hin weisen. Die Sabine steht da oben im Schatten vom Baum und passt auf.« Er atmete tief aus, so, als wäre er soeben eine große Last losgeworden.

»Alles in Ordnung?«, fragte Schielin.

»Jaja. Alles in Ordnung. Wir wollten aufgrund der Vorgeschichte da nicht so einfach reinrennen. Wer weiß schon. Tut mir leid, dass wir dich rausgeholt haben.«

Schielin klopfte ihm auf die Schulter. »Ist schon in Ordnung. Ich habe sowieso nicht schlafen können. Die Hitze.«

»Ja, die Hitze«, entgegnete Ewald Kubow mit belegter Stimme und sah mit starren Augen zur Fensterfront.

Scheiß Nachtdienst, dachte Schielin, macht die besten Leute fertig.

Ein Motorengeräusch war zu hören, immer lauter werdend. Die Kollegen von der Fahndung. Schielin überlegte, was zu tun sei. Auch er spürte den Druck im Magen und die extra Portion Schweiß. Er verabredete mit den anderen, dass Kubow und Sabine ihre Positionen behalten sollten und er mit den zwei Kollegen der Fahndung ins Haus gehen würde. Er kannte sich schließlich als Einziger aus. Sie überprüften stumm ihre Waffen, machten die Handschellen klar und gingen zur Tür. Schielin schloss auf, drückte im gleichen Augenblick die Klinke laut und heftig nach unten und riss die Türe auf. Schnell durchschritt er den Vorraum. Im Geiste sah er die Schuhe am Boden, die Jacken an der Wand.

Ohne dem Strahl seiner Maglite zu folgen, schlug er die Klinke der nächsten Türe auf, stieß das Türblatt in den dunklen Wohnraum, glitt um die Ecke und drückte sich, halb kauernd, an die Holzwand. Er fingerte um die Ecke nach dem Lichtschalter, an den er sich gut erinnerte. Die brutalen Strahlen dreier Maglites fuhren derweil durch die geöffnete Tür in das Wohnzimmer. Die Stühle warfen grelle Schatten und wenn man seine Fantasie nicht im Griff hätte, hätte man mit jedem Schwenk der Taschenlampen alles Mögliche und Unmögliche erkennen können. Er rief laut seinen Namen und das Wort *Polizei.* Alles im Körpern stand unter Druck, und doch fühlte man sich auf befremdende Weise befreit, nachdem die Situation geschaffen und die Gegenwart mit jeder Sekunde deutlich erlebbar war. Fremde, unerwartete Energie floss und die Hitze war für den Augenblick vergessen. Man musste nur gelernt haben, das Klopfen im Kopf und das Rauschen im Ohr zu kontrollieren und richtig zu atmen. Lediglich der Griff zum Lichtschalter führte zu einer grotesken Situation. Es war eine Stromsparlampe und nachdem Schielin den Schalter gedrückt hatte, jammerte ein zarter roter Schein im Raum, der nur der Lampe selbst Licht gab. Lange Sekunden dauerte es, bis die Intensität wuchs und die Farbtemperatur kühler wurde. Schielin wartete genervt und sah kurz um die Ecke. Niemand zu sehen. Jetzt atmete er tief aus, sah nochmals um die Ecke, diesmal mit besonderem Augenmerk auf die Treppe und den Durchgang zur Küche. Nichts. Er schlich um die Ecke und glitt, eng an die Wand gedrückt, zum Treppenpodest, leuchtete von da nach hinten zur Küche. Hinter ihm hörte er die Kollegen. Meter um Meter ging es weiter. In die Küche, in den Abstellraum. Als das Erdgeschoss gesichert war, kam der erste Stock dran. Doch auch oben war nichts und niemand zu finden. Nicht in Schränken, nicht in Kommoden. Alles, was sich öffnen ließ, wurde geöffnet und mit jedem Mal wich ein Stück Anspannung aus den Leibern. Die Bewegungen wurden flüssiger, der Atem regelmäßiger, die Gedanken weiter, wieder dem Leben und dem neuen Tag zugewandt, der schon vor dem Haus wartete. Nach einer langen Viertelstunde war klar – niemand war im Haus. Als Ewald Kubow und seine Kollegin mit hereinkamen, konnten sie es nicht glauben. Keiner sagte ein Wort. Was sollte man auch dazu sagen. Zwei Kollegen hatten unzweifelhaft den Schein einer Taschenlampe im Haus gesehen und das Erforderliche in die Wege geleitete. Doch das Erforderliche hatte zu keinem Ergebnis geführt.

Schielin fuhr nach Hause. Es hatte inzwischen begonnen zu dämmern und Ewald Kubow zeigte wirklich ein aschfahles Gesicht, wie er beim Abschied im Schein der Scheinwerfer feststellen konnte.

Er duschte lange, weit über den Augenblick hinaus, ab dem es erfrischend war. Er konnte gut denken, unter dem kühlen Strahl des Wassers. Danach bereitete er das Frühstück zu und setzte sich auf sein Rad, noch bevor Marja oder eines der Mädchen wach geworden war.

Er wollte die stille Zeit des dämmrigen Morgens nutzen, um zu recherchieren und festzulegen, wie sie nun weiter vorgehen würden. Er spürte noch einmal dem Gefühl nach, das ihn befallen hatte, als er in das Haus getreten war – es war auf naive Weise beklemmend gewesen. Und auch Kubow – das war nicht der Typ, der Hirngespinsten aufsaß. Gleichwie, etwas war geschehen in dem romantischen Haus mit den blühenden Rosen: vor einigen Tagen und – in der vergangenen Nacht.

*

Noch vor der Morgenbesprechung unterrichtete er Kimmel, der seinen Vorschlägen zustimmte. In der Zusammenkunft dann informierte er auch die anderen von dem Haus und dem, was er in der Nacht dort erlebt hatte.

Wenzel wog den Kopf. »Der Ewald … also, wenn der das gesehen hat … das mit der Taschenlampe, dann war das auch so. Dann war da jemand im Haus.«

Nachdem der letzte Schluck Kaffee getrunken war, fuhren sie hinaus nach Heimesreutin. Schielin mit Lydia und Funk mit Wenzel hinterher. Wenzel und Lydia hatten ihr komplettes Equipment zur Spurensicherung eingeladen.

Das Haus lag nach wie vor leer und umgeben von Stille. Robert Funk hockte neben Schielin auf der Eckbank in der Stube und wartete. Lydia Naber hatte sie beide sogleich hierher verbannt – der Spuren wegen. Sie selbst kroch derweil, wie Wenzel auch, in den hellen Overall.

Lydia sah sich um und ihr Gesichtsausdruck ließ erkennen, dass sie mit Stil und Zustand der Räume grundsätzlich zufrieden war. Wenzel hantierte mit Flaschen und mischte Flüssigkeiten, während Lydia den beiden wie nebenbei Fragen stellten, als wären sie Zeugen.

»Wann hat man die beiden denn zuletzt gesehen?«

»Am Sonntag. Da waren sie wohl zusammen im Garten. Sie haben ihre Rosenbüsche angesehen. Das hat die Nachbarin da drüben, die alte Frau Kinkelin beobachtet«, sagte Schielin.

»Und am Mittwoch meldet sich diese Kinkelin bei der Polizei?«

»Sie ist von Natur aus misstrauisch und pessimistisch, denke ich«, entgegnete Schielin.

»Und heute Nacht hat die Streife den Schein einer Taschenlampe hier herinnen leuchten sehen und ihr habt anschließend niemanden gefunden? Wie ist der Kerl hier rausgekommen? Alle Fenster sind ordentlich von innen verschlossen, zwei Leute draußen … ihr hier herinnen … eigenartig. Geister, hm!?«

Funk erhob sich plötzlich und sah hinüber zum Sideboard. Er stutzte.

Lydia ging in die Küche. Sie hörten es bald darauf klappern. Als sie wieder zurück in die Stube kam, sagte sie voller Überzeugung: »Ganz sicher ist hier etwas passiert.«

Funk sah überrascht auf. Auch Wenzel unterbrach seine alchimistischen Handlungen.

»Du hast schon was gefunden?«, fragte Funk mehr gespannt als überrascht.

Sie verzog das Gesicht. »Die Spülmaschine ist dreiviertelvoll mit ungewaschenem Geschirr. Muffelt schon etwas.«

Schielin sah sie fragend an. Er wusste nicht, worauf sie hinauswollte.

»Männer«, giftete sie, »also das ist doch klar. Eine Frau, die so aussieht wie unsere Frau Kohn auf den Fotografien da drüben und die ihr Haus so in Schuss hat, die würde nie, aber wirklich niemals für ein paar Tage wegfahren, oder so was in der Art, und die Spülmaschine in diesem Zustand zurücklassen. Das ist völlig ausgeschlossen. Das kann auch kein Versehen sein, denn so ein Versehen würde ihr nicht passieren. Dieser Frau nicht.«

Funk ging derweil einige Schritte auf das Sideboard zu und hob zugleich die Hand zu einer entschuldigenden Geste. »Will bloß was nachsehen.«

Er blieb vor dem Sideboard stehen und es hatte den Anschein, als suchte er etwas.

Schielin fragte Wenzel, der gerade mit Plastikflaschen hantierte: »Das ist das Zeug, mit dem man Blut findet, oder?«

»Ja, und Urin, und Sperma«, erklärte Wenzel, sprach dabei wie ein Dozent und hängte sich eine voluminöse Lampe um. »Ich habe hier gerade zwei Lösungen präpariert: einmal Luminol in Natronlauge und eine verdünnte Wasserstoffperoxidlösung. Kurz bevor ich anfange, werden diese beiden Flüssigkeiten miteinander vermischt und ich sprühe damit die Stellen ein, die mir verdächtig erscheinen. Sind Reste von Blut vorhanden, so katalysiert der Blutfarbstoff Hämoglobin. Es kommt also zu einer bläulichen Chemolumineszenz. Mit dem Zeug findet man noch Blut, selbst wenn eine Putzfrau unterwegs war, und ich rede von einer guten Putzfrau, nix wischiwaschi.«

»Hast ja gut aufgepasst beim Spurensichererlehrgang. Bist abends wohl gar nicht weggegangen, he. Immer den Kopf in den Unterlagen und brav gelernt da drunten in Ainring, wo Salzburg doch so nahe ist. Ich wundere mich …«

Wenzel grinste hinterhältig.

»Was ist denn, Robert?«, fragte Schielin und sah zu Funk, der immer noch vor dem Sideboard stand.

Der drehte sich zu Schielin herum und sagte: »Es muss jemand hier im Haus gewesen sein heute Nacht.«

»Ach«, entgegnete Schielin.

»Das Täschchen ist weg. Das bestickte mit dem komischen Zeichen. Ich hatte es gestern kurz in der Hand und habe es hier neben die Schale gelegt. Und jetzt ist es weg. Ich nehme nicht an, dass ihr das mitgenommen habt.«

Schielin schüttelte den Kopf. »Nein.«

Lydia schob die beiden zum Ausgang. »So, ihr geht jetzt besser mal nach draußen, denn Wenzel versprüht hier gleich sein Gift und ich sehe mich solange oben um. Danach sind wir vielleicht schlauer.«

Wenzel zog ein überlanges Wattestäbchen aus einem Plastikkolben. »Erst mal die grobe tour à la chef de maison.«

Die Sonne brannte giftig herab, trotz des dunstigen Tuchs, das über dem See hing. Unter dem Ahorn bei der Garage setzten sich Schielin und Funk auf eine alte Holzbank und warteten.

Es dauerte zu lange, als dass sie eine gute Nachricht hätten erwarten können. Endlich ging die Tür auf und Wenzel trat schwitzend heraus. Hinter ihm Lydia, die gleich begann den weißen Overall loszuwerden. Wenzel riss den Reißverschluss bis zum Anschlag auf und kramte eine Schachtel Zigaretten hervor. Schielin zähmte seine Ungeduld, bis Wenzel zwei lange genussvolle Züge getan hatte. Dann fragte er: »Und!? Hämoglobin?«

Lydia rollte schweigend und mit ernster Miene den Overall zusammen.

Wenzel nahm noch einen langen Zug und sagte dann finster: »Das da drinnen – das ist ein Schlachthaus.«

*

Kimmel war bald darauf vor Ort. Er wischte schon den Schweiß von der Stirn, als er aus dem Auto stieg. Die anderen hatten vor dem Haus gewartet.

»Also, was haben wir?«, begann er schmucklos.

Lydia meinte, dass es besser sei, sich das, was eigentlich nicht mit bloßen Augen zu sehen war, an Ort und Stelle zu betrachten, zumal die Spuren bereits gesichert waren.

Die Fensterläden waren inzwischen geschlossen und die Vorhänge zugezogen. Es war duster und Wenzel bat darum, das Licht auszulassen. Er knipste seine Quarzlampe an und hielt sie auf den Boden. »Nur, dass ihr mal seht, wie sich das hier so darstellt. Alles, was leuchtet, ist Blut.«

Im dunklen Raum war auf dem Holzboden ein breiter Streifen zu erkennen, der in unnatürlichen Farben leuchtete, grelles Weiß, Violett und phosphorfarbenes Lila changierten aufgeregt, je nachdem wie Wenzel den Lampenschein veränderte. Er ging ein paar Schritte in Richtung Küche, und der etwa einen Meter breite Farbstreifen setzte sich Richtung Küche am Boden fort. Wenzel stoppte. »Da ist viel Blut geflossen, sehr viel Blut. Es handelt sich nicht um Tierblut, so viel ist auch schon klar. Ich habe mit einem Wattestäbchen den Abfluss in der Spüle grob getupft – Blut. Draußen in diesem Wasch-, Bügel-, Abstellraum, da hingen dann richtige Blutklumpen am Probestäbchen. Das klebte alles im Bodenabfluss.«

Er hob die Hand, ein Zeichen für Lydia, dass sie nun dran war. Das Licht wurde angemacht und die Vorhänge wurden aufgezogen. Sie versammelten sich am runden Tisch, auf welchem Lydia ein Blatt Papier ausgebreitet hatte. Darauf hatte sie einen groben Grundriss des Erdgeschosses aufgezeichnet.

Vom Tisch aus war der Raum gut einsehbar. Vom Treppenpodest bis zum Kachelofen und hin zum Durchgang in die Küche.

Lydia deutete auf ihre Skizze. »Die Hauptverbreitung der Blutspuren findet sich direkt am Aufgang zur Treppe, etwa einen Meter vor der ersten Stufe, also mitten im Raum.« Auf ihrem Plan war der Fleck, den sie meinte, als A1 eingezeichnet. Sie deutete darauf und fuhr fort. »Von hier zieht sich ein etwa einen Meter breiter Streifen nach hinten zur Küche, wendet sich nach links durch die Tür in diese Waschküche. Das ist die Hauptspur.« Sie wies auf kleine Kreise in der Skizze. »Vom zentralen Blutfleck aus finden sich rüber zum Sideboard einzelne Flecken, die untereinander aber nicht verbunden sind, sondern wie Inseln im Raum liegen. Sie werden kleiner, je weiter sie von A1 entfernt sind und ergäben, würde man sie verbinden, eine gerade Linie. Und dann haben wir noch Anhaftungen auf den ersten acht Stufen der Treppe.« Sie schwieg nun und sah nachdenklich auf ihren Plan.

Kimmel knurrte: »Und was sagt uns das … habt ihr schon ein … Szenario?«

Lydia wollte nicht so recht raus mit der Sprache. »Mhm. Also bei A1, an der Treppe, fand der Hauptzwischenfall statt. Hier stand das Opfer und es kam plötzlich zu einem heftigen, starken Blutaustritt. So stark, dass Blutspritzer bis hinüber zum Sideboard reichten. Bei der breiten Spur von A1 weg zur Küche haben wir ziemlich sicher eine Schleifspur vor uns. Wir vermuten, dass sie von den stark von Blut durchtränkten Kleidungsstücken des Opfers stammen könnte. Der Täter hat das Opfer vermutlich durch den Raum in die Waschküche gezerrt. Dort finden sich überall Blutspuren, aber nicht mehr in einem solchen Maße wie hier im Wohnzimmer. Wenzel hat die ganzen Abflüsse aufgemacht. Also eine Zerteilung der Leiche hat sicher nicht stattgefunden. Da wäre die Spurenlage dann doch anders. Wir gehen eher davon aus, dass der Körper verpackt worden ist.«

»Du sprichst von *einem* Körper, Lydia. Hier wohnte aber ein Ehepaar«, meinte Schielin.

»Schon richtig. Aber die Spuren passen nur zu einem Körper.«

Wenzel deutete auf die Skizze. »Der Täter hat, nachdem er die Leiche nach hinten geschafft hatte, eine verdammt gründliche Säuberung durchgeführt. Das war kein oberflächliches Geschmiere. Die Blutspuren in der Spüle stammen der Konzentration nach vom Ausspülen der Lappen, die zum Putzen verwendet worden sind. Die sind verschwunden. Hier haben wir nichts gefunden, nicht im Müll und auch sonst nirgends. Das Grundstück muss gründlich durchsucht werden. Auch nach Grabungsspuren.«

Kimmel nickte.

»Wenn die Reinigung so gründlich vonstattenging, heißt das doch, dass, wer immer es war, nicht das Gefühl hatte unter Zeitdruck zu stehen«, meinte Schielin.

Wenzel nickte und sah durch den Raum. »Ganz sicher nicht. Hektisch lief das nicht ab. Die Spuren auf der Treppe passen zu Fußabdrücken. Von der Breite her auf die Länge geschlossen ... könnte es so zwischen Größe 40 bis 43 sein. Nicht gerade aussagekräftig.«

Kimmel sah Schielin an. »Nicht gerade große Füße, oder? Und heute Nacht war doch was hier. Da war doch jemand hier herinnen, die Streife hat das doch gemeldet und ihr habt bei der Nachschau niemanden gefunden?«

Schielin bejahte: »So ist es.«

»Schöne Scheiße.«

»So ist es«, Schielin noch einmal.

»Was waren das für Leute?«, wollte Kimmel wissen.

»Ein Ehepaar Kohn, Mitte fünfzig. Sie haben das Haus vor gut zehn Jahren gekauft. Sind aus dem Norden hierher an den Bodensee gezogen. Er stammt aus der Gegend von Kiel und sie aus einem Dorf bei Warendorf, das liegt in Niedersachsen. Er ist eigentlich Kunsthistoriker, hat sich aber einen Namen als Restaurator von alten Büchern gemacht. Sie hat Bücher geschrieben – über Gärten und Rosen, so Lebensberatungszeug eben, so wie es hier halt aussieht. Die beiden haben eher zurückgezogen gelebt und von den Nachbarn war da nicht viel Detailliertes zu erfahren, also überhaupt kein Geschwätz oder Geschichtchen.«

»Lebensberatungszeug?«, hakte Kimmel nach.

»Ja. So Titel halt wie: ›Sei glücklich, dann bist du froh‹, oder ›Liebe den Tag, dann liebt er dich und andre auch‹ ...«

Wenzel kicherte. »Mach es wie die Vögel, zwitscher öfter mal ... einen ...«

Funk zog eine Grimasse.

Kimmel blieb ernst. »Mhm. Dann wäre ja ein Familiendrama denkbar, oder?«

Schielin zögerte, weil er versuchte einen Bezug zwischen dem, was er von den Büchern erzählt hatte, und dem Begriff Familiendrama herzustellen. »Denkbar ist viel, aber ... wir haben noch keine Leiche.«

Kimmel hakte erneut nach. »Ich meine ja nur so als ersten Ansatz, der Klassiker eben.«

»Ich glaube nicht, dass wir es hier mit einem Klassiker zu tun haben – Ehemann tötet Ehefrau –, das glaube ich nicht. Da läge dann nämlich hier eine Leiche herum und das Blut wäre mit bloßem Auge zu sehen.«

Lydia schnaufte genervt aus und ging hinüber zur Treppe. Sie ließ die anderen reden und setzte sich auf die ersten Stufen oberhalb des Podestes.

Schielin meinte: »Ich würde vorschlagen, wir durchsuchen Haus und Grundstück noch einmal, und geben dann eine Fahndung raus – nach beiden. Das nimmt erst mal Druck raus und in der Zwischenzeit können wir mittels DNS-Vergleich sicher feststellen, zu welcher Person das Blut gehört. Dann können wir unsere Ermittlungsrichtung immer noch verifizieren.«

Wenzel nickte zustimmend. Kimmel presste die Lippen aufeinander. »Immerhin hieß er Gundolf.«

Schielin sah ihn konsterniert an. »Ja, und?«

»Kommt aus dem Althochdeutschen und steht für *Kampf* und *Wolf* – Gundolf.«

Robert Funk hatte sich inzwischen auf der Eckbank niedergelassen und schüttelte den Kopf. »Wolf hin, Kampf her. An ein Familiendrama glaub ich auch nicht. Dann wäre er ja heute Nacht nicht zurückgekommen und hätte dieses komische Mäppchen geholt, aber Geldbeutel und anderes Zeug liegen lassen. Das passt nicht. Hier passt alles nicht.«

Alle am Tisch fuhren mit einem Mal zusammen, denn in die kurze Stille, die nach den Worten Funks entstanden war, drang ein tiefer, heiserer Schrei – von Lydia. Er war voller Entsetzen und Abscheu. Als sich ihre Kollegen erschrocken der Treppe zuwendeten, sahen sie, wie sie die Stufen herunterstürzte, kreidebleich, eine Hand auf dem Bauch haltend, und zur Tür stolperte. Schielin war ihr am nächsten, sprang nach und fasste sie unter dem Arm. Draußen angekommen, strebte sie dem Rasenstreifen gegenüber der Auffahrt zu und übergab sich. Drinnen suchten die anderen den Raum ab. Nichts war zu sehen, nichts war zu hören. Ein Streifenfahrzeug stand inzwischen in der Auffahrt und Ewald Kubow lehnte am vorderen Kotflügel. Scheinbar unbeeindruckt verfolgte er die hektische Szene, öffnete die Rücktür des Wagens und kam mit einer Flasche Wasser und ein paar Tempotaschentüchern auf die beiden zu. Schielin hatte es bisher sein lassen Fragen zu stellen. Lydia würde schon noch reden. So etwas hatte er noch nie erlebt bei ihr, und sie hatte wahrlich schon Schlimmes erfahren und sehen müssen. Kubow reichte ohne ein Wort zu sagen Wasserflasche und Tempos. Funk beobachtete das Ganze ratlos von der Türe aus. Niemand sprach, fragte oder verfiel in nutzlosen Aktionismus. Alle warteten. Lydia Naber spülte ein paar Mal den Mund und als sie sich mit einem befreienden Atmen aufrichtete, sagte sie zu Schielin: »Die Holzwand. Wir müssen hinter die Holzwand an der Treppe kommen.«

»Aber … da ist nichts zu sehen, Lydia«, sagte er mit fragendem Blick.

Sie nahm einen Schluck Wasser und spülte noch mal. »Aber zu hören, Conrad. Es ist zu hören. Weißt du, wenn man weiß, wohin man kommt und was einen erwartet, dann geht das ja. Aber wenn man so überrascht wird und einem seine Gedanken die Bilder vorspielen, wie es sein könnte, dann ist das viel grausiger. Ich bin so erschrocken.«

»Wovon?«

»Setz dich auf die Treppenstufen und lausche, dann weißt du, was ich meine. Ich bleibe jetzt erstmal ein paar Minuten hier.«

Schielin ging ins Haus zurück. Die anderen drei standen in der Stube und unterhielten sich mit gedämpfter Stimme.

»Ist sie wieder in Ordnung?«

»Ja«, sagte Schielin, bedeutete ihnen leise zu sein und setzte sich auf die Treppenstufen, wo zuvor Lydia gesessen hatte – und lauschte. Zunächst vernahm er nichts Außergewöhnliches. Von draußen war ganz aus der Ferne das Rauschen von Motoren zu hören. Sonst wurde dieses Geräusch sicher vom Wind unterdrückt, der Blätter aneinanderreiben ließ. Doch der war mit der Hitze verschwunden. Auf einmal drang ein Geräusch von rechts an Schielins Ohr. Es kam von der Holzwand. Ein leises Pochen. Dann wieder und wieder. Es klang, als werfe jemand mit kleinen Papierbällchen von innen gegen das Holz. Schielin verzog das Gesicht zu einer schmerzverzerrten Grimasse.

Kimmel wurde zornig. »Jetzt sag schon, was los ist, Conrad. Ich kriege hier gar nichts mit.«

»Fliegen«, sagte Schielin und deutete auf die Holzwand, »dahinter ist alles voll mit Fliegen. Sie knallen von innen gegen die Wand und wenn man genau hinhört, ist auch das Summen zu hören.«

Mehr musste er nicht sagen. Alle ahnten, was sie erwarten würde.

Schielin ging hinaus und holte einen Overall. Wenzel kroch auch wieder in die Folie. Sofort stieg die Körpertemperatur. Lydia zog trotz aller guten Ratschläge von Kimmel ebenfalls das Ding an. Das, was nun kommen würde, schreckte sie nicht mehr, denn sie hatte es bereits durchlebt.

Für Kimmels Statur waren noch keine Overalls entwickelt worden. Er öffnete Fenster und Türen und wartete dann draußen.

Zunächst suchten sie einen Zugang zu dem Verschlag, der sich hinter der Holzwand verbergen musste. Eine Türe war nicht zu entdecken. Im Licht der Taschenlampen, die auch den dunkelsten Winkel hell machten, fanden sie schließlich hinter der Bodenluke zum Keller einen kleinen Spalt. Lydia war die Leichteste und kroch auf Knien über die Bodenluke, die ein wenig wippte. Schon der erste Schlag gegen das Holz förderte ein hohles Dröhnen hervor. Schielin musste gegen den heftigen Speichelfluss ankämpfen, der ihn überkam. Dann zog er die Netzhaube über den Kopf. Lydia hatte die Videokamera und ein Schmetterlingsnetz dabei. Sie würden einige der Fliegen benötigen. Die Maden waren einfacher zu jagen. Wenzel übernahm nun und rückte mit einem Schraubenzieher an, den er aber gar nicht brauchte. Er drückte am Boden gegen die Holzwand, die ein Stück zurückfuhr, dann setzte er an einer abgegriffenen Stelle an und drückte die ganze Wand nach oben. Es ging leicht, denn sie hing an einem Gegengewicht und wurde fast von alleine nach oben gezogen.

Das Surren, das sie erfasste, war gräulich und nur schwer zu ertragen. Lydia hielt die Augen geschlossen und ließ die Videokamera laufen. Die grellen Scheinwerferkegel trafen auf ein Paket, das in große blaue Müllsäcke eingewickelt war. Alles bewegte sich. Wenzel wunderte sich, dass es nicht stärker roch, doch der Plastiksack hielt einiges zurück. Wären sie ein paar Tage später gekommen, hätte man es schon im Wohnzimmer gemerkt.

Als sie kurze Zeit später alles erledigt hatten, kroch Schielin aus dem Ganzkörperkondom. Seine Kleidung klebte an der Haut. Er ging auf Ewald Kubow zu und sagte: »Und du, mein Freund, wirst mir jetzt erzählen, was in der Nacht wirklich zu sehen war.«

Kubow sah ihn schweigend an, ohne zunächst auf Schielins Worte zu reagieren. Der wartete und schließlich begann Kubow zu erzählen: »Wie gesagt, es war ganz eindeutig der Schein einer Taschenlampe.«

»Das wissen wir ja schon.«

»Die Sabine war ausgestiegen und hochgelaufen zur Tür. Ich habe noch am Funk Bescheid gegeben, wo wir sind. Und da war dann plötzlich wieder dieser Lampenschein, direkt am Fenster, und diese ...«

Schielin wartete, drängte nicht.

» ... diese Fratze. Ganz kurz nur. Es war so eine Gestalt ganz in Schwarz. Ich habe das nur schemenhaft gesehen, es ging so schnell, aber es war da! Eine schlanke Gestalt und diese kurze Bewegung da im Fenster, die sah sehr geschmeidig und kraftvoll aus.«

Ohne jegliche Ironie in der Stimme fragte Schielin: »Ein Mann, ein Geist, eine Frau ...?«

»Es war etwas Dämonisches, würde ich sagen. Ich bin jedenfalls total erschrocken, so wie selten.«

»Wie sah diese Fratze aus?«

»Es war kein richtiges Gesicht, Conrad. Ich habe es auch nur kurz gesehen, so kurz wie in einem Blitzlicht, verstehst du.«

»Mhm, ich glaube schon.«

»Es sah so ähnlich aus wie eine Hexenlarve, aber nicht so ... kantig und grob, sondern irgendwie weicher.«

»Hexenlarve«, wiederholte Schielin nachdenklich und ging zurück ins Haus. Unten am Weg hatten sich inzwischen einige Neugierige versammelt. Das Ehepaar Haubacher erkannte er. Eine kurze Kopfbewegung zeigte Kubow an, dass er die Personalien der Leute da unten feststellen sollte.

Jenseits des Gartens, hinter den Staudenbeeten am Zaun, gewahrte Schielin Frau Kinkelin. Sie stand wie eine Säule, bewegungslos, eine Hand auf dem Holz, aber nicht um dadurch Halt zu gewinnen, eher diente es ihr dazu, den Kontakt mit der Welt zu halten, wie Schielin ihrem erschrockenen Gesicht meinte entnehmen zu können. Er ging hinüber zu ihr.

»Wir wissen noch nichts Genaues, Frau Kinkelin, und ich kann ihnen auch noch nichts sagen. Aber es werden schlechte Nachrichten sein.«

Sie nickte ernst, ohne ihn anzusehen. Ihre Hand ließ vom Zaun los und langte wie von einem Fremden gesteuert an Schielins Unterarm. Ganz leicht nur. Sie sagte leise und mit drohender Stimme: »Des war der Deifel, des war der Deifel.«

»Was?«, fragte Schielin, dem es bei ihren Worten kalt über den Rücken rieselte. Er folgte ihrem Blick, der nicht auf die Beete gerichtet war, sondern auf die Gruppe der Neugierigen unten auf der Straße. Kubow war gerade mit ihnen beschäftigt. Er wunderte sich darüber, dass auf ihrer Stirn trotz der schwülen Hitze nicht ein Anflug von Schweiß zu sehen war. Sie schien auch unter dem Wetter nicht zu leiden.

»Was war der Deifel?«, fragte Schielin nach und entfernte mit der Handkuppe einen Schweißtropfen von der Innenseite der Wimpern.

Sie zog ihre Hand zurück und mit einer behänden Kraft, die er dem alten Körper nicht zugetraut hätte, richtete sie sich auf, spuckte voller Abscheu in Richtung Straße aus, drehte sich um und ließ Schielin mit seiner unbeantworteten Frage einfach stehen.

Der schnaufte aus und ging zurück zum Haus. Der Leichenwagen war inzwischen gekommen. Die Autos mussten aus der Auffahrt weggefahren werden, um Platz zu machen. Niemand sollte mehr als erforderlich sehen.

*

Am Nachmittag trafen sie sich zur Besprechung. Erich Gommert war zuvor von Büro zu Büro gegangen und hatte gefragt, wer Kaffee wollte. Zu seiner Verwunderung erhielt er von allen, die er fragte, eine Zustimmung – obwohl es doch so heiß war. Doch die, die draußen am Haus gewesen waren, sehnten sich mehr nach dem belebenden, ja fast reinigenden Duft frisch gebrühten Kaffees, als nach der Flüssigkeit und deren Geschmack.

Schielin nahm zwei kräftige Schlucke und ordnete Unterlagen. Die anderen unterhielten sich gedämpft. Jasmin Gangbacher war inzwischen von Kempten zurückgekommen und saß erwartungsvoll am Tisch. Wenzel hatte ihr am Computer bereits einige Fotos vom Tatort gezeigt. Sie wusste also, worum es ging.

Kimmel begann mit der Frage, wer am nächsten Tag der Obduktion beiwohnen wollte. »Wer fährt?«

Schielin hatte andere Arbeiten zu erledigen, wie Lydia auch. Beide fühlten sich daher gar nicht angesprochen. Wenzel hob die Hand. Obduktionen machten ihm im Grunde genommen nichts aus.

»Wie machen wir nun weiter?«, richtete Kimmel die Frage an Schielin, nachdem die Sache mit der Obduktion geklärt war.

Schielin meinte nach kurzem Überlegen: »Gundolf

Kohn scheidet ja nun als Täter aus und somit auch der Klassiker.«

Kimmel knurrte. Er hatte die Anspielung verstanden. Wenzel rieb sich auffällig freudig die Nase.

»Ich meine, soweit das erkennbar war, handelt es sich bei der Leiche ja ziemlich sicher um Gundolf Kohn. Von seiner Frau fehlt nach wie vor jede Spur. Sobald der Leichensuchhund von Kempten da ist, werden wir Grundstück und Haus noch einmal absuchen. Ich hatte auch schon an einen Hubschrauber mit Wärmebildkamera gedacht, aber diese elende Hitze – ist zu warm für diese Hightechdinger. Die Kamera würde keine Temperaturunterschiede mehr anzeigen, alles wäre rot.«

Gommi hatte aufmerksam zugehört und meinte: »Ah, Conrad, des wäre doch dann emole eine guten Gelegenheit. Lassen wir doch den Hubschrauber mal kommen und drüberfliegen mit der warmen Kamera. Da müsst man ja dann alle sehen, die ein kaltes Herz haben, gell.«

Wenzel zog eine Grimasse. Schielin sah Erich Gommert fragend an, denn so, wie der es gesagt hatte, war nicht klar, ob es nicht vielleicht doch ernst gemeint sein konnte. Schielin verzichtete auf eine Antwort und machte weiter, obwohl ihn Gommis Gedankengang weiter beschäftigte. »Ich würde sagen, wir lassen die Fahndung nach der Frau weiterlaufen und warten ab, was Obduktion und Absuche ergeben.«

»Glaubst du, sie könnte das getan haben?«, fragte Lydia.

Schielin zuckte mit den Achseln. »Schwierig zu sagen. Wir sollten warten, was die Obduktion ergibt. Im Moment habe ich noch gar keine Vorstellung. Sicher ist nur, Gundolf Kohn wurde ermordet und seine Frau ist verschwunden. Alles ist möglich.«

»Was ist mit dieser Tochter?«, fragte Kimmel, »die ist doch im Ausland …«

Schielin blätterte in den Unterlagen. »Birgit Kohn. Lebt in Kanada.«

Lydia sprang ein. »Ich habe über das Landeskriminalamt die Kontaktaufnahme schon beantragt. Die Adresse haben wir in einem Notizbuch gefunden. Die Telefonnummer auch. Ich wollte da aber nicht anrufen und denke es ist das Beste, wenn die kanadische Polizei das übernimmt. Wir bekommen einen Ansprechpartner da drüben über die Botschaft in Vancouver mitgeteilt.«

Kimmel machte ein unglückliches Gesicht. »Was haben wir sonst?«

»Der Geldbeutel war leer. Kein Bargeld, bis auf ein paar Euro. Finde ich seltsam.«

»Inwiefern?«

Schielin sah kurz zu Funk, mit dem er schon darüber geredet hatte, und der erläuterte, welches Szenario auch denkbar war. »Wir wissen ja nicht, was sonst noch aus dem Haus entwendet worden sein könnte. Die EC-Karte steckte zwar noch im Geldbeutel, auch Ausweis und Führerschein, was etwas eigenartig ist. Ich habe im Arbeitszimmer einen kurzen Blick in die Akten geworfen. Gundolf Kohn war ein viel beschäftigter Restaurator alter Bücher. Jede Menge Aufträge und regelmäßige Zahlungseingänge. Den Kontoauszügen nach ging es den Kohns finanziell blendend. Wäre doch normal, dass da etwas mehr Bargeld zu finden wäre. Außerdem gab es Abrechnungen einer Kreditkarte, die auf seinen Namen lief. Die Kreditkarte ist bisher nirgends aufgetaucht. Sein Geldbeutel, der im Wohnzimmer, war leer, der seiner Frau hingegen nicht. Den haben wir in einer Handtasche oben im Gang gefunden. Ausweis und Führerschein waren drin und rund siebzig Euro. So betrachtet … könnte durchaus nach schnellem Zugreifen aussehen.«

Kimmel knetete seine Finger. »Eine Raubsache?«

»Na ja, vielleicht ging es ja um Geld, Schmuck, oder so. Ein Raubmord wäre durchaus denkbar. Schönes sauberes Verbrechen und ein biblisch altes Motiv dazu; müssen wir nur noch den passenden Täter finden.« So wie Funk es gesagt hatte, vermittelte er nicht den Eindruck, seiner eigenen These großen Glauben zu schenken. Es war eher ein Spiel mit dem Denkbaren.

Kimmel sah in die Runde. »Und die Ehefrau? Es gibt doch keine Hinweise darauf, dass sie verreist, oder nach Kanada zu ihrer Tochter geflogen ist.«

Lydia Naber verneinte. »Nein, es gibt keine Hinweise darauf. Wir wissen überhaupt nicht, wo sie sein könnte und müssen abwarten, was die nächsten Tage bringen. Außerdem sind wir erst mal gut damit beschäftigt festzustellen, was die Kohns für Leute waren, zu wem sie Kontakt hatten, wer Zugang zum Haus besaß, dort verkehrte –Freunde, Geschäftspartner, das ganze Drumherum eben.«

Kimmel wischte mit dem Handrücken über die Stirn. »Und die Geschichte in der Nacht, mit dem Licht im Haus?«

Schielin unterließ es, auf Ewald Kubows Beobachtungen einzugehen. Stattdessen sagte er: »Wir werden uns das Anwesen ganz genau ansehen. Gleich jetzt nach der Besprechung.«

Während er es sagte, blickte er zu Lydia Naber und Jasmin Gangbacher.

Erich Gommert hatte sofort weggesehen, als er merkte, dass Schielin seinen Blick schweifen ließ.

»Und Spuren?«, fragte Kimmel weiter.

Lydia schnaufte hörbar aus. »Wir haben zwei Kisten drüben stehen. Wird einige Zeit dauern, das alles auszuwerten. Was wir hier mangels Technik nicht erledigen können, geht sofort zum LKA. Zwei, drei Spurenträger haben wir schon vorbereitet. Wenzel und ich schauen uns auch noch mal im Haus um. Wir brauchen da alle noch einen zweiten und dritten Blick auf das Ganze.«

Die Runde löste sich auf, als die Nachricht kam, dass der Hundeführer mit dem Leichensuchhund aus Kempten eingetroffen war.

Kimmel beauftragte Gommert noch heute die *biologischen Spuren*, wie er es etwas ironisch ausdrückte, nach München zum Landeskriminalamt zu bringen. Dort war eine Biologin bereits informiert und wartete auf die Tierchen. Gommert hatte keine Probleme damit. Es war ihm lieber nach München zu fahren, als in dieses Haus zu müssen, in welchem so schreckliche Dinge passiert waren. Das Landeskriminalamt in München kannte er, da war er schon einmal gewesen.

*

Kurze Zeit später, Schielin und Lydia Naber saßen im Büro und waren mit Schreibkram beschäftigt, wurde ihr konzentriertes Tun von Erich Gommerts Stimme unterbrochen. Er war wie ein Geist herangeschlichen und lehnte plötzlich am Türrahmen. »Es gab emol eine Zeit in Lindau, da war des ein richtig ruhiges und beschauliches, friedliches Städtle, wo alles seine Ordnung gehabt hätt …«

Lydia suchte in der Schublade herum und sprach wie nebenbei. »Du meinst die Zeit vor fünfundvierzig, oder?«

Erich Gommert ging nicht darauf ein. »Da hat's die Stadtteile gehabt, der Sommer war Hauptsaison, es Kinderfest gab's, und wer auf der Insel geboren war, war mehr und schöner am Leben als alle andern … und mein Großvater hat schon früher immer g'sagt, dass es ein großer Fehler gewesen sei, damals nach dem Krieg, als Lindau ein eigenes Land war –nicht Deutschland, nicht Österreich, nicht Besatzungszone, weil sie uns vergessen hatten –, dass man damals nicht hat ganz eigenständig werden können. Ein großer Fehler. Und ich bin der gleichen Meinung. Da hätten wir nämlich heut unsere Ruh' vor München und Kempten.«

Schielin unterbrach kurz und fragte: »Gibt's die Stadtteile vielleicht nicht mehr, Gommi? Ist dein Bodolz abgeschafft worden, hat man's vergessen?«

Gommert schüttelte sich kurz. »Ihr wisst schon, was ich moin. Es ist alles so verrückt worden und ich mein ebe, das des die Gier ist, von den Menschen.«

Lydia blies die Backen auf und meinte genervt: »So wird es sein, Gommi, genau so. Wär alles ganz anders, wenn wir so eine Art Liechtenstein wären, gell.«

Der überging ihren Spott. »Ist doch so. Jeder muss alles haben, gleich und sofort, mit allem drum und dran und Recht auf Rückgabe und versichert ist auch alles. Wir sind doch eine Gesellschaft, wo die Leute bei dem ebay frischen Fisch bestellen, und wenn der drei Tag später per Express geliefert wird, hocken die sich in eine Talkshow und jammern drüber, dass des Vieh gemuffelt hätt und dass man nun gleich ein Gesetz bräuchte, weil alle überfordert sind.«

Schielin und Lydia Naber unterbrachen ihre Arbeiten, die inzwischen nur deshalb verrichtet wurden, um dem Philosophieren ihres Kollegen keine Aufmerksamkeit schenken zu müssen. Doch dessen letzte sinnbildliche Aussage befand sich auf einer neuen, interessanten Ebene.

Lydia erholte sich als Erste. »Gommi, mach dir keine Sorgen. Du bist doch viel zu geizig, um gierig zu sein. Bei dir daheim läuft sich ja es Mäusle in der Mehlkiste blutige Füß.«

Erich Gommert stieß sich mit entrüsteter Geste vom Türrahmen ab. »Ihr seid's dem Ganzen auch schon verfallen.

Ich bin überhaupt net geizig. Geiz ist eine Todsünde und des net umsonst, denn der Herr will ja nicht nur, dass man gegen andere, sondern auch gegen sich selbst nicht geizig ist. Sparsam bin ich aber schon, und des ist was ganz was anderes!« Er richtete sich auf und sagte: »*Der Bodensee nicht größer ward, weil eine Gans das Wasser spart.*«

»Ist ja gut«, beschwichtigte Lydia, die ihre Attacke schon wieder bereute und die Sache mit dem *geizig gegen sich selbst sein* so noch gar nicht bedacht hatte.

Schielin murmelte: »Soso, der *Herr* will das nicht ... ich glaube deine Hedwig will das schon gleich gar nicht und das scheint mir der stärkere Pol zu sein!«

Erich Gommert sah ihn verständnislos an und zog sich zurück. Schielin schüttelte den Kopf und sah zu Lydia. »Tss. Frischen Fisch bei ebay. Das Schlimme ist, heutzutage weiß man nicht mehr, was eine Übertreibung ist, oder nicht vielleicht schon Realität.«

*

Als alle Berichte und Anträge geschrieben waren, fuhren sie zum Anwesen in Heimesreutin. Robert Funk und Conrad Schielin koordinierten die Absuche auf dem Gelände um das Haus. Lydia Naber und Wenzel legten widerwillig die Plastikhaut an, um nach weiteren Spuren zu suchen. Das subtropische Klima, das sich sofort unter dem Kunststoff bildete, war unerträglich.

Lydia hatte vor, den Keller noch einmal genauer zu inspizieren. Es war angenehm kühl da unten und es roch nach gesundem Lehmboden – säuerlich, frisch, mit hoher Luftfeuchtigkeit und einem Schuss Moder und Vergänglichkeit. Das steinerne Gewölbe musste viel älter sein als das Haus, das sich darüber aufrichtete.

Gemüse, Konserven, Einmachgläser, Wein – alles war wohlgeordnet in Regalen verstaut und akkurat beschriftet. Überhaupt war es diese Ordnung, die jedem Raum eigen war und einem beinahe sinnlich erfahrbar wurde; so, als würde es einen Geruch für Ordnung geben. Nichts lag herum, es war nichts Überflüssiges vorhanden, jedes Ding hatte seinen Platz. Nicht einmal eine alte Zeitung oder irgendwo ein vergessener Socken war zu entdecken.

Selbst hier im Keller wurde den Dingen kein Eigenleben erlaubt. An der langen Seitenwand stand ein alter Holzschrank ohne Türen. In den engen Regalböden stapelten sich die Marmeladegläser. Lydia nahm eines heraus und las auf dem handbeschriebenen Etikett: *Rhabarber-Erdbeer.*

Klingt gut, dachte sie, muss ich auch mal ausprobieren, und stellte das Glas zurück in den Schrank, schob es ganz nach hinten, dass es leicht gegen die Rückwand stieß.

Sie erschrak auf der Stelle, spürte, wie sich ihr Herzschlag beschleunigte. Sie schloss die Augen, atmete dreimal tief in den Bauch ein und langsam wieder aus. Das beruhigte. Mit dem Griff der schweren Maglite stieß sie nun gegen die Rückwand des Schrankes. Wieder war dieser tiefe, dunkle Widerhall zu hören. Das konnte unmöglich alleine von diesem Schrank kommen. Es klang nach mehr, nach viel mehr – nach einem ganzen Raum. Sie klopfte noch mal gegen die Rückwand, diesmal stärker. Dann holte sie Wenzel. Sie überlegten, was sie machen sollten. Eindeutig befand sich hinter dem Schrank mindestens ein großer Hohlraum. Wenzel schnupperte. »Nichts zu riechen«, stellte er trocken fest.

»Für Fliegen ist es hier herunten auch zu kühl«, ergänzte Lydia und lauschte in das Unbekannte.

Wenzel inspizierte den Schrank genau, legte sich auf den Boden und pfiff anerkennend. »Gar nicht blöde. Das Ding steht auf Umzugsrollen. Sollte sich also ganz einfach wegschieben lassen.«

Lydia holte die Videokamera, schnallte sie auf ein Stativ und ließ sie laufen. Die Scheinwerfer warfen ein grelles Licht, das von den Gläsern in alle Richtungen reflektiert wurde.

In der Tat war es leicht, den Schrank zu bewegen, denn entlang der Wand war der Lehmboden glatt und gerade. Schon nach wenigen Zentimetern wurde ein dunkler Spalt sichtbar und als der Schrank gut einen Meter verschoben war, standen die beiden vor einem schulterhohen Durchschlupf. Das Licht der Taschenlampe verlor sich in einem gefassten Gang, der leicht anstieg und nach etwa drei Metern nach links abzweigte. Nichts war zu entdecken.

»Meinst du, wir sollen da reingehen?«, fragte Lydia.

Wenzel studierte den Boden im Streiflicht seiner Taschenlampe. Es waren keine Spuren zu erkennen. Trotzdem hielt er sich eng rechts an der Mauer, als er mit vorsichtigen Schritten losging: »Du wartest hier.«

Am Knick angekommen, blieb er stehen und richtete die Taschenlampe nach oben.

»Was ist da?« rief Lydia.

»Sieht aus wie ein Schacht. Da sind Eisen in die Wand geschlagen, die können wie Stufen verwendet werden. Und oben, am Ausstieg, da sind kleine Spalten, durch die Licht fällt. Das muss irgendwo hinter der Garage sein.« Er rief ein paar Mal laut nach Schielin und Funk, ohne jedoch eine Antwort zu erhalten. Dann kehrte er zurück. Lydia sagte den anderen, die draußen am Hang vor der Garage suchten, was sie entdeckt hatten. Nicht dass dort jemand Spuren vernichtete. Denn nun war klar, dass Ewald Kubow ganz sicher keinen Geist in jener Nacht gesehen hatte. Und wenn es kein Geist war, dann mussten Spuren vorhanden sein.

Der Schachtausgang lag versteckt hinter der Garage und im Schutz einiger Büsche. Der kreisrunde Ausgang war mit Betonringen gefasst, wie sie für Kanaldeckel verwendet wurden. Darauf befand sich ein eiserner Deckel, der allerdings nicht akkurat in der Fassung lag, und daher Licht in den Schacht ließ. Ein Stück entfernt im Gras fand sich ein runder Holzdeckel, der, den Rostspuren entsprechend, sonst über dem Eisendeckel zum Liegen kam.

Wenzel und Lydia begannen mit der Spurensicherung. Schielin und die anderen suchten weiter. Das Ergebnis war mager. Auf dem Grundstück gab es keine Grabungsspuren und im Haus waren keine neuen Hohlräume festgestellt worden. Wenzel hatte einige Plastiktütchen befüllt, machte aber keinen sonderlich zufriedenen Eindruck. Man musste abwarten, ob brauchbare Spuren dabei waren. Robert Funk und Schielin hatten alle Unterlagen mitgenommen, die sie für interessant hielten. Schielin hatte einen Ordner gefunden, in dem ausschließlich Dokumente und Unterlagen in französischer Sprache waren. Bei der Durchsicht stellte er fest, dass sie alle Frau Kohn betrafen, da ihr Name Carmen Lasalle aufgeführt war.

*

Mit näherrückendem Abend wurde deutlich, dass auch die Dunkelheit keine Abkühlung bringen würde. Conrad Schielin spürte, wie die Hitze nun begann physischen Druck auszuüben. Seine Frau Marja hatte schon Kopfschmerzen und lag zu Hause im Wohnzimmer auf dem Sofa und wollte ihre Ruhe.

Laura hatte sich mit dem Telefon nach oben verzogen und Lena das Futter für die Friesen schon gerichtet. Soweit war alles in Ordnung. Mit den Töchtern bestand seit einiger Zeit ein nicht explizit ausgehandeltes Friedensabkommen, was Schielin ein wenig sorgte, denn er vermutete, dass dahinter etwas stecken musste.

Schielin hatte den Heimweg genutzt, um die schaurigen Eindrücke loszuwerden. Etwas verloren stand er alleine in seinem Haus und sah sich um. Er löste sich bewusst aus dem Seinszustand zwischen Mordgeschehen und halbwegs heiler Welt und wurde für einen Augenblick zum Fremden im eigenen Haus. Was sah er?

Dinge. Er sah Dinge herumliegen, überall. Zeitungen, Zeitschriften, Stifte, Taschen, ein paar Sandalen. Es war eine aufgeräumte Unordnung, in der sich alle Beteiligten zurechtfanden und die er sonst in dieser Weise überhaupt nicht wahrnahm. Er war damit zufrieden, in einem belebten Haus zu sein. Nach einem ersten Überblick hörte er auf damit, weiter einen fremden Blick durch sein Eigen schweifen zu lassen, um nicht doch auf etwas zu stoßen, was ihn vielleicht hätte stören können.

*

Nur kurz ließ er einen kühlenden Wasserstrahl über sich laufen, zog weite, leichte Klamotten an und ging hinüber zur Weide. Lena stand im Schatten der Bäume und striegelte einen der Friesen. So wie Ronsard glänzte, hatte er kurz zuvor ebenfalls diese für ihn seltene Behandlung erfahren.

Es musste die Eseln eigene Form von Höflichkeit sein, die Ronsard bisher daran gehindert hatte, hinüber zur staubigen Kuhle zu traben und sich im trockenen Staub zu wälzen. Schließlich war ihm bewusst, dass in exakt diesem eselhaften Verhalten einer der Gründe lag, weswegen ihm seitens der Töchter weniger Wohlwollen zuteilwurde, als diesen hysterischen Friesen, von denen er zugeben musste, dass sie, was das Aussehen anging, schon etwas darstellten – aber die inneren Werte waren es doch, auf die es ankam!

Schielin ließ den Haken der Führungsleine an Ronsards Halfter einschnappen und ging los – auf eine beiden wohlvertraute Abendrunde: zuerst rüber nach Streitelsfingen, hinter den einsamen Häusern in himmlischer Lage über die Wiese und endlich hinunter in den Tobel. Meistens kamen beide über die Bäuerlinshalde wieder zurück.

Einige Male blieb Schielin stehen und suchte den Horizont. Über dem See hatte sich ein depressives Grau eingenistet. Es haftete glücklicherweise so hoch droben, dass die dominanten Umrisse des Säntis und, darunterliegend, die Appenzeller Hügelzüge erkennbar waren, von welchen die ersten Lichtpunkte herüberflimmerten. Schielin wanderte stumm auf bekannter Route. In der Nähe des Waldes, beim Queren einer Streuobstwiese, geriet er für einige Meter in ein Fragment spürbar kühlerer Luft. Wie auch immer es entstanden war und sich der Hitze gegenüber hatte behaupten können, hier auf freier grüner Wiese, zwischen alten Hochstämmen – es war ein erfrischendes Gefühl.

Sogleich machte sich die Abwärme von Ronsards mächtigem Leib bemerkbar. Der trottete unbeeindruckt von äußeren Einwirkungen dahin. Bisher hatte er noch nicht einmal versucht, den Gang durch eine Fressattacke zu unterbrechen. Schielin überlegte, ob mit dem Tier alles in Ordnung war. Ein ganzes Stück war er nun schon unterwegs, fast schon am Eingang zum Tobel und noch nicht ein Mal hatte Ronsard seinen Kopf mit magischer Kraft zur Seite gezogen, einem fetten grünen Grasbüschel zu.

Schielin tätschelte den Hals seines Esels und stieg gemeinsam mit ihm in das Dunkel des Waldes hinab, ließ Geräusche und Lichter der Oberwelt hinter sich und bald waren nur noch die rauschende Stille der Bäume und das Glucksen des Baches zu hören. Ronsards Hufe klackten auf den steinigen Abschnitten des Weges.

Es war Schielin, der plötzlich stehen blieb und Ronsard damit überraschte, denn das war üblicherweise dessen Part, seinen Führer aus den Gedanken zu reißen. Ronsard nahm den Kopf zur Seite und drehte die Ohren nach hinten, in Schielins Richtung.

»Wo könnte die Frau bloß sein?«, fragte Schielin laut, »mhm, was denkst du?!« Ronsard drehte sich gelassen dem Weg zu und setzte die Wanderung fort.

Ist ja was völlig Neues, dachte Schielin und sprach nun eben während des Gehens. »Wenn sie ihn umgebracht hätte, dann säße sie inzwischen schon bei uns auf der Dienststelle, hätte sich gestellt oder wäre, auf welche Weise auch immer, aufgegriffen worden. Flöge meine Fantasie ein wenig, dann könnte ich mir sogar vorstellen, dass eine Ehefrau ihren Mann auf so untypisch brutale Weise tötet, anschließend verpackt und in einem Loch versteckt. Aber danach!? Wenn nach den Stichen, wenn nach der Plage, aller Hass verschwunden ist, wenn alle böse Energie zerstieben ist, wenn der impulsive Plan des Affekts an sein Ende gekommen ist – dann kommt doch die Leere. Die meisten Frauen stellen sich, weißt du. Oder sie irren durch die Gegend und werden aufgegriffen. Manche, es sind nur wenige, fahren zu Menschen, die ihnen nahestehen, erzählen das Geschehen wie ein unheimliches Märchen aus anderer Welt, als handele es sich um eine andere Person, die betroffen ist. Und wie geht es dann weiter? Die Polizei wird verständigt und wenn jemand Kluges beteiligt war, wird ein Anwalt schon unterrichtet sein. Aber in diesem Fall …? Ich denke nicht, dass sie ihn getötet hat. Weißt du, ich habe sie auf einem Foto gesehen. Sie machte einen sympathischen, intelligenten Eindruck. Wie gesagt, hätte sie ihn aus aufgestautem Hass im Affekt getötet, und so wie der arme Mensch ausgesehen hat, war es eine Tat, bei der viel Energie im Spiel war, dann hätte sie sich doch gestellt. Wenn sie ihn gezielt hätte loswerden wollen, wäre sie nicht verschwunden und er hätte nicht als Paket unter der Treppe gelegen. Intelligente Menschen verfügen über die Fähigkeit perfide zu denken. Edel sei der Mensch, hilfreich und gut – doch wohin mit all der Wut.

Wo also könnte sie sein? Ist sie ebenfalls tot, ermordet? Im Haus oder im näheren Umfeld kann es nicht geschehen sein. Wie hat sie ihr Heim verlassen? Das Auto stand noch in der Garage, und wichtiger noch: Geht eine Frau ohne Handtasche aus dem Haus? Geld, Scheckkarte, Ausweis – alles war noch da. Nein, mein Freund. Ich befürchte, wir haben es mit etwas Außergewöhnlichem zu tun. Es ist alles anders, als es die Handbücher schildern und meine Erfahrung es mir vorgaukelt. Ich jedenfalls mache mir Sorgen. Sorgen um diese Frau … und Sorgen um dich, weil du in dieser Hitze geradeso rennst wie noch nie. Ist denn diesmal alles anders? Es muss an dieser teuflischen Hitze liegen. Jetzt sei nicht so elend artig und friss endlich mal was! Du machst mich nervös mit dieser stoischen Beflissenheit, dieser geradezu unangenehmen Bravheit. Ich wollte einen Esel – nun sei einer!«

Sie gingen ein Stück weiter. Schielin war in den gedankenlosen Trott verfallen, den er so mochte, wenn er im Gleichklang mit Ronsard dahinlief. Abrupt blieb Ronsard stehen, hob den Kopf, drehte die Ohren – und schnaubte. Schielin brauchte einige Sekunden. Etwas stimmte nicht, wenn sein Esel derart reagierte. Er lauschte und hörte nur das sanfte Plätschern des Baches. Nichts war zu hören, nichts zu sehen, aber der würzige Geruch in der Nase war deutlich. So wie zuvor dieser kühle Fleck inmitten der heißen Luft fühlbar war, machte sich die beißende Würze von kaltem Rauch, umgeben von waldigem Duft, bemerkbar.

Er ließ die Führungsleine fallen und suchte die Quelle dieses Geruchs zu ermitteln. Die fortgeschrittene Dämmerung war wenig hilfreich, zumal hier herunten, und die kleine LED-Lampe, die er immer dabeihatte, war zu einer Suche im Wald gänzlich ungeeignet.

Von jenseits des Baches konnte die Wolke unmöglich kommen. Er wendete sich dem Hang zu und krabbelte von Baumstamm zu Baumstamm nach oben. Ronsard war ihm einige Meter gefolgt, dann aber stehen geblieben, als es begann steil anzusteigen. Aufmerksam folgte er – die Ohren mehr als die Augen – seinem Besitzer. Schielin fand ein Stück oberhalb des Wegs ein kleines Plateau und in dessen Mitte die Reste einer Feuerkuhle. Jetzt konnte er seine Leuchte doch gebrauchen. Am Rand der notdürftig ausgekratzten Kuhle ging er in die Hocke und stöberte in den verkohlten Ästen, die herumlagen. Zwischen den Kohlestücken leuchtete es hell im grellen Schein der LEDs – Knochen. Schielin sah sich um. Es war still. Mit einem Holzstück schob er die Kohlenstücke und Äste auseinander und fand zwei kleine Schädel, denen beiden der Unterkiefer abhanden gekommen war. Er tippte auf Ratte, beschloss aber, dass dies der Amtstierarzt würde klären müssen.

Alte Bücher

In der Besprechung am nächsten Morgen wurden die Arbeiten verteilt. Schielin wollte mit Lydia die Nachbarschaft noch mal eingehend befragen. Die anderen waren noch mit eigenen Fällen beschäftigt, die nun so schnell wie möglich vom Tisch mussten, um Raum für die Mordermittlung zu bekommen.

Wenzel hing am ärgsten fest. Er musste zur Obduktion fahren, hatte die Spurenauswertung zu erledigen und sollte noch zwei eigene Fälle abschließen. Einmal waren auf dem Parkplatz am OBI in der Bregenzer Straße zwei Männer derart aneinandergeraten, dass es beim einen mit einer aufgeplatzten Augenbraue und beim anderen mit einer angebrochenen Nase geendet hatte. Grund des Streits war Kritik an der Fahrweise des jeweils anderen, die in der Sache wohl berechtigt war, denn beide waren nach dem Eintreffen der Streife ihren Führerschein los. Beim Älteren war Chantré dafür verantwortlich, wie die kleinen Fläschchen hinter dem Fahrersitz und die bissige Geruchswolke um ihn herum belegten, wenngleich er behauptet hatte, zum Essen nur ein Bier getrunken zu haben. Der Jüngere hatte in der Nacht zuvor auf Caipirinha optiert und lag nach Auswertung der Ergebnisse leicht vorne. Es war zwar ein Routinefall, doch die Formulare wurden immer ausufernder, und geschrieben werden musste das Zeug nun einmal. Daneben hatte Wenzel noch die dumme Sache häuslichen Streits an der Backe, in welchem der Ehemann von seiner Frau durch den Glaseinsatz der Küchentüre geschmissen worden war. Bisher war es ihm nicht gelungen die Frau zu vernehmen und er wollte unbedingt Lydia oder Jasmin dabeihaben, weil er befürchtete, es könnte zu Schwierigkeiten kommen. Jedenfalls hatte er diesen Eindruck nach zwei Telefonaten und einem ersten zarten Versuch der persönlichen Kontaktaufnahme gewonnen.

Ein paar Zimmer weiter war Funk daran, den Einbruch in eine Ferienwohnung in Bad Schachen zu klären. Eine saubere, gewissenhafte Arbeit, die man in dieser Qualität heute nur noch sehr selten zu sehen bekam. Der oder die Täter hatten angesichts des Diebesgutes einen hervorragenden Geschmack bewiesen. Zudem war kaum Schaden angerichtet worden. Sie mussten sehr gut informiert gewesen sein, denn es waren zwei wertvolle Ölgemälde, drei Zeichnungen und eine Bronzeskulptur entwendet worden. Funk recherchierte im Umfeld der letzten Mieter.

Jasmin Gangbacher hatte den Schreibtisch mit Erfassungsunterlagen von DNS-Spuren voll und Erich Gommert jammerte über die Statistiken, die ständig von Kempten … hinter den sieben Bergen … angefordert wurden. Man schien dort eine Begabung zu entwickeln, ausgerechnet solche Daten abzufragen, die nicht durch einfachen Klick am Computer ausgewertet werden konnten. Gommert hatte zudem das Gefühl, dass es gar niemanden mehr gab, der in der EDV noch durchblickte. Einmal war er in großer Not gewesen und hatte in München im LKA angerufen, um Hilfe zu erbitten, denn an seinem Computer funktionierte gar nichts mehr. Er war zehnmal verbunden worden und was ihm der Mensch, den er schließlich am Telefon gehabt hatte, erzählte, verwirrte ihn mehr, als dass es ihm half. Inzwischen hatte er eine Strategie entwickelt, besonders nervige Anforderungen zu parken, wie er es nannte. Kam eine dieser Aufträge per Mail herein – wie so vieles Unwichtige –, so antwortete Erich Gommert sofort darauf mit einer unsinnigen Fragestellung, die möglichst nur im weiteren

Dunstkreis des jeweiligen Sachverhalts anzusiedeln war. Das war schnell geschehen und verschaffte eine erste Verschnaufpause. Nicht selten hörte er davon nie wieder etwas.

*

Kimmel hatte es übernommen, alles Erforderliche für die Öffentlichkeitsfahndung nach Frau Kohn in die Wege zu leiten und Behördeninformationen über sie einzuholen – Standesamt, Einwohnermeldeamt und Zulassungsstellen wurden abgefragt.

Schielin und Lydia Naber fuhren in Richtung Heimesreutin.

Zuerst suchten sie das Ehepaar Kinkelin auf. Der alte Kinkelin stand am Stadeltor und zog gerade einem Hasen das braune Fell ab. Die unnatürlich weit gespreizten Hinterbeine waren mit Schnüren an zwei alte rostige Nägel geknotet, die zu diesem Zweck in das Holz geschlagen worden waren.

Der alte Kinkelin erwiderte den Gruß nicht, drehte sich ihnen nur einmal zu und murmelte in aller Knappheit etwas Unverständliches. Er war so um die siebzig, doch wie er da stand, in seinem blauen Kittel und den Gummistiefeln, strahlte er Kraft aus. Dass auch er die Hitze spürte, war nur an dem feuchten Schweißring zu sehen, der sich rund um die alte Bergmütze zog, die er schräg auf den Schädel gezogen hatte. Die Frage, ob seine Frau zu Hause wäre, beantwortete er mit einer Bewegung des Kopfes zur Haustür hin. Lydia verdrehte die Augen. Schielin verzog die Lippen zu einem schmalen Lächeln.

Schon im Gang roch es nach Kaffee. Er drückte die Tür zur Wohnstube auf und rief halblaut »Frau Kinkelin?«, um niemanden zu erschrecken.

Erna Kinkelin saß auf einem Stuhl am Tisch und hatte die Zeitung aufgeschlagen vor sich liegen. Eine grobe Tasse stand auf dem blanken Holztisch, daneben lag ein verbogener Blechlöffel. Ein Radio spielte klassische Musik, es klang nach einem Quartett von Brahms. Schielin wunderte sich, denn er hätte hier eher Bayern 1, DRS1 oder SWR4 erwartet.

Sie blieb sitzen, grüßte stumm und wies mit der Hand zur Eckbank. Schielin und Lydia Naber setzten sich und schwiegen eine Weile. Die Hand ihres Gegenübers strich in langsamen Bewegungen über das Zeitungspapier.

»Sie wissen, was passiert ist?«, begann Schielin schließlich.

Sie sah auf. »Was man halt so hört und liest.«

Lydia Naber ergriff das Wort. »Wir haben Herrn Kohn tot im Haus drüben gefunden. Er ist aller Wahrscheinlichkeit nach erstochen worden.«

Sie wartete auf eine Reaktion, die wie vermutet kam.

»Und sie, die Frau Kohn … was ist mit ihr?«

»Das wissen wir nicht und deswegen sind wir auch zu Ihnen gekommen, weil wir denken, Sie können uns am ehesten etwas über das Ehepaar Kohn erzählen. Wir müssen uns einen Überblick über deren Leben verschaffen, über die Menschen, mit denen sie zu tun hatten.«

»Mhm. Aber ich glaube, da weiß ich zu wenig.«

Lydia Nabers Frage schlug eine andere Richtung ein. »Dieses Haus da drüben. Was wissen Sie darüber?«

Ein überraschter, wacher Blick traf sie. »Es steht halt da. Ist ja so ein altes Stück wie ich, nur noch besser beieinander.«

Schielin verzichtete auf billige Komplimente und fragte: »Sie wissen, wie alt es ist?«

»Ja. Das hier ist ja mein Hof, also ich meine, mein Elternhof. Ich bin hier aufgewachsen, und mein Vater war Zimmerer. Die Landwirtschaft lief so nebenher, bis lange nach dem Krieg. Er hat da drüben am Haus mitgebaut in den Zwanzigerjahren. Ich habe Fotos gesehen, wie er ganz oben auf dem Dachgerüst stand, in so stolzer Pose, wie es damals üblich war.«

Schielin stutzte. So selbstverständlich, wie sie gerade *Pose* verwendet hatte, hätte er es nicht vermutet. Er fragte: »Vorher hat dort sicher auch ein Haus gestanden, oder?«

»Sicher. Es war so, dass das Grundstück da drüben und das auf der anderen Seite ganz früher einmal zusammengehörten, also eins waren. Als das neue Haus gebaut worden ist, hat man das Grundstück geteilt.«

»Sie meinen das Grundstück, auf dem die Familie Haubacher wohnt?«, wollte Schielin wissen.

Sie lachte böse. »Familie. Familie Haubacher. Gesindel.« Das letzte Wort sagte sie leise und ohne Zorn.

Lydia kniff die Augen zusammen. »Wie meinen Sie das?«

»Gehen Sie rüber und schauen Sie sich das an, dann werden Sie schon merken, was ich meine. Wie gibt's denn das. Keiner arbeitet und wohnt da in dem Haus. Hocken doch immer nur im Garten rum und saufen den ganzen Tag. Irgendwoher muss doch das Geld kommen, nicht? Oder nicht? Fällt's vielleicht vom Himmel herunter, nein? Also. Gesindel sag ich.«

»Vielleicht bekommt die Familie Unterstützung«, suchte Schielin zu beschwichtigen.

»Sag ich doch, Gesindel«, stimmte sie Schielin zu, der gar keine Zustimmung wollte.

Er entschloss sich, erst später wieder die Familie Haubacher ins Gespräch zu bringen. »Wie war denn Ihr Kontakt mit den Kohns, Frau Kinkelin?«

Sie sah ihn an. »Wir hatten gute Nachbarschaft.«

»Wie sah die konkret aus, ich meine, waren Sie öfters miteinander zusammen, oder haben Sie Dinge füreinander erledigt?«

»Ich hatte einen Schlüssel für das Haus. Wenn sie im Urlaub waren, das war aber nicht oft, habe ich mich um alles gekümmert. Und sonst war es, wie das halt so ist. Wir haben uns am Gartenzaun getroffen, ein paar Worte gewechselt ... so halt, nichts Besonderes. Meistens ging es über den Garten und natürlich über die Rosen, ihre herrlichen Rosen. Und Bücher hat sie geschrieben. Ich habe sie immer geschenkt bekommen und mein Mann hat ihnen manchmal einen Hasen gebracht, und zu Weihnachten eine Gans und so halt. Nichts Besonderes. Wir waren ja nur Nachbarn.«

Lydia dachte für sich, dass das alles schon etwas Besonderes war. Sie fragte: »Wer hatte denn sonst noch Kontakt zu den Kohns, ich meine, wer ist denn regelmäßig im Haus drüben gewesen?«

»Was ist regelmäßig?«

»Öfter halt. Kennen Sie da jemanden? Bekannte, Freunde, vielleicht Leute, die aus beruflichen Gründen kamen. Er hat ja alte Bücher restauriert.«

Erna Kinkelin überlegte. »Da ist so ein Ehepaar, auf der Insel ... mir fällt der Name gerade nicht ein, aber die wohnen am Oberen Schrannenplatz. Sie ist so eine große Schwarze und er hat schon fast gar keine Haare mehr und ist kleiner als sie.«

»Mhm«, Schielin notierte *Ehepaar, Oberer Schrannenplatz*. Auf die Personenbeschreibungen verzichtete er.

Sie fuhr fort. »Die waren schon manchmal da. Ich glaube, die sind zusammen ins Theater oder zur Musik.«

»Konzerte?«, fragte Lydia.

»Ja. Konzerte«, sie hob plötzlich den Kopf und sah Lydia an. »Mit dem komischen Kerl da oben an der Straße und seiner Frau, da hat es in letzter Zeit Streit gegeben. Der mit dem Hund.«

»Wen meinen Sie?«, fragte Schielin.

»Das zweite Haus von oben der Straße her. Da wohnt so ein Streithansl mit seiner Frau. Die sind vor etwa vier, fünf Jahren hergezogen, um hier ihren Lebensabend zu verbringen. Das haben sie am Anfang überall erzählt. Aber die streiten mit allem und jedem. Jeder war schon einmal dran, wir auch. Es ist ja schon schwierig mit solcher Sorte Leut wie dem Herrn und der Frau Kohn einen Streit zu kriegen, nicht? So zurückgezogen, wie die da gelebt haben. Der Mann, Stalzer heißen die, das ist so ein massiger Kerl, von der Statur her so einer wie der Meinige, aber bös von den Füßen bis zu den Haaren. Die sind irgendwo aus dem Schwäbischen gekommen. Mehr weiß ich nicht ... unleidige Leut, ganz und gar.«

»Und worum ging es bei dem Streit?«, fragte Lydia Naber.

»Der Stalzer hat behauptet, die Kohns würden Müll in ihrem Kachelofen verbrennen. Er tät des riechen, weil er sich da auskennen würde. Ich meine, niemand hat hier irgendwas gerochen. Er hat halt was gesucht und eben was gefunden. Jedenfalls hat der Kaminkehrermeister kommen müssen und vom Landratsamt war auch jemand da mit so einem Kästle mit leuchtenden Zahlen. Die haben aber nichts festgestellt. Das war dem Stalzer grad recht, denn dann hat er schon den nächsten Streit gehabt. Er hat die vom Landratsamt angeschwärzt, sie steckten mit dem Kohn unter einer Decke, weil sie nichts rausgebracht hätten.« Sie lachte bitter.

»Also ist er derjenige, der streitet«, stellte Lydia fest.

»Jaja. Sie ist ja ein rechts Weible und nickt nur zu allem, was der macht. Na ja, so ist es halt auch manchmal, nicht?« Sie sah Lydia Naber ernst an.

»Und sonst … irgendwelche Leute?«

»Ja, aus der Schweiz. Da war sicher jeden Monat einmal ein Auto da. So ein großes mit dunklen Scheiben. Das war für ihn, wegen der Arbeit mit den Büchern. Entweder war es eine Frau, oder ein Mann. Immer anständig angezogen. Das Auto war aber immer gleich.«

Schielin stöhnte innerlich: ein Auto aus der Schweiz, ein Mann, eine Frau, beide anständig angezogen.

Er fragte freundlich: »Aus der Schweiz.«

»Ja. Aus St. Gallen. Hintendrauf stand *literantik*.«

Schielin kniff die Augen zusammen.

Lydia hob die Stirn. »Wie war das? *Literantik*? Das wissen Sie?«

»Hab ich mir gemerkt, weil es in so schönen alten Buchstaben geschrieben war. Ach ja, eine Putzfrau war bis ins Frühjahr da. Die ist einmal die Woche gekommen. Die ist aber weggezogen, wegen dem Beruf vom Mann, der in Ravensburg was gekriegt hat, und sie haben bisher keine neue gefunden. Ist ja auch eine Sache mit dem Vertrauen, nicht. Und eine junge Frau war auch öfter da. Die hat bei ihm, also beim Herrn Kohn gelernt, wie man das mit den alten Büchern macht.«

»Sie wissen nicht zufällig, wie sie heißt?«

»Nein, aber eine Hübsche ist es, mit ganz langen roten Haaren.«

»Soso.«

»Und in Reutin wohnt sie. Das weiß ich. Hat sie mir mal erzählt. Sie ist immer mit dem Fahrrad gekommen.«

»Haben Sie etwas gehört, dass es Streit unter den Eheleuten Kohn gegeben hat?«, fragte Lydia Naber in einem Ton, der deutlich machte, dass sie das selbst nicht für möglich hielt.

Wie vermutet erklärte Erna Kinkelin, dass sie davon

nichts wüsste. Im Gegenteil, sei es ein sehr harmonisches Leben gewesen, das die Kohns geführt hatten.

Schielin blieb äußerlich ohne Reaktion, als er *harmonisch* hörte. Bei allem, was er bisher erfahren hatte – etwas konnte so gar nicht harmonisch gewesen sein, in dem Haus gegenüber. Gundolf Kohn war tot und lag in einer Kühlkammer der Gerichtsmedizin; seine Frau war verschwunden.

Er kam wieder auf die Haubachers zu reden. »Diese Familie Haubacher ist ja noch nicht lange hier, Frau Kinkelin. Hatten die denn Kontakt zu den Kohns?«

Sie kniff die Lippen zusammen, so als wolle sie verhindern, dass ihr eine Antwort auf diese Frage entschlüpfte. Dann sagte sie: »Die Kinder waren oft drüben. Bei ihm in der Werkstatt oder mit ihr im Garten.«

»Vom Grundstück der Haubachers geht so ein Pfad durchs Gras zum Hang. Er führt direkt auf das Grundstück der Kohns.«

»Jaja. Da sind die immer hinten rumgegangen. Ist ja auch normal so. Die Zäune hier sind ja nur um die Gärten zur Straße hin. Nach hinten, zu den Wiesen ist ja alles offen.«

Schielin hatte auch schon registriert, dass die Grundstücke von der Rückseite her frei zugänglich waren. Aber wer kam schon über das hügelige Gelände. »Die Eltern hatten aber keinen Kontakt zu den Kohns«, hakte er nach.

»Nein. Ich weiß jedenfalls nichts davon.«

»Wer hat denn vor den Haubachers in dem Haus gewohnt?«

»Der alte Luis. Ist vor vier, es mögen schon fünf Jahre sein, gestorben. Hat einige Zeit gedauert, bis die Erben sich geeinigt haben. Man erzählt sich, dass der Vater von der Haubacher … eine Schlampe ist's, das sag ich freiweg … dass der Vater von ihr das Haus gekauft hat … für sie, dass sie ein Unterkommen haben, der Kinder wegen.«

In das Schweigen, das nach ihren letzten Worten entstand, drangen die Schlusstakte eines Kammermusikstückes aus dem Radio. Haydn. Danach vermeldete eine mitfühlende Frauenstimme, dass die Hitze erhalten bliebe. Es folgten Staumeldungen. Dann Telemann. Schielin wäre gerne sitzen geblieben. Ihm graute vor der stickigen, klebrig-heißen Wand, die draußen seiner harrte.

»Haben Sie eine Vorstellung darüber, wo Frau Kohn sein könnte? Ich meine, gäbe es jemanden, oder besser, gibt es einen Ort, an dem sie sich besonders gerne aufgehalten hat?«

Erna Kinkelin saß entspannt im Stuhl und betrachtete die Hände, die sie flach auf dem Tisch liegen hatte. Sie schien Schielins Frage wie aus der Ferne zu hören.

»Am See war sie halt gerne. Im Sommer ist sie immer mit dem Rad zum Baden gefahren. Das Eichwald draußen war nicht so ihre Sache. Sie war oft im Aeschacher Bad, gleich am Bahndamm. Ist da immer tüchtig geschwommen. Bis hinüber zum Hexenstein und wieder zurück.«

»Hexenstein?«, fragte Lydia Naber.

»Ja. Der große Hexenstein. Der ist ja nur ein paar Meter vom Uferweg der Hinteren Insel entfernt. Das ist ein ganz schönes Stück zu schwimmen, aber es ist ja auch nicht ganz so tief dort. Im Römerbad war sie auch öfter mal, aber mehr so zum Sonnenbaden. War ja immer so braun.«

»Und sonst … so außerhalb von Lindau. Da wissen Sie von keinem Ort, an dem sie Freunde oder Bekannte besucht hat?«, wollte Schielin wissen.

Erna Kinkelin schüttelte den Kopf.

»Und die Tochter«, fragte Lydia Naber, »wissen Sie was von der Tochter?«

»Nein. Nur, dass es eine Tochter gibt. In Kanada. Aber die war noch nie auf Besuch hier und sie …«, Erna Kinkelin sah nachdenklich zur Decke, »nein, die beiden waren nie da drüben. Wenn sie mal weggefahren sind, dann ins Tessin oder Südtirol, aber immer nur so eine Woche, ganz selten zwei Wochen. Der Garten ist ja auch so schön.«

Schielin und Lydia Naber fiel vorerst nichts mehr ein und Erna Kinkelin verabschiedete beide, ohne sich dabei vom Stuhl zu rühren. Sie blieb vor ihrer aufgeschlagenen Zeitung sitzen und versank wieder in Gedanken. Draußen im Hof war von ihrem Mann nichts zu sehen. Die Stadeltüre stand halb offen. Im Nachbargrundstück blühten viele Blumen. Einsam sang eine Amsel in den schon ermatteten Morgen. Alles sah so friedlich aus.

Schielin und Lydia Naber ließen das Auto stehen und gingen zu Fuß die Straße hoch. Lydia meinte: »Das war eine ganz schön ergiebige Zeugin. Wenn ich da an so manch anderes Gespräch denke … und sie kam mir gar nicht so eigenwillig vor, wie ich es nach deiner Erzählung erwartet hatte.«

»Sie war ja heute auch ganz anders drauf. Völlig verändert. Das scheint sie ganz schön mitgenommen zu haben.«

»Mhm. Aber sobald wir den Tatzeitpunkt eingrenzen können, müssen wir die zwei Alten schon nach einem Alibi fragen.«

»Ja, das müssen wir«, antwortete Schielin versonnen und sah in den hellen Himmel.

Erna Kinkelins Mann hatte gewartet, bis die beiden auf dem Weg nach oben verschwunden waren, und war dann ins Haus gegangen. Missmutig schlurfte er durch die Stube, wo seine Frau noch immer am Tisch saß.

»Ich hab die Polizei noch nie mögen«, sagte er.

Sie schwieg.

»Noch nie«, legte er nach und schob einen Teller von einer Seite der Küchenplatte zur anderen.

Als seine Frau immer noch nicht reagierte, fragte er: »Hast du es erzählt. Ich meine, hast du ihnen etwas gesagt?«

Sie schüttelte den Kopf. »Man sagt nichts Schlechtes über die Toten.«

Er schob den Teller wieder in die andere Richtung und schnaufte dabei. Erst jetzt fiel ihm auf, dass seine Hände noch blutig waren und er schwarzrote Flecken am Porzellan hinterließ. »Ich hab sie noch nie mögen«, brummte er zur Spüle hin und ließ Wasser über die Hände laufen.

»Hast auch allen Grund. Hast auch allen Grund dazu«, sagte sie, ohne den Blick vom Tisch zu nehmen. »Warst wieder im Wald, in der Nacht! Warst wieder unterwegs, gell. Ist oft in letzter Zeit, dass du in der Nacht unterwegs bist. Kannst es wohl nicht lassen!«

Er schwieg.

Lydia Nabers Handy klingelte. Es war Jasmin Gangbacher. Sie hatte alle bisher bekannten Namen überprüft. Auf Kohn gab es keinen Eintrag, ebenso wenig auf Kinkelin. Bei Haubacher allerdings waren Vorgänge in den Kriminalakten vermerkt. Jürgen Haubacher war mit vier Einbrüchen und drei Körperverletzungen aufgetreten. Daneben gab es noch zwei Sachen mit Betäubungsmitteln und eine Trunkenheitsfahrt. Seine Frau tauchte in den Akten nur einmal auf – Prostitution.

Lydia wiederholte alles halblaut, dass Schielin, der neben ihr stand, sogleich informiert war. Als sie kurz darauf an der Hofeinfahrt der Haubachers vorbeikamen, ging er weiter. Er wollte jetzt diesen Stalzer kennenlernen. Die netten Haubachers würden sie auf der Dienststelle befragen.

*

Die Straße stieg leicht an und umfasste mit ausladendem Schwung die vor dem Hang liegenden Grundstücke. Vor dem Grundstück der Stalzers blieben sie stehen. Lydia schnaufte gequält. »So ein Gewitter täte wirklich gut. Ich schwitze ja jetzt schon.«

Schielin sah sich um. »Eine einzige Idylle hier. Grüne Hügel, Waldstücke, Streuobstwiesen, Kühe und Schafe auf der Weide, romantische kleine Häuser mit noch romantischeren Gärten. Das ist hier so idyllisch, dass es fast schon weh tut.«

»Tja. Zieht die Leute an, so was. Die einzigen Einheimischen sind die Kinkelins hier in der Straße. Alle anderen sind zugezogen, ins Paradies am Bodensee.«

»Schaut so aus.«

Vom Haus her waren Geräusche zu hören. Ein groß gewachsener Mann mit massigem Körper drängte umständlich aus der Haustür und zerrte einen Hund hinter sich her. Der Kerl war sich selbst im Weg. Er hatte breite Schultern und die Beine waren in extremer Stellung nach außen gewölbt; er stand da, als hätte er ein Pferd unter dem Hintern. Die Schultern waren leicht nach vorne geneigt und der weiß behaarte Schädel hing tief, vermittelte ein ganz und gar bulliges Erscheinungsbild. Der Gang wirkte mechanisch, fast roboterhaft, und das Missmutige in seinem Gesicht war nicht Ausdruck einer flüchtigen Laune, gab vielmehr seine Haltung wieder. Der Hund, ein Irish-Setter, blieb einmal kurz stehen, um die Nase in die Luft zu halten. Ein rüder Riss an der Leine und ein scharfes »Arthus!« brachten ihn wieder auf den rechten Weg. Kurz vor den beiden blieb der Grobian stehen, musterte sie und blaffte ohne Gruß: »Was stehen Sie hier rum! Wer sind Sie?«

Schielin holte in aller Ruhe seinen Dienstausweis hervor und hielt ihn hoch. »Kripo. Wir befragen die Nachbarschaft wegen dem Verbrechen im Hause Kohn.«

Der Mann, bei dem es sich unzweifelhaft um diesen Stalzer handeln musste, ließ ein Knurren hören, meinte, dass er nichts zu sagen hätte, und wollte seinen Weg fortsetzen.

Lydia Naber stoppte ihn mit einem scharfen »Stopp! Wir werden Sie als Zeugen befragen, ebenso Ihre Frau. Sie erhalten von uns eine Vorladung und wenn Sie nicht kommen, werden wir Sie holen lassen, haben Sie das verstanden!«

Er war stehen geblieben und seine Augen hatten Feuer gefangen. Gerade als er den Mund öffnete, um etwas zu entgegnen, hob Schielin die Hand, geradeso, als wolle er ein Auto anhalten. Diese so eindeutige wie auch passive Geste brachte Stalzer aus dem Konzept. Er starrte die beiden an.

Schielin sagte ruhig: »Sie haben verstanden. Morgen auf der Dienststelle in der Ludwig-Kick-Straße, am Vormittag, wann es Ihnen passt.« Dann ging er. Lydia warf dem Hund noch einen bedauernden Blick zu. Arthus würde heute keinen guten Tag haben.

Sie holte mit schnellen Schritten zu Schielin auf, der ein wenig voraus war. Als sie aufgeschlossen hatte, brummte Schielin: »Ja, so ein blöder Dackel.«

»Aber das war doch ein Irish-Setter.«

»Ich meine ja auch den Zweibeiner, den silbrigen.«

Sie lachte.

Kaum waren sie losgefahren, klingelte Schielins Handy. Er hielt an und kramte das Ding aus der Hosentasche. Diesmal war Funk dran. »Bei mir ist gerade eine Frau, die sich nach den Kohns erkundigt. Ich habe ihr noch nichts gesagt und sie erst mal ins Vernehmungszimmer gesetzt. Was soll ich mit ihr machen? Kommt ihr zurück, oder soll ich sie befragen?«

»Wie heißt sie denn und weshalb taucht sie bei uns auf?«

»Eine Nora Seipp. Sie war wohl draußen am Haus und hat die Absperrbänder und die Versiegelungen an der Tür gesehen.«

»Wie sieht sie aus?«

»Sehr gut ...«

Schielin unterbrach ihn. »Nein, ich meine Personenbeschreibung.«

»Mitte, Ende dreißig, etwa eins achtzig groß, sportliche Figur und lange rote Haare.«

»Wir sind auf dem Weg«, lautete Schielins knappe Antwort, dann drückte er das Gespräch weg.

»Der Lehrling von Gundolf Kohn ist auf der Dienststelle.«

»Die Rothaarige«, stellte Lydia fest.

»Genau. So langsam kommt vielleicht ein wenig Licht in die dunklen Umstände, hoffe ich.«

*

Wenzel war etwas zu früh in Memmingen angekommen. Immer noch rechnete er die Autobahnbaustellen in die Fahrzeit mit ein, so wie es seit Jahrzehnten erforderlich war. Doch seit einiger Zeit waren sie verschwunden und er war nun schneller am Ziel als gewohnt, was das Problem aufwarf mit der gewonnenen Zeit etwas anzufangen. Die Lust einen Freund auf der Polizeiinspektion zu besuchen, war gering, und er entschied sich für das Kreuzherrn-Café.

Kaffee war vor Obduktionen eigentlich nie besonders verkehrt. Heute hingegen, angesichts der Hitze, durchaus ein kleines Wagnis. Schon nach der Hälfte der Tasse spürte er, wie sein Körper versuchte Kühlung zu erhalten. Die

Klimaanlage im Auto hatte ihn erfolgreich über die Realität der klimatischen Verhältnisse jenseits des Fahrzeuginnenraums hinweggetäuscht. So kam er über die Maßen verschwitzt in der Rechtsmedizin an.

Die Rechtsmedizinerin, die einige Zeit später sehr geschäftsmäßig und routiniert ihrer Aufgabe nachging, verwirrte ihn. Er hatte sie noch nie hier gesehen und eigentlich mit dem alten Landgerichtsarzt gerechnet, der immer mit sich selbst sprach und irritiert aufsah, wenn man auf das einging, was er so von sich gab.

Da war die Neue schon was anderes. Ihre braunen, lockigen Haare waren streng nach hinten gekämmt und zu einem Knoten gebunden. Einzelne Strähnen hatten sich aus der Fesselung befreit und federten locker zwischen Schläfe und Ohr.

Wenzel lehnte an einem der Stahltische gegenüber und wartete, bis sie, die ihn zu Beginn ohne Blickkontakt und nur beiläufig gegrüßt hatte und seither so tat, als gäbe es ihn nicht, etwas für ihn Bestimmtes sagen würde. Vielleicht hatte sie ja schlechte Erfahrungen mit Polizisten gemacht, oder sie hatte eigentlich andere Aufgaben zu erledigen als Obduktionen, dachte Wenzel und wischte mit einem Papiertuch den letzten Schweiß von der Stirn.

Der bleiche Leichnam Gundolf Kohns vermittelte in den nach spitzer Sauberkeit riechenden Räumen weit weniger Grauen als der blutverschmierte, in Plastik eingewickelte Körper, den sie unter dem Treppenverschlag gefunden hatten. Das mit dem Geruch, wusste Wenzel aus Erfahrung, würde sich bald ändern. Er registrierte, wie die Medizinerin kurz innehielt. Sie hatte den Körper eingehend betrachtet, war rundum gegangen und gerade mit der Stichwunde am Hals beschäftigt. Mit einer Metalllehre führte sie den Stichkanal nach, maß dessen Tiefe, sowie die Ausmaße an der Hautoberfläche.

»Und am Tatort haben Sie keine Waffe gefunden?«, fragte sie, ohne den Blick zu wenden.

Wenzel antwortete nicht, denn die Frage war keine. Natürlich hatten sie keine Tatwaffe gefunden. Wäre es so, dann läge sie als Beweismittel neben der Leiche.

»Dieser eine Stich hier in den Hals war derjenige, der letztlich zum Tod geführt hat. Was mich wundert, ist der Winkel. Der Tote war zwar kein Riese, aber ein Täter, der in einem solchen Winkel zusticht, muss entweder ein richtig langer Lulatsch sein, oder erhöht stehen. Wie sah es denn am Tatort aus?«

»Erhöht gestanden«, sagte Wenzel knapp und fügte nach einer Pause hinzu, »Treppenaufgang, so ein Podest mit zwei, drei Stufen.«

Sie betastete mit ihren langen Fingern Hals und Kiefer, drehte den Kopf des Toten, um ein noch genaueres Bild zu erhalten. »Mhm. Das erklärt auch die Wucht. Von oben nach unten. Der Stich geht tief. Am Unterkiefer ein oberflächlicher Schnitt, dann in den Hals und weiter nach unten durch den Kehlkopf in den vorderen Brustraum. Ein Wunder, dass die Halsschlagader nicht durchtrennt wurde. Am Schlüsselbein sind sicher auch noch Verletzungen, das dokumentiere ich dann später. Die zwei anderen Stiche sind an den Schulterknochen abgeprallt, jeweils links und rechts. Schaut durch die langen, auseinanderklaffenden Schnitte viel gefährlicher aus, als es wirklich war. Der durchgängige Stich in den Hals hat den Tod herbeigeführt und ist wohl als letzter ausgeführt worden. Der Schnittverlauf zeigt, dass das Opfer sich vom Täter abgewandt hatte, ebenso die Schnitte am Arm – Abwehrbewegungen. Falls es Ihnen weiterhilft: So wie es sich darstellt, hat der Täter mehrfach auf sein Opfer eingestochen. Das hat versucht mit dem Arm den Angriff abzuwehren und wegzukommen. Dann kam der tödliche Stich, schräg von hinten und mit hoher Kraft geführt«, sie hielt verwundert inne, »wie überhaupt … diese Stiche … eigentlich wie brutale Schläge … die sind sicher sehr kurz hintereinander geführt worden. Der Schulterknochen zeigt eine erhebliche Einwirkung. Schaut sehr emotional aus … das Ganze.« Sie wartete kurz, überlegte, und fuhr dann fort. »Er war nicht sofort tot, so wie es gewesen wäre, wenn einer der Schnitte die Halsschlagader erwischt hätte. Hat wohl einige Zeit gedauert.«

»Wie lange etwa?«, fragte Wenzel.

»Ist das erheblich?«, provozierte sie ihn, ohne dabei aufzusehen. Natürlich war es erheblich.

»Ist schon erheblich. Je nachdem haben wir es mit Mord, Totschlag oder Körperverletzung mit Todesfolge zu tun. Macht nicht wenige Jahre Unterschied aus.«

Sie war mit der Öffnung am Hals beschäftigt und es war, als hätte sie Wenzel nicht zugehört. »Die Tatwaffe war einschneidig, die Klinge etwa zwanzig Zentimeter lang, circa eineinhalb Millimeter stark. Könnte ein dünnes Fleischermesser gewesen sein. Ich hatte letztes Jahr ja den Metzger hier liegen. Das sah so ähnlich aus.«

»Metzger?«, fragte Wenzel, der von dem Fall gar nichts gehört hatte.

Jetzt sah auch die Medizinerin auf und verzog ihren Mund zu einem bösen Grinsen. »Hat seine Frau nicht so behandelt wie es sich gehört.«

Da ihr Blick eine Reaktion forderte, hob Wenzel beide Hände empor, um seine unberingten Finger zu zeigen. »Kann mir nicht passieren.«

Ihr Grinsen wurde zu einem feinen, unschuldigen Lächeln. Sie hob wortlos ihre linke Hand. Kein Ring war zu sehen. Doch zwischen Zeige- und Mittelfinger hing ein blitzendes Skalpell. Sie ließ es leicht schwingen, indem sie die beiden Finger leicht bewegte und sagte: »Mir auch nicht.«

Trotz der Kühle im rundum gefliesten Raum wurde es Wenzel warm. Sehr warm.

*

Laurenz Brender hatte den Vormittag über telefoniert. Seine Stimme klang dynamisch und er hatte sich einige witzige Bemerkungen überlegt, um Lockerheit vermitteln zu können. Am jeweils anderen Ende war alles andere als Lockerheit zu verspüren. Hinter den giftigen Forderungen spürte er die Angst derjenigen, mit denen er sprach. Die Angst um den eigenen Status. Es machte ihn sicherer, das Wissen darum, dass er nicht alleine war mit seiner Unsicherheit.

Er sah voller Abscheu auf die Bücherwand, versuchte einige der Titel zu entziffern, ließ es aber bald bleiben. Ein paar von den alten Schinken hatte er bereits verhökert. Das konnte Mutter nicht kontrollieren. Die Bilder hätten sicher mehr Kohle gebracht, aber es war zu auffällig. Fehlende Buchrücken fielen weit weniger auf. Er hatte den Typen, der die Bücher gekauft hatte, nicht leiden können. Es lag daran, dass der gegrinst hatte, als er gemerkt hatte, unter welchem Druck er stand.

Von oben aus hörte er die brüchige Stimme seiner Mutter: »Junge!« Sie rief immer noch *Junge* und er hasste sie dafür. Ja, er gestand es sich ein, sie dafür zu hassen. Ein solcher Gedanke war ihm bisher fremd gewesen. Doch jene Nacht im Wald, als er die Gestalt am Feuer beobachtet hatte, voller Angst und doch voll Gier, an ihrem Treiben teilzuhaben, seit jener Nacht hatte sich viel für ihn verändert, war er ein anderer geworden, redete er sich ein. Stärker, unnachgiebiger, durchsetzungsstärker.

Er wälzte sich aus dem alten Ledersessel und äffte auf dem Weg nach oben ein *Junge* nach.

»Warum kommt denn Frau Sälzle nicht mehr, Junge?«

Er sah hinüber zu den Schweizer Bergen, die nur schemenhaft erkennbar waren. Dunst verhinderte den freien Blick. »Frau Sälzle hat Urlaub«, log er.

»Aber sie hat doch davon gar nichts erzählt. Sie fährt mit ihrem Mann doch immer erst nach den Sommerferien nach Ungarn. Das war jedes Jahr so. Und gibt es denn keine Vertretung? Ruf doch mal bei der Sozialstation an, Junge. Das geht doch nicht.«

Er war schon wieder auf dem Weg nach unten. Der herrische Unterton in ihrem Klagen nervte ihn, weil er eine Unnachgiebigkeit ausstrahlte, vor der er schon immer Angst gehabt hatte. Er setzte Wasser für einen Tee auf, obwohl es unerträglich heiß war. Aber das hatte er in Asien gelernt, wie erfrischend ein heißer Tee in der Hitze sein konnte. Gerade als der den Tee aufgießen wollte, klingelte es an der Haustür. Überrascht ging er nachsehen – ein wenig erschrocken, als er Doktor Geeres erkannte. Er mochte den Hausarzt nicht, von dem er wusste, dass er sich seinen Eltern gegenüber schon immer auch zu anderen als medizinischen Dingen geäußert hatte. Er begrüßte ihn ohne große Euphorie, hielt die Tür nur einen Spalt geöffnet.

»Grüß Gott. Ich möchte zu Ihrer Mutter«, überraschte ihn der Doktor. Er war auf diese klare Forderung nicht eingestellt. Er hasste diese Menschen, die so klar sagten, was sie wollten und damit anscheinend gut durchs Leben kamen. Im gleichen Moment fiel ihm ein, dass es genau diese Klarheit war, die ihm fehlte, deren Abwesenheit ihn in die Situation gebracht hatte, in der er war. Er hatte nie gewusst, was er selbst wollte. Und jetzt! Jetzt war er nicht einmal der verlorene Sohn, der wieder zu Hause aufgenommen wurde, nachdem er …. Pech … gehabt hatte. Nein. Er hatte keine Konkurrenz, denn er war das einzige Kind.

»Alles in Ordnung?«, fragte Doktor Geeres und das Bittere daran war für Laurenz Brender, dass die Nachfrage einzig seiner Mutter galt.

»Es ist alles in Ordnung mit meiner Mutter«, hörte er sich sagen, »sie braucht keinen Arzt, hat auch keinen gerufen.«

»Ihre Mutter hat mich nur selten gerufen. Ich schaue regelmäßig bei meinen Patienten vorbei, wenn sie nicht mehr in die Praxis kommen können. Ich weiß, dass passt nicht mehr in diese Welt, aber ich komme damit ganz gut zurecht. Ich würde sie also gerne sehen. Frau Sälzle hat mir außerdem erzählt, dass Sie den Vertrag mit der Sozialstation gekündigt haben.«

»Ich bin auf der Suche nach einer ganztägig anwesenden, privaten Pflegeschwester«, sagte Laurenz Brender und freute sich für die fantastische Idee, die ihm so schnell in den Sinn gekommen war.

»Ich weiß, dass meine Mutter an Frau Sälzle hängt, ich halte aber eine ganztägige Betreuung für besser.«

»Gut«, sagte Doktor Geeres, und ließ seine Unzufriedenheit spüren. »Sie möchten also nicht, dass ich als Hausarzt Ihre Mutter besuche.«

Laurenz Brender öffnete die Türe. Das Letzte, was er gebrauchen konnte, waren Schwierigkeiten mit diesem Doktor. Er sah der Gestalt nach, die wie selbstverständlich durch den großen Raum eilte und auf der Treppe nach oben verschwand. Es wirkte so, als wäre dieser Doktor hier mehr zu Hause als er selbst. Er blies mit einem lauten, hässlichen Geräusch die angestaute Luft durch die Zähne.

Er musste diese Gestalt wiedersehen. Sie verlieh ihm die

Kraft, die er für das, was er tun musste, brauchte. Das schale Gefühl, welches ihn so sehr ermattete, schob er von sich weg. Es bewirkte, dass er sich selbst schmecken konnte – dieses trübe Wissen, dass er nichts aus eigener Kraft vollbringen konnte, sich immer am Willen anderer fortbewegte.

*

Lydia Naber saß im Vernehmungsraum, zusammen mit Nora Seipp, einer durchweg beeindruckenden Person, die sich Lydia Naber anhand dessen, was sie zuvor von ihr erfahren hatte, ganz anders vorgestellt hatte. Irgendeine junge Frau eben, mit roten Haaren. Ihre Vorstellung war gesichtslos geblieben, exemplarisch, wie aus der Ferne. Sie verband Jeans, T-Shirt und Sandalen mit ihrem schemenhaften Bild.

Robert Funk hatte Nora Seipp im Vernehmungszimmer warten lassen, und dort war Lydia Naber einer groß gewachsenen Mittdreißigerin begegnet, die einen schwarzen, weiten Hosenanzug trug. Über der hellen Bluse pendelte eine goldene Kette mit großen Gliedern. Es musste ein leichter Stoff sein, denn schon bei der geringsten Bewegung wurde das Gewebe in anmutige Bewegungen versetzt und im Faltenspiel schimmerte das Licht. Auf den Schultern ruhten die spannungsgeladenen Enden einer roten, lockigen Pracht und auch ihre Körperhaltung verriet Spannung. Das helle Gesicht war ernst, und dies nicht nur des Anlasses wegen.

Sie saßen sich über die Ecken des Tisches gegenüber, was vermied, sich während des Gesprächs ständig ansehen zu müssen. Es war schließlich ein Gespräch und keine Vernehmung. Lydia Naber wusste, dass Robert Funk die Personalien bereits aufgenommen hatte und verzichtete auf die formellen Fragen zur Person. Nora Seipp hatte eine ganze

Weile schweigend am Tisch gesessen, nachdem sie von Lydia Naber erfahren hatte, was passiert war. Die registrierte professionell beiläufig, dass ihr Gegenüber äußerlich völlig ruhig blieb. Nur einmal während ihrer Schilderung hatte sie eine heftige Reaktion gezeigt und Lydia Naber ungläubig angesehen. Es war, als diese davon berichtete, wie und wo sie Gundolf Kohn aufgefunden hatten. Ansonsten zeigte die Frau ihr gegenüber keinerlei emotionalen Ausbruch. Nora Seipp saß etwas schräg am Tisch, ihr zugewandt, mit ihrem rechten Ellbogen auf der Tischplatte. Die flache Hand mit den langen Fingern lag ruhig auf dem hellen Resopal, so als müsste sie das Möbel beschwichtigen. Im kurzen Gespräch zuvor hatte Lydia Naber erfahren, dass Nora Seipp vor etwa eineinhalb Jahren – einer Liebe wegen ?, – wie sie es schmallippig lächelnd beschrieben hatte, nach Lindau gekommen war. Seit einem Jahr etwa erlernte sie bei Gundolf Kohn die Restauration alter Bücher.

»Wieso ausgerechnet Buchbinderei?«

»Es geht mehr um das Restaurieren und weniger um das rein handwerkliche Binden. Ersteres hat viel mit Erfahrung zu tun, Zweites mehr mit praktischer Übung«, erklärte sie, ohne dass es belehrend wirkte. »Bücher faszinieren mich schon immer. Wissen Sie, ich habe eigentlich Literaturwissenschaften studiert. Also *erweiterter Taxischein*, oder *bildungsnahe Kellnerin*, wie das auch gerne bezeichnet wird und so arg weit von der Realität nicht entfernt ist. Bei meinen langen Aufenthalten in Bibliotheken und Lesesälen hat mich irgendwann das Buch als solches, als Ding gepackt, und darunter vor allem die alten, wertvollen, die man nur mit den Samthandschuhen in die Hand nehmen durfte. Gundolf Kohn habe ich auf einer antiquarischen Messe kennengelernt.«

»Wer hatte die Idee, bei ihm die Ausbildung zu machen?«

Nora Seipps grüne Augen blitzten kurz auf. Sie lächelte. »Ich habe ihn einfach gefragt. Und er darf ja ausbilden, hat die Befähigung dazu. Außerdem ja auch einen ähnlichen Hintergrund.«

»Kunsthistoriker«, ergänzte Lydia Naber. Das Blitzen in den Augen Nora Seipps veranlasste sie, die Zügel etwas anzuziehen.

»Gab es Probleme mit Frau Kohn deswegen? Ich meine, war sie vielleicht ein wenig eifersüchtig auf Sie?«

Die Antwort kam prompt und sehr gelassen – geradeso, als wäre sie erwartet worden. »Nein. Dazu bestand kein Anlass.«

Lydia Naber stellte die nächste Frage ohne Pause. »Hatten die Kohns untereinander Schwierigkeiten oder gab es Streit mit irgendwelchen anderen Leuten?«

»Überhaupt nicht. Nichts dergleichen. Sie lebten in ihrem wunderschönen Anwesen sehr zufrieden ...«

Lydia unterbrach. »Zufrieden, aber nicht glücklich ...?«

Nora Seipp verzog den Mund. Die Grimasse sollte sagen, wie abwegig der Einwurf war. Sie ging nicht darauf ein und fuhr nach dem kurzen Mienenspiel fort. »Sie lebten zufrieden und sehr zurückgezogen. Herr Kohn widmete sich ganz seinen Büchern und Frau Kohn ging völlig in der Arbeit im Garten auf. Sie war ja auch Autorin, aber eher so aus Spaß an der Freude, nichts Ernsthaftes. Geschenkbücher.«

»Klingt fast nach Paradies, was Sie da schildern.«

»Das war es auch.«

»So wie wir Herrn Kohn gefunden haben, hat es aber gar nicht nach Paradies ausgesehen«, setzte Lydia Naber trocken hinzu. Sie wollte testen, wie diese beherrschte Frau reagierte, wenn das Gespräch etwas forscher verlief.

Nora Seipp zeigte keine Regung. Sie saß in dieser etwas dominanten Haltung am Tisch und plauderte, war die Kontrolle selbst. Die Tragik, das Grauen des Geschehens fanden in ihrer Stimme und Körperhaltung keinen Ausdruck.

Das reizte Lydia Naber. Ein Alibi mussten sie von Nora Seipp erfragen, das war Routine, sollte aber erst in einem zweiten, späteren Gespräch erfolgen. Sie blieb bei den Büchern. »Diese alten Bücher, die Gundolf Kohn restaurierte. Woher kamen die eigentlich?«

Nora Seipp musste nicht überlegen. »Aus Bibliotheken. Gut zwei Drittel waren aus Bibliotheken, der Rest stammte aus Privatbesitz. Gundolf Kohn hatte einen sehr guten Ruf, weit über die Grenzen Deutschlands hinaus.«

Lydia Naber wischte eine Haarsträhne aus der Stirn. »Diese Bücher, sind die eigentlich sehr wertvoll, oder haben die eine besondere Bedeutung?«

Nora Seipp wog den Kopf und sprach nachdenklich: »Wertvoll. Ich weiß nicht, ob das der richtige Begriff ist für Unikate, die schlicht unersetzbar sind. Sicher sind sie ungeheuer wertvoll, wegen ihrer besonderen Bedeutung für unsere Gesellschaft, für unsere Gegenwart. Es gibt Bücher, die sind aus sich selbst heraus, als Medium und handwerkliches Kunstwerk von Bedeutung, andere sind ihrer Inhalte wegen schlicht unbezahlbar.« Sie beugte sich leicht nach vorne und sagte etwas stiller: »Wissen Sie …« Die Pause, die sie danach entstehen ließ, sollte Lydia Naber deutlich machen, dass sie nicht wusste, nicht nachvollziehen konnte, wovon Nora Seipp sprach. »Es ist ein erhebendes, sinnliches Gefühl, so ein altes Buch, ledergebunden und schwer, in der Hand zu halten, auf eine Leseplatte zu legen und aufzuschlagen. Das Papier … so etwas gibt es heute nicht mehr. Weich und fest zugleich, man fühlt es durch die Samthandschuhe hindurch, die man tragen muss. Die Texte in feinster Schrift, viele noch handgeschrieben, dann die Zeichnungen, Initialen, Verzierungen und Illustrationen – vom Künstler direkt auf das Papier gebracht. Und diese Kunstwerke haben Feuersbrünste, Kriege, Unwetter und nicht selten unfähige Bibliothekare überstanden; ein solches Buch in der Hand zu halten, bedeutet gefangen genommen zu werden von seiner Aura, von einem Dunst der Geschichte. Es erhebt einen über das überall aufschäumende Mittelmaß unserer Gegenwart.«

Lydia Naber ließ keine Aura an sich heran. »Wir haben keinen Tresor gefunden. Wo wurden diese wertvollen Bücher denn aufbewahrt?«

»Es gibt keinen Tresor. Die Bücher lagen ganz normal im Schrank, oben in der Werkstatt.«

Lydia Naber schüttelte ungläubig den Kopf. »Ganz schön gefährlich, wenn man mit derartigen Kunstwerken zu tun hat, oder?«

Schulterzucken.

»Ich weiß ... unbezahlbar und so, aber was ist so ein Buch denn wert, wenn man es in Geld ausdrücken wollte?«

Ganz kurz nur zog Nora Seipp die Mundwinkel zusammen, um damit zum Ausdruck zu bringen, dass der Wert dieser Bücher in Geld überhaupt nicht aufzuwiegen war. Dann sagte sie: »Es gibt einen Markt für alte Bücher. Einige Privatsammler, die sich das leisten können, investieren in eine Bibliothek. Die meisten von denen haben einen bestimmten Bereich, zum Beispiel frühe naturwissenschaftliche Bücher mit Darstellungen von Pflanzen und Tieren, im weitesten Sinne eben. Wenn Sie es in Geldbeträgen ausgedrückt haben wollen, dann gelten wohl die Summen, die auf diesem Markt üblich sind. Die Bücher in der Werkstatt Kohn lagen so zwischen dreitausend und siebzigtausend Euro. Ein paar Exemplare wurden auch darüber gehandelt.«

Lydia Naber nahm das Gehörte ohne sichtbare Regung

zur Kenntnis und wechselte das Thema. »Wie gut kennen Sie sich im Haus aus?«

»Ich bin dort ein und aus gegangen.«

»Der Verschlag unter der Treppe. Wussten Sie von dem?«

»Ja. Da waren ab und zu Materialien gelagert. Leder, Klebstoffe, Holz, Papier. In den Kartons, in denen das Zeug angeliefert wurde. Ich habe da manchmal was holen müssen und Frau Kohn wollte keine Kartons irgendwo in der Wohnung herumstehen lassen.«

»Mhm. Waren Sie auch im Keller?«

Nora Seipp lachte still. »Nein. Das nun nicht.«

Lydia Naber lächelte professionell. Soeben war ihr beherrschtes Gegenüber zum zweiten Mal mit der Handfläche über die Tischplatte gefahren. Nur ein kleines Stück, aber immerhin eine Auflösung ihrer so konzentrierten Haltung. Zuvor war es schon einmal geschehen. Bei der Frage, ob die Bücher wertvoll oder von besonderer Bedeutung waren.

»Haben Sie eine Vorstellung davon, wo Frau Kohn sein könnte?«

Es dauerte einen Augenblick, bis die Antwort kam. Ein langes, noch vom Nachdenken über die Frage gedehntes »Neiiin. Ich habe wirklich keine Ahnung. Wir hatten … ich beziehe mich auf das Verhältnis zwischen mir und dem Ehepaar Kohn … ein rein geschäftliches Verhältnis. Privates fand darin nicht statt, nicht in Gesprächen, keine Treffen und so.«

»Das klingt sehr distanziert«, stellte Lydia fest, »und ganz anders, als ich mir das Verhältnis zwischen Menschen vorstelle, bei welchem der eine beim anderen ein und aus geht, die gleiche Leidenschaft für Bücher teilt.«

»Ja, gut. Sie müssen wissen – die Kohns haben sehr zurückgezogen gelebt. Wenig Kontakte. Sie hatte ihre eigene, kleine Welt. Es war eben ihre Art zu leben.«

»Eine Welt, in der alles seine Ordnung hatte.«

»Ja. Ordnung. Die war wichtig – für beide.«

»Kennen Sie Freunde oder Bekannte der Kohns?«

»Oh. Da gibt es wenige Menschen. Ich weiß nur von einem Ehepaar, mit dem sie ab und an einmal abends weggegangen sind. Theater, Konzerte und so. Ich glaube Heimer oder so hießen die. Er fuhr so einen Geländewagen, einen Volvo.«

Lydia notierte das mit dem Volvo. »Mhm. Und *literantik*, sagt Ihnen das etwas?«

Nora Seipp nahm den Arm vom Tisch und legte ihn locker, zusammen mit dem anderen in ihren Schoß, wo sich beide Hände falteten. »Aber sicher kenne ich *literantik*. Eine schweizerische Agentur und einer der größten Kunden von Herrn Kohn. Diese Agentur vertritt mehrere Bibliotheken und Privatsammlungen. Sie organisiert die Restaurierung von Büchern, Auktionen, Ausstellungen – das ganze Programm eben. Der Chef heißt Brüggi und macht am liebsten alles selbst. Ist immer mit so einem großen schwarzen Auto unterwegs, so ein amerikanischer VW-Bus.«

Lydia Naber lächelte. »Was machen Sie denn beruflich, Frau Seipp, denn ich denke nicht, dass Sie bei Herrn Kohn ein Gehalt bezogen?«

Sie schmunzelte. »Nein. Ich habe von Herrn Kohn keinerlei Zahlungen erhalten. Es wäre in diesem Fall umgekehrt auch angebrachter gewesen, denn es ist nicht selbstverständlich jemanden zu finden, der bereit ist sein Wissen zu teilen. Nein, ich lebe von anderen Einkünften. Ich gebe … Kurse. Schwierig, mit einem Wort zu beschreiben, was deren Inhalt ist. Diese Seminare sind für Menschen, die sich persönlich weiterentwickeln wollen.«

Lydia Naber wäre beinahe ein zynisches *töpfern also* entfahren, schluckte es aber hinunter. Stattdessen fragte sie: »Vielleicht etwas konkreter?«

»Rhetorik und Motivation.«

Also doch, dachte Lydia Naber. Sie hätte das Gespräch auf das letzte Wochenende und den Montag lenken wollen, doch aus einem unerfindlichen Grund unterließ sie es. Ein Gefühl, einfach so. Sie schwieg und wollte warten, wie lange Nora Sepp es aushalten würde, still neben einem fremden Menschen zu sitzen. Die fragte aber gleich und voller Sorge nach dem Verbleib von Carmen Kohn.

Lydia Naber erklärte ihr in groben Zügen die Situation.

Nora Seipp fragte ungläubig nach. »Soll das heißen, Sie haben keine Ahnung, was mit Frau Kohn geschehen ist und wo sie sich befindet?«

Lydia Naber war erstaunt, denn diese Gefühlsregung hätte sie der beherrschten Rothaarigen nicht zugetraut.

»So könnte man es ausdrücken«, lautete ihre Antwort.

Nora Seipps Finger strichen in einer verlorenen Bewegung über ihre Lippen, doch gleich hatte sie sich wieder im Griff und legte die Hand beiseite, wie ein Ding.

Sie macht sich wirklich Sorgen, dachte Lydia Naber.

*

Schielin saß am Schreibtisch und telefonierte, als Lydia Naber ins Büro zurückkam. Sie setzte sich ihm gegenüber und wartete unaufdringlich, bis er das Telefonat beendet hatte und mit einem gelangweilten »Und?« nach Neuigkeiten fragte.

Er kannte Lydia Naber lange genug, um aus der betont neutralen und sachlichen Weise, in welcher sie über ihr Gespräch mit Nora Seipp berichtete, zu entnehmen, dass sie der Frau gegenüber äußerst skeptisch eingestellt war.

»Du magst sie nicht«, sagte er.

»Nein, das ist es nicht. Ich fand sie sogar sympathisch, so

auf das erste Kennenlernen hin und nach dem anfänglichen Blabla. Aber je genauer meine Fragen wurden, desto beherrschter wurde sie. Zweimal hatte sie ein Problem mit der Antwort darauf. Da hat sie ihre Starre kurzzeitig nicht durchhalten können. Gestört hat mich, wie sie sich positioniert hat. Völlig dominant. Hat sich da an den Tisch gehockt, als wäre sie diejenige, die bestimmt, wo es langgeht. Wir werden da noch mal nachhaken.«

»Das machen wir. Ich habe sie ja nur kurz gesehen, aber sie scheint grundsätzlich ein besonders durchsetzungswilliger Typ zu sein, so auf den ersten Blick und ganz ohne Blabla.«

Seine Kollegin nickte. »Schade, schade. Das wäre was für Wenzel gewesen. Der hätte Tänzchen veranstaltet. Stattdessen muss er da oben in Memmingen mit dem muffligen, alten Landgerichtsdottore Leichen betrachten.«

»Wenigstens hat er es da kühl«, meinte Schielin und berichtete von seinem Telefonat mit dem Jugendamt. Die Sachbearbeiter dort waren etwas spröde, weil bei Anrufen der Polizei das latent schlechte Gewissen der Profipädagogen Adrenalin zugeführt bekam. Schielin erfuhr nicht viel mehr als die Bestätigung seiner Ahnung: Die Familie Haubacher war dort bekannt und erhielt öfters Besuch von verständnisvollen Sozialpädagogen. Den Grund für die Besuche hatte er nicht herausbringen können. Datenschutz. Dafür hatte er etwas wirklich Interessantes bei einem anderen Telefonat mit einem Bekannten, der bei der Sparkasse arbeitete, erfahren. Vertraulich und selbstverständlich in Erwartung eines noch nachzureichenden richterlichen Beschlusses, der die Auswertung aller Kohnschen Bankdaten erlaubte. Gundolf Kohn, Kunde der Sparkasse Lindau, war am vergangenen Montag, gleich früh gegen neun Uhr, auf der Bank gewesen und hatte dort fünfzehntausend Euro in bar abgehoben, in großen Fünfhunderterscheinen. Wofür Kohn die hohe Summe benötigte, konnte Schielins Bankbekannter nicht sagen. Er wusste jedoch, dass es nicht für Beschaffungen sein konnte, die mit Gundolf Kohns Tätigkeit als Restaurator zu tun hatten. In diesem Bereich liefen die Zahlungen von Anfang an ausschließlich bargeldfrei.

Lydia Naber summte eine alte Melodie und wiederholte dann leise »fünfzehntausend Euro«. Nachdenklich ließ sie sich in den Bürostuhl sinken.

Sie wussten nun also, dass Gundolf Kohn am Montagmorgen noch am Leben gewesen war und dass fünfzehntausend Euro verschwunden waren. Schielin verließ noch einmal die Dienststelle, um sich mit einem Postler zu treffen. Lydia Naber ging die Spurenberichte erneut durch.

»Was war das für eine Melodie gerade?«, wollte Schielin wissen.

»Level 42. Leaving me now. Wunderschöner Schleicher. Da heißt es: *some people kill for less.*«

*

Als Wenzel am Nachmittag eingetroffen war, ordnete er wie abwesend seine Unterlagen und schrieb einen vorläufigen Bericht für Schielin, über die Ergebnisse der Obduktion. Als bald darauf Schielin und Lydia Naber zurück waren, versammelte sich die Runde im Besprechungszimmer. Einige Gläser Wasser standen auf dem Tisch. Nur Gommi hatte sich zur Überraschung aller einen Kaffee gemacht. Den Duft genossen alle, nur traute sich sonst keiner an die schwarze Brühe. Kimmel wischte schon so ständig den Schweiß von der Stirn.

Wenzel berichtete von der Obduktion und vom rekonstruierten Tathergang.

»Gibt es schon Genaueres zum Todeszeitpunkt?«, fragte Schielin.

»Ja, aber nur einen Zeitkorridor. Die Ergebnisse von den Biologen aus dem LKA haben wir telefonisch eingeholt. Anhand des Entwicklungsstadiums der Tierchen und der Temperaturkurven, die wir gefertigt haben, dürfte der Todeszeitpunkt zwischen Montag fünfzehn Uhr und Montag zwanzig Uhr liegen.«

Schielin schürzte die Lippen. »Ist ja supergenau. Aber immerhin, es passt zu unseren anderen Erkenntnissen. Ich war inzwischen bei den Postlern und habe den Zusteller befragt. Er ist immer so gegen Mittag draußen. Für die FAZ gibt es keinen eigenen Zustellerdienst am Morgen, deshalb kommt sie mit der Post. Am Vormittag war Kohn auf der Bank …«

»Bank?«, fragte Robert Funk sofort.

»Gundolf Kohn hat am Montagmorgen, gleich in der Früh, fünfzehntausend Euro abgehoben, in großen Scheinen. Für die Zeit zwischen etwa zehn Uhr und fünfzehn Uhr haben wir noch keine Aussagen oder Erkenntnisse, aber der Postler hat noch was Interessantes beobachtet …«

»Das mit der Zeitung«, warf Jasmin Gangbacher ein, die bisher geschwiegen hatte, »kann er nicht die Zeitung reingeholt haben? Die lag doch auf dem Tisch im Wohnraum, oder?«

Schielin wog den Kopf. »Könnte auch seine Frau gewesen sein.«

»Ach ja, die Frau«, sagte Jasmin Gangbacher, »die habe ich schon fast vergessen. Es ist, als würde es sie gar nicht geben.«

Schielin lachte bitter. »Genauso ist es. Ich kann mir überhaupt keinen Reim darauf machen, wo sie sein sollte. Ihre Papiere sind alle noch im Haus: Scheckkarte, EC-Karte, Ausweis.«

»Braucht die doch nicht. Die ham gestritten, sie hat ihm des Messer reingehaun, dann, im Schock natürlich, hat sie die fünfzehntausend Euro gschnappt und ist auf und davon«, warf Gommi ein.

Lydia ließ ein gequältes »Ah, bitte, Gommi!« hören.

»No, vielleicht net? Des könnte doch gut sein, oder vielleicht net?«

»Die gute Frau Kohn hatte es doch gar nicht nötig wegen der paar Kröten ihren Mann umzubringen. Die beiden waren gut situiert …, nach eskaliertem Ehestreit sieht das da draußen überhaupt nicht aus.«

»Na gut. Aber wonach sieht es denn dann aus?«, wollte Gommi wissen und ersparte es Kimmel diese Frage zu stellen.

Lydia hatte kurz innegehalten und etwas notiert: *Zugriff auf Konten.*

»Tödlicher Streit unter Eheleuten, bitte. Wenn wir das vorliegen hätten, dann wäre sie entweder im Haus geblieben und hätte selbst irgendwann die Polizei gerufen, oder sie wäre geflüchtet, also mit ihren Ausweisen, und Gepäck und so. In beiden Fällen aber wäre die Leiche nicht derart versteckt und der Tatort so gesäubert worden. Das passt so nicht zusammen.«

»Was hat der Postler denn noch Interessantes erzählt?«, fragte Kimmel in Richtung Schielin, der gleicher Meinung wie Lydia Naber war.

»Tja. Am Montag war der so kurz vor halb eins draußen am Haus. Daran hat er sich noch gut erinnert. Er musste das Fahrrad in der Einfahrt stehen lassen, weil ein schwarzer Van vor dem Haus stand.«

»Ein schwarzer Van«, wiederholte Lydia.

»Ja. Einer mit schweizerischem Kennzeichen. Sankt Gallen. Soweit konnte der Postler sich noch erinnern, und dass die Scheiben verspiegelt waren. Mehr allerdings nicht, aber das ist schon eine sehr interessante Spur. Taxis waren übrigens auch nicht draußen am Haus, habe ich schon abgeklärt.«

Lydia Naber meinte. »Nora Seipp hat mir vorhin erzählt, dass der Chef von *literantik*, das ist so eine *Alte-Bücher-Rundumsorglos-Agentur*, dass der eine Art amerikanischen VW-Bus fährt, schwarz. Also das könnte der gewesen sein. Schweizer Kennzeichen passt auch.«

Schielin nickte zufrieden. War man da auch schon weiter und nicht mehr alleine auf Mitteilung der Schweizer Kollegen angewiesen.

Kimmel fuhr mit seiner klobigen Hand übers Kinn. »Also mir geht diese Frau nicht aus dem Kopf. Sie kann sich doch nicht in Luft aufgelöst haben.«

Lydia Naber zog eine unglückliche Grimasse. »Das ist wirklich eine blöde Sache. Also ich habe alle Krankenhäuser im näheren und weiteren Umkreis abgefragt. Fast alle haben schon geantwortet. Nirgends ist eine unbekannte Frau eingeliefert worden und eine Frau Kohn schon gleich gar nicht. Ich habe aber auch noch was Neues. Vorhin habe ich mit der Tochter in Kanada telefoniert. Das war vielleicht ein Ding. Ich war ja auf alles gefasst, dachte ich wenigstens. Aber die Gute hat mich richtig abblitzen lassen. Die kanadischen Kollegen hatten sie von dem, was passiert war, bereits unterrichtet. Ich dachte ja, dass sie vielleicht hierher nach Deutschland kommen würde … aber nichts da. Der Tod ihres Vaters scheint spurlos an ihr vorübergegangen zu sein und unsere Frau Carmen Kohn war nicht ihre leibliche Mutter. Sie hat nicht einmal nach ihr gefragt. Kohn war verwitwet und die Tochter stammt aus erster Ehe. Seine jetzige Frau Carmen, eine geborene Lasalle, hat er, kurz bevor sie hierher nach Lindau gezogen sind, geheiratet. Sie hat lange

Jahre in Frankreich gelebt und dort als Übersetzerin gearbeitet, der Familienname deutet ja auch auf Frankreich hin. Sie ist nach der Heirat wieder nach Deutschland zurückgekommen. Hierher nach Lindau. Aus den Familienverhältnissen werde ich trotzdem nicht so recht schlau. Mir fehlt da die bucklige Verwandtschaft. Kann doch gar nicht sein, dass es Leute gibt, die sich damit gar nicht rumplagen müssen. Werden wir uns noch mal genauer anschauen.«

Beim letzten Satz sah sie zu Jasmin Gangbacher.

»Na, wenigstens scheidet die Tochter schon mal als Tatverdächtige aus«, stellte Funk nüchtern fest.

»Was ist mit diesen Nachbarn, diesen Nobelproleten, Haubachers heißen die doch«, fragte Kimmel und blätterte in den Unterlagen.

»Die sind für morgen vorgeladen«, sagte Schielin.

»Beide vorbestraft«, ergänzte Kimmel.

Schielin ging auf seine lauernde Feststellung nicht ein.

Lydia Naber meldete sich wieder. »Es ist übrigens tatsächlich so, dass von dieser Sorte Plastiktüten, diese blauen Dinger, in die Gundolf Kohn eingewickelt war, nichts mehr im Haus zu finden ist. Auch keine Verpackung dazu. Der Müll ist zwischen Wochenende und Donnerstag nicht geleert worden. Kommt mir eigenartig vor, dass der Täter diese großen Säcke dabeigehabt haben soll. Und noch was. Ich habe die Fotoalben mal durchgesehen. Über unseren Herrn Kohn ist von Kindesbeinen an alles dokumentiert, in Schwarz-Weiß bis Farbe. Die üblichen Fotos eben. Aber von Frau Kohn nur ein paar Fotos aus den letzten Jahren und ein paar Bilder, die sie als junges Mädchen zeigen, aber immer alleine auf dem Foto. Überhaupt gibt es wenige Fotos von ihr. Immer nur ihr Mann …«

Die anderen sahen sie fragend an. Doch Lydia Naber konnte selbst nicht erklären, worauf sie hinauswollte. Sie hatte das vage Gefühl, dass daran etwas nicht stimmig war. Sie ließ es sein, zu erklären, was sie nicht erklären konnte.

»Ich fand das nur seltsam«, sagte sie halb entschuldigend, war aber noch nicht fertig. »Und überhaupt dieses Idyllidyllidyll. Wenn man da rauskommt und auf den ersten Blick das Haus, den Garten sieht. Alles irgendwie schnuckelig. Auch im Haus selbst, so schön aufgeräumt, alles hat seinen Platz. Aber so nach einer Weile …« Sie sah ernst in die Runde, »also mir kommt das inzwischen vor wie ein Gefängnis. Ein selbst gewähltes vielleicht, aber die haben doch völlig isoliert gelebt. Selbst mit den Nachbarn keinen intensiveren Kontakt. Was meint denn ihr dazu? Das ist doch nicht normal, oder. Wenn die Kinkelins nicht ab und an mal einen Hasen, oder ne Gans gebracht hätten …«

»Wollten halt ihre Ruhe«, provozierte Wenzel, »und wenn wir unsere Ruhe haben wollten, dann sollte heute Nacht jemand ein Hakenkreuz da draußen an die Hauswand schmieren, das wir Morgen früh ganz überrascht vorfinden und sauber fotografieren. Die Medien zischen dann voll drauf ab und Politiker bekommen jeden Tag fünf Gelegenheiten ein Interview zu geben. Eine Sonderkommission in München übernimmt den Fall; nach einigen Wochen interessiert es niemanden mehr und wir? – haben unsere Ruhe.«

»Ruhe …«, wiederholte Lydia Naber und ging nicht auf Wenzels Anspielung ein. »Haben wir eigentlich schon was Näheres über dieses Ehepaar vom Oberen Schrannenplatz, diese große Schwarzhaarige mit ihrem glatzköpfigen Mann?«

Schielin kniff Augen und Mund zusammen. Er war noch nicht dazu gekommen.

»Große Schwarzhaarige … Mann mit Glatze«, wiederholte Wenzel.

Lydia Naber nutzte die Gelegenheit. »Hätte mich ja auch gewundert, wenn dir zu einer großen Schwarzhaarigen nichts eingefallen wäre ..., wobei letzte Woche im Edeka, diese Blonde, war das deine Großnichte ..., so vom Alter her würde es ja hinkommen.«

Wenzel überhörte es. »Kenne ich glaube schon. Oberer Schrannenplatz passt auch. Das müssten die Hendlers sein. Kulturell überall mit dabei.«

Schielin notierte hinter dem ersten Eintrag in seinem Notizbuch *Hendler* und fragte in Richtung Wenzel. »Da fällt mir noch ein. Habt ihr die Zeitung, die am Tisch lag, mit zu den Spuren genommen? Wäre gut, um festzustellen, wer das Ding ins Haus geholt hat. Sie oder er. Falls das möglich ist.«

Er machte einen Haken hinter dem Eintrag in seinem Notizbuch.

»Du setzt also auf den schwarzen Van mit St. Galler Kennzeichen«, stellte Kimmel fest, der dem Gespräch aufmerksam gefolgt war.

»Vorerst ja. Die Kollegen in St. Gallen haben die Daten schon. Ich hoffe, es gibt nicht zu viele von der Sorte da drüben.«

Robert Funk schüttelte den Kopf. »Und die Kinkelin hat von dem schwarzen Van nichts mitbekommen? Das kann ich mir gar nicht vorstellen, so wie die ein Auge auf das Haus hat.«

»Habe ich mir auch schon gedacht, aber sie hätte ganz sicher davon erzählt, wenn sie es gesehen hätte. Wir werden da noch mal nachfragen.«

»Dann wird das also wieder ein Wochenende, das den Namen nicht verdient«, stellte Kimmel fest und stand auf, »aber bei uns gibt es ja eh kein Wochenende und keine Feiertage. Morgen früh also Besprechung um zehn. Ach ja, noch etwas. Wir werden im Lauf der nächsten Woche Besuch aus München bekommen Jemand aus dem Ministerium. Es geht um irgendeine Zertifizierung, oder so. Er will sich die Dienststelle ansehen.«

Die anderen sahen ihn fragend an. Kimmel zuckte nur mit den Schultern. Er hatte auch keine Ahnung, was sich dahinter verbergen konnte, und seit geraumer Zeit, genauer seit dem Beginn der grandiosen bayerischen Verwaltungsreform, hatte er aufgehört sich Gedanken über die Sinnhaftigkeit dessen zu machen, was aus München kam. Mit zunehmender Resignation hatte er feststellen müssen, dass sich eine neue Schicht in der öffentlichen Verwaltung etablierte – es war eine mächtige Schicht, ein völlig neuer Bereich, der jeglicher Kritik entzogen war. Robert Funk hatte einmal gesagt, es seien Bürokratroniker und Kimmel musste ihm recht geben. Ja, es waren Bürokratroniker. Und gegen die waren die alten Bürokraten regelrechte Waisenknaben. Diese neue Elite agierte mit der Macht ihrer Systeme. Und in diesen Systemen gab es keine menschliche Kommunikation, kein Fehlen, kein Retour, kein Überlegen. Kimmel hatte die Befürchtung, dass diese neue Elite im Kern undemokratisch war.

Erich Gommert nölte im Besprechungszimmer herum. »Will sich die Dienststelle ansehen. Aus München ... ja, wer für so was Zeit hat, ist doch übrig, oder? So einer fehlt doch net, wenn er weg ist aus seinem Büro. Das haben die jetzt von ihrer Reformiererei. Jetzt werden die Übrigen herumgeschickt, um sich ein bisschen umzusehen. Hat ja so kommen müssen.«

Wenzel grinste hämisch.

»Das mit dem Schacht geht mir nicht aus dem Sinn«, sagte Funk.

»Wo der in der Nacht abgehaut ist«, fiel Gommert sofort ein, »des war auch net es erste Mal in Lindau.«

»Was?«, fragte Wenzel.

»Na, dass jemand durch so geheime Gänge abgehaut ist.«

»Also mir fällt da nichts ein!«

»Da warst du auch net dabei. Ich ja auch net. Aber auf der Insel, da war gleich nach dem Krieg auf dem Sängerhallenplatz, und in der Sängerhalle selbst auch, ein Gefangenenlager für des Nazigesindel, und für Soldaten, und was halt so festgesetzt worden ist. Das war genau da, wo heute der Inselhallenparkplatz ist. Drüben am Alpengarten, da war früher eine Holzbaufirma, da war auch ein Lager und draußen, hinter dem Kamelbuckel noch eines.«

»Und des weißt du noch?«

»Schmarrn. Von meinem Vater hab ich des! Jedenfalls war da ein Haufen Gefangene und da waren manche dabei, die halt irgendwie geschaut ham da abzuhauen. Jedenfalls haben es zwei, drei fertiggebracht eine Eisenplatte von einem stillgelegten Kanal aufzuhebeln. In der Nacht war des. Der Gang, der hat von der alten Sängerhalle unter der Ludwigsbastion durch vor zur Seebrücke geführt. Da sind die dann rausgekommen und da waren schon Boote bereitgelegt von Helfern. Mit denen sind die dann über den Kleinen See abgehauen. War ja bei Todesstrafe verboten auf dem See zu sein, damals.«

Wenzel schüttelte ungläubig den Kopf.

»Des stimmt schon. War eine verrückte Zeit damals. Wenn du mal auf der Insel bist, geh zum Yachthafen und frag den Hafenmeister. Des war damals ein kleiner Bub, der weiß des noch genau. Und noch viel mehr weiß der.«

Wenzel murmelte etwas und die Runde löste sich langsam auf. Lydia hatte es eilig und sagte etwas von *Bank*. Jasmin Gangbacher saß schon wieder in ihrem Büro. Nur Funk und Schielin blieben schweigend sitzen. Funk war es, der nach einer Weile begann. »Wieso ist er wohl in der Nacht noch mal zurück ins Haus gekommen. Auch noch in so einer komischen Verkleidung – mit Larve?«

»Es könnte ja auch eine *sie* gewesen sein«, entgegnete Schielin.

Funks Stimme wurde dunkler. »Das kann ich mir nun wirklich nicht vorstellen – eine Frau? Nein, eher nicht. Ich meine, es muss doch einen Grund geben, sich in solcher Gefahr auszusetzen – zum Tatort zurückzukommen. Das macht man doch nur, wenn es unerlässlich ist. Ob es wohl wegen diesem Mäppchen war? Was denkst du?«

Schielin zuckte mit der Schulter. »Da es verschwunden ist, wird es wichtig gewesen sein. Ich weiß es nicht, Robert. Aber in diesem Zurückkommen liegen meine Zweifel, dass die Ehefrau mit der Sache was zu schaffen hat. Mit einer Larve. So ein Ding zieht sich ja niemand einfach so auf. Zum Tarnen würde ja eine schwarze Sturmhaube völlig genügen. Nein, da haben wir es mit was ganz Komischem zu tun. Lydia hat sich übrigens kundig gemacht, was dieses Symbol angeht, das auf dem Mäppchen war. So, wie du es uns beschrieben hast, handelt es sich mit ziemlicher Wahrscheinlichkeit um eine Triskele – ein dreiarmiges Symbol, das es in vielen Varianten gibt. Ist eine uralte Form und findet sich im gesamten europäischen Raum. Ist heute überwiegend als keltisches Symbol bekannt, weil es Symbol der Isle of Man und der Bretagne ist. Sizilien hat es aber auch im Wappen und einige deutsche Städte. Zum Beispiel Füssen, droben im Allgäu.«

»Mhm. Klingt interessant.«

»Du kennst ja Lydia, wenn Sie mal angefangen hat zu ermitteln …, dann gibt's kein Halten mehr. Sie hat unter anderem herausgefunden, dass die Triskele als Erkennungszeichen in sado-masochistischen Kreisen gilt. Da steht es für die Rollenverteilung: top, bottom, switch.«

Funk nahm den Kopf zurück und wiederholte. »top, bottom, switch … Sadomaso. Ich glaube, ich will gar nicht wissen, was das genau bedeutet.«

»Es gibt auch viele Schmuckstücke mit dieser Symbolik«, fuhr Schielin fort, »steht für die magische Zahl drei, also: Vergangenheit, Gegenwart, Zukunft oder Geburt, Leben, Tod – Körper, Geist und Seele wäre auch noch so eine Variante.«

»Wir könnten uns ja mal bei den Schönauer Hexen umhören, die sollten sich doch damit auskennen«, meinte Funk halb lustig, halb ernst.

Schielin stöhnte: »Du meinst in Sachen Sadomaso?«

Funk hob die Schultern und sah unschuldig in den Raum.

Schielin winkte ab. »Genau das will ich erst einmal vermeiden. Dass da ein Bezug zwischen dem Mord und etwas Esoterischem oder Okkultem hergestellt wird, und noch schlimmer wäre es, wenn uns die Sache wirklich in Richtung SM führt. Da haben wir gleich die Presse am Hals. *Sex-Mord in Lindau*, oder *Blutiger Teufelskult am Bodensee.* Ich sehe die Schlagzeilen schon vor mir. Ball flachhalten.«

»Aber beide Varianten wären möglich.«

Schielin stand auf und sah Funk ernst an. »Das wollen wir mal nicht hoffen. Es gäbe auch noch eine Mischung aus beidem.«

Sie erschraken beide, als unerwartet von der Türe her Erich Gommert blökte. »Sadomaso? Des sind doch die mit der Peitsche, oder. So was gibt's doch hier in Lindau net, oder? Nee. Oder etwa wirklich? Wirklich!?«

Die beiden ließen Gommi im Ungewissen und gingen schweigend in ihre Büros.

Lydia Naber empfing Schielin mit einer Miene, die erwarten ließ, dass sie etwas loswerden wollte. Sie wartete, bis er saß und seine Haltung ihr mitteilte, dass er bereit war für Neuigkeiten.

»Sie hatte keinen Zugriff auf die Konten«, sagte sie schlicht und wartete gespannt.

»Auf die uns bekannten Konten«, ergänzte Schielin.

Sie zog eine unleidige Miene. »Habe das doch in einem Zug erledigt. Sie hatte selbst kein Konto und für die auf Gundolf Kohn lautenden Bankverbindungen bestand kein Zugriff für sie.«

»Nach alter Väter Sitte«, murmelte Schielin und zog die Stirn in Falten. Sie schwiegen und ließen einander die Zeit nachzudenken.

Schielin hatte zuvor, während Lydia Naber mit Nora Seipp beschäftigt war, einige Telefonate geführt, um endlich mehr über Carmen Kohn, geborene Lasalle, zu erfahren. Je mehr er über den Menschen Carmen Kohn wissen wollte, desto größer wurde das Dunkel, auf welches er in Carmen Lasalles Vergangenheit stieß.

Er saß in seinem Büro und drehte den Ausweis Carmen Lasalles gedankenverloren in den Händen..

»Das hat dir deine Quelle von der Sparkasse nicht verraten, mein Lieber«, unterbrach ihn Lydia mit einem Schlag von Schadenfreude in der Stimme.

»Ich hatte ihn auch nicht danach gefragt«, gab er zu.

»Was hältst du von der Sache?«

»Mhm«, begann er zögernd, »ich gehe davon aus, dass wir die gleichen Gedanken haben und sie auf unterschiedliche Weise bestätigt bekommen. Mir ging es ähnlich, als ich mein Zuhause mit dem Hause Kohn verglich. Wenn man in so perfekte Haushalte kommt, zweifelt man ja schon ein wenig an sich selbst. Ich hatte dann den Gedanken, dass es in dem Haus aussieht wie in einer möblierten Ferienwohnung. Als wären die beiden in ihrem eigenen Hause Fremde. Der einzige Bereich, der einem Auskunft über eine Lebensaktivität gibt, ist ja seine Werkstatt oben. Von der Frau hat das Haus recht wenig. Der Garten war wohl ihr Bereich und der Keller, die Einmachgläser. Aber mehr nicht. Und ich frage mich, wo ich diese Frau wiederfinde, ihr Leben. Wenn nicht Daten, ein paar Fotos und die Kinkelin wären, dann könnte ich mir gut vorstellen, dass es gar keine Carmen Kohn gäbe …«

»Genau«, assistierte Lydia Naber, »was machen wir also?«

»Sie ist verschwunden, es gibt niemanden, der uns etwas Wesentliches über ihr Leben hier erzählen kann, also werden wir uns mit ihrer Vergangenheit beschäftigen müssen. Von ihrem Mann wissen wir inzwischen, dass seine Eltern gestorben sind und eine Schwester in Kiel lebt.«

»Auch der nächste Weg«, meinte Lydia.

»Die hatten aber keinen Kontakt mehr«, ergänzte Schielin.

»Hätte mich auch ja gewundert, wenn da plötzlich eine Beziehung existieren würde. Kontakt abgebrochen, nie Kontakt gehabt, wie beim Geheimdienst. Also ich muss dir schon sagen – irgendwie wird mir dieser Kohn immer unsympathischer.«

»Weil seine Frau keinen Zugriff auf das Geld hatte?«

Sie beugte sich nach vorne und lehnte beide Ellbogen auf die Schreibtischplatte. »Ich habe da so ein Gefühl …« Sie wartete, um zu hören, ob Schielin vielleicht den gleichen Gedanken hatte. Mit einem kurzen Heben des Kopfes forderte er sie auf ihre Gedanken auszubreiten, was sie fast flüsternd tat. »Man könnte das Gefühl bekommen, das Häuschen da draußen war so etwas wie ein sicheres Versteck, nicht wahr. Entlegen, keine wirklichen Kontakte zum gegenwärtigen Umfeld, die Familienverbindungen allesamt abgebrochen – und eine verborgene Fluchtmöglichkeit über den Keller, falls doch jemand mal was spitzkriegen sollte. Ist doch so, oder?«

»Genauso ist es«, sagte Schielin ernst.

Lydia Naber lehnte sich zufrieden zurück. »Wäre ja perfekt für … Agenten.«

Schielin fuhr mehrmals mit seiner Hand über Wangen und Mund. Ein Agentenversteck?

Eseltouren

Selbst die Dunkelheit, so kam es Schielin vor, hatte es schwer die Hitze zu durchdringen. Träge senkte sich die Nacht über die erschöpfte Stadt. Das Umtriebige und wohlig Aufgeregte, das sonst die Straßen und Wege erfasste, wenn ein Freitagabend das Wochenende nah machte, war weder zu spüren noch zu sehen. Gemächlich drehten die Autos ihre Viertel- und Halbkreise in den Aeschacher Kreisverkehren. Alles Wespenhafte war in Hitze erstickt.

Zu Hause angekommen, duschte Schielin. Die anderen hatten bereits zu Abend gegessen und hockten vergnügt am Tisch. Er wollte die gute Laune nicht stören und sich außerdem bei Albin Derdes und dessen Frau sehen lassen; fragen wie es ihnen ginge, sich kümmern. Er hatte seinen Nachbarn schon einige Tage nicht mehr gesehen. Drüben bei ihnen traf er in der Küche auf Albin Derdes Frau Erna, der die Hitze weniger ausmachte, als er erwartet hatte. Albin Derdes war schon mit Einsetzen der Dämmerung zur Weide gegangen, wo ihn Schielin in gewohnter Haltung, auf dem Weidezaun lehnend, die Augen ins Dunkel gerichtet, antraf. Ab und an glühte die Zigarettenspitze auf und der würzige Rauch blieb an der Gestalt haften. Schweigend lehnte er sich neben Albin Derdes an den Zaun und suchte die Umrisse der Friesen und Ronsards im Dunkel. Es dauerte eine Weile, bis er alle beisammenhatte und Albin Derdes die Zigarette zu Ende geraucht hatte.

»Du warst schon im Haus?«, lautete dessen erste Frage, die Schielin verblüffte.

»Welches meinst du denn?«

»Daheim halt.«

»Ja, war ich, kurz. Und drüben bei dir auch schon. Wieso fragst du?«

»Gut«, überging Derdes die Frage.

Schielin hakte nicht nach, fragte sich aber, was gut daran gewesen sein sollte, dass er schon in seinem Haus gewesen war. Irgendetwas war da im Busch. Das war deutlich zu spüren. Er wartete.

Nach einer Weile fragte Derdes. »Und, machst du mit?«

Es war vielleicht doch ein Fehler, der guten Stimmung zu Hause ihren Lauf gelassen zu haben. Jetzt stand er hier und war nicht informiert, dass er bei etwas mitmachen konnte, sollte, musste. Er verzichtete auf Geplänkel und fragte: »Wobei?«

Albin Derdes lachte düster. »Ah. Haben sie dir noch nichts gesagt.«

»Haben sie nicht. Was wäre es denn gewesen?«

Sein Nachbar hob beide Arme an und zog den Kopf ein. Eine Geste großer Unschuld. So wie das Mafiakiller in Mafiafilmen taten, nachdem sie ihre Opfer erschossen hatten und durch derlei Geste bekunden wollten, dass sie im Grunde mit der üblen Situation gar nichts zu tun hatten und es ihnen eigentlich leid täte.

Derdes ließ sich von Schielins Fragen nicht erweichen, steckte eine Rothändle an und paffte die ersten zwei Züge vergnügt in die Nacht.

Zwischen den nächsten Zügen spürte Schielin, wie die gute Laune seines Nachbarn verflog, sowie der helle Rauch im Dunkel verging. Er fragte mit etwas belegter Stimme: »Weißt du was von diesen Feuern?«

»Nur, dass zurzeit öfters welche in der Nacht zu sehen sind.«

»Alle im Wald, gell?«, stellte Albin Derdes fest, ließ es aber als Frage klingen.

Schielin verschwieg, was er im Tobel gefunden hatte, und fragte: »Was weißt du darüber?«

»Das des net gut ist, gar net gut.«

»Wird halt so eine Clique sein, die in der Nacht unterwegs ist, junges Zeug halt. Unsere Streifen halten die Augen schon offen.«

»Des sind keine jungen Leit«, sagte Albin Derdes bestimmt.

»Woher willst du das wissen?«

Albin Derdes zuckte mit den Schultern, als er etwas zurückhaltend und knurrig antwortete: »Mhm, na ja. Man hört so einiges.«

»Und was hört man so?«

»Dass des was mit einem Kult zu tun hat.«

»Und wer sagt das?«

»Überall, wo drüber gesprochen wird.«

»Wo zum Beispiel?«, fragte Schielin, der sich in etwa denken konnte, an welchen Stammtischen das Thema sein könnte.

»Zum Beispiel ... im Wölfle ... am Kartentisch in der Ecke.«

»Soso, im Wölfle, also. Ist ja auch net weit zum Friedhof num«, sagte Schielin bissig.

»Ah, da hast recht. Nach so einer schönen Leich und dem langen Stehn, da ist des allweil recht, wenn's net so weit ist zum Leichenschmaus ...«. Derdes lachte und schlug mit der Hand auf den Weidezaun, »mei, ich sage dir, da ist es schon manchmal recht zugangen, nach so einer Leich ... danach. Von meiner Erna ihrer Großkusine der Schwager ...«

Schielin unterbrach ihn. Er kannte die Geschichte vom unglücklichen Großkusinenschwager bereits in mehreren Varianten. »Und da drunten ..., da reden die von Feuern an magischen Orten? Wer denn?«

Albin Derdes bestätigte mit einem lang gezogenen »Mhm. Interessiert's dich?«

Schielin brummte vor sich hin: »Ich glaube nicht.« Er war nun wirklich froh darüber, bisher für sich behalten zu haben, was er an der Feuerstelle unten im Tobel gefunden hatte.

Albin Derdes ließ nicht locker. »Aber die Feuer, die sind alle ...«, er unterbrach und ließ seine Stimmer leiser werden, »... alle an magischen Orten.«

Schielin kannte seinen Nachbarn zu lange, um nicht zu merken, dass der sich sehr zurückhaltend und vorsichtig ausdrückte, und mit dem, was er wirklich von der Sache dachte, gar nicht herausrückte.

»Magische Orte«, wiederholte Schielin ungläubig. »Woher wissen die am Kartltisch vom Wölfle von magischen Orten und woher überhaupt von diesen Feuern?«

»Ach, des mit den Feuern ist schnell rum in der Stadt. Es ist ja net so, dass alle Leut gleich bei der Polizei anrufen tun. Manche besprechen sich auch erst emole am Stammtisch, oder so. Am Montag ist übrigens wieder ... gleich an der Ecke hinter der Tür. Hock dich halt emole hin dazu. Bist doch bekannt.«

Albin Derdes drückte die Glut der Rothändle sorgfältig aus und ging in Schielins Begleitung zum Haus zurück. An der Weggabelung trennten sie sich.

Daheim war immer noch gute Stimmung am Tisch. Schielin setzte sich dazu und lächelte freundlich in die Runde. Schon machte sich etwas Beklommenheit breit. Gute Stimmung, sofern sie die beiden Töchter betraf, war besonders verdächtig, denn entweder musste man schlechte Nachrichten verdauen, oder es stand etwas eher Teureres zur Beschaffung an. Die letzte gute Stimmung der beiden hatte mit einem verlängerten Skiwochenende zusammengehangen. Das war teuer gewesen. Davor, erinnerte er sich, hatte die ihm gegenüber zahme Verhaltensweise mit den anstehenden Zwischenzeugnissen in Beziehung gestanden – eindeutig auch aus dem Bereich schlechte Nachrichten.

Marja stellte die Teller zusammen und brachte sie hinüber zur Spüle, wo sie sich eine Zigarette ansteckte, nicht ohne zuvor das Fenster zu öffnen. Sie drehte das Radio leiser und stellte DRS1 ein. Heimatliche Laute brauchte sie mehrmals in der Woche. Normalerweise ging sie zum Rauchen vor das Haus, aber offensichtlich wollte sie das Gespräch nicht verpassen.

Laura wählte eine sizilianische Eröffnung, indem sie bedauernd feststellte, dass die Sache mit dem Mord sicher wahnsinnig anstrengend für ihn sei.

Schielin war fast gerührt. Mitleid kam wirklich selten vor. Alles war demnach möglich – verdammt schlechte Nachrichten und teuer in einem.

Er stimmte wortlos, mit einem Anflug von Leid auf dem Gesicht, zu. Ansonsten schwieg er und wartete.

Lena fragte, ob er Albin Derdes an der Weide getroffen hätte?

Schielin nickte und beobachtete die Ratlosigkeit auf den beiden Gesichtern. Hatte Albin Derdes geplaudert, oder nicht?

Laura berichtete wie beiläufig, dass sie Ronsard schon gefüttert und gestriegelt hätte.

Schielin nickte und ihm fiel auf, dass die beiden sich in letzter Zeit wirklich sehr um seinen Esel kümmerten. Fast genauso intensiv wie um ihre hysterischen Rösser. Was hatte den plötzlichen Sinneswandel bewirkt?

»Du kommst gar nicht mehr oft zum Wandern mit ihm, gell«, tönte Lena.

Er hatte keine Vorstellung, worauf es hinauslaufen könnte. Was immer es war. Es musste mit Ronsard zu tun haben. Er blieb unbestimmt. »Ooch. Geht schon so.«

»Aber früher bist du schon öfter mit ihm gegangen und die Bewegung und Ansprache haben ihm richtig gutgetan. Das fehlt ihm jetzt schon«, pflichtete Laura bei.

Hatte sie gerade gesagt, dass seinem Esel die *Ansprache* gutgetan hatte? Er sah sie fragend an. Sie wich dem Blick nicht aus, holte Luft und meinte. »Er sollte wieder mal öfter ein wenig bewegt werden, und so ....«

Schielin drehte sich um und sah zu Marja, die genüsslich an der Zigarette zog. Er verstand gar nichts mehr. Vor allem nicht, wie man auf die Idee kommen konnte, einen Esel zu *bewegen*. Er sagte: »Man bewegt Autos, Motorräder und Traktoren, aber keine Esel.«

»Ja, schon. Es geht ja nur darum, dass wir gerne öfter mit Ronsard wandern gehen würden.«

»Ihr?«

»Mhm.«

»Aber ihr habt doch die Friesen? Auf denen kann man sogar reiten.«

»Das ist was anderes.«

Schielin entspannte. Er fragte sich, was schon dabei wäre, wenn die beiden mit dem Esel auf Tour gehen würden. Machte er ja auch. Die Entspannungsbewegung stoppte, als ihm Albin Derdes wieder einfiel. Da musste mehr dahinterstecken. Er fragte: »Wie ist das zu verstehen, das Wandern mit Ronsard und euch?«

Beide mussten schlucken.

»Oh je«, dachte er.

Marja lachte dumpf und drückte die Zigarette aus.

»Na ja. Wir dachten eben, dass wir mit Ronsard ab und an … so ein paar Touren gehen, so drei, vier gibt es ja, die sehr ansprechend sind und auch nicht zu lange. Von hier nach Streitelsfingen, den Tobel runter und wieder zurück. Die andere Tour über Weißensberg, am Golfplatz vorbei und wieder hierher. Die dritte … vielleicht hinten in der Hangnach …«

»Ja, und?«, fragte er.

»Na ja. Wenn wir schon unterwegs sind, dann dachten wir, können wir doch auch Leute mitnehmen.«

»Welche Leute?«, entfuhr es Schielin.

»Gäste«, sagte Lena etwas schüchtern.

»Ihr meint Touris?«, stellte Schielin fest.

»Gäste eben«, wiederholte sie; weniger um die Urlauber vor dem hässlichen Wort *Touris* zu schützen, als ihrem Unterfangen eine reelle Chance zu verschaffen.

Schielin meinte: »Ob das Ronsard allerdings gefällt, weiß ich wirklich nicht.«

Es war eine dumme Bemerkung, denn Laura konterte sofort. »Also die Aktion mit der Lebendkrippe an letztem Weihnachten, *die* hat ihm ganz sicher nicht gefallen, wo er die ganze Zeit neben der alten Kuh hat stehen müssen, die Durchfall hatte. Das war ja voll peinlich. Unser schöner Esel mitten in diesem Chaos, diese Jesuskindleinpuppe, die über dem Grill …«

Schielin winkte ab. Er wollte an die moderne Adaption des alten Stoffes nicht mehr erinnert werden. Es war keine gute Idee von Albin Derdes und seinen kulturbegeisterten Reutinern gewesen, den Theaterintendanten aus dem Schwäbischen hinzugezogen zu haben. Allerdings konnte auch niemand wissen, dass man dem armen Menschen nur Urlaub gewährt hatte. Wenigstens wussten die Ärzte nach den Zeitungsberichten von der Lindauer Lebendkrippe, wo sie ihn aufgreifen konnten.

»Und woher wissen die Gäste von den Wanderungen? Entlang romantischen Wegen am Bodenseeufer – mit Esel?«

»Mit Packesel«, stellte Lena richtig und ließ die Katze so langsam aus dem Sack.

»Packesel«, wiederholte Schielin.

»Nichts Schweres, nur so ein wenig Proviant halt und Wasser und Decken, ein bisschen Geschirr für ein Picknick und Verbandszeug.«

»Verbandszeug?« Schielin ließ sich in den Stuhl sinken und dachte nach. Seine beiden Gören saßen ihm gegenüber auf der Eckbank und fixierten ihn. Nach einer Weile fragte er: »Wie viel?«

Laura konnte sich ein kleines, siegessicheres Lächeln nicht verkneifen. »Maximal so fünf, sechs Leute pro Tour. Können auch mal ein paar mehr sein.«

Schielin kniff die Augen zusammen. »Neiiin. Nein. Ich meinte, wie viel Kohle ihr pro Tour und Kopf verlangt?«

Das Lächeln gegenüber war schlagartig wieder verschwunden.

Lena wiegelte ab. »Ja, umsonst können wir es ja nicht machen. Die Organisation, die Werbung, die Zeit, die wir investieren, und es ist ja ein völlig neuer Event für die Urlaubsregion Lindau-Bodensee.«

Schielin wollte gar nicht wissen, wo schon überall Werbung lief. »Wie viel?«, wiederholte er.

Sie wich aus, und das gar nicht mal schlecht, mit ein paar mehr Details. »Die Vermittlung über ProLindau Marketing kostet schließlich auch was. Dann noch die Plakate und Inserate … wir tragen die ganze Verantwortung, und und und.«

Schielin zeigte sich von dem erschreckend gut durchdachten Vorhaben äußerlich unbeeindruckt. Die beiden hatten alles schon organisiert, geplant. Sie hatten ein Konzept. Er blieb stur. »Wie viel?«

Die Antwort kam nun prompt. »Fünfzehn Euro Erwachsene, acht die Kids, zehn, wenn sie mal auf dem Esel hocken wollen.«

Er ließ Zeit verstreichen, ließ die beiden ein wenig leiden, dehnte das »mhm« genüsslich, bevor er ein kühles »fünfzig« sprach.

Die beiden sahen sich fragend an. »Fünfzig Euro!? Das zahlt doch niemand. Das ist aussichtslos. Das zerstört ja die ganze Geschäftsidee.«

Er grinste böse. »Ich meinte fünfzig Prozent. Ohne meinen Esel kein Geschäft – nur Idee. Halbe-halbe also. Ihr mietet meinen treuen, ergebenen Esel, an dem mein ganzes Herz hängt, für eure Gästetrips und ich möchte davon fünfzig Prozent. Finde ich in Ordnung. Ist ja mein Esel, in den ich viel Zeit und auch den ein oder anderen Euro investiert habe.«

Die beiden sahen sich kurz an. Kein Lächeln, kein bockiges Getue, auch kein Gejammer oder Gedöns. Sie kommunizierten stumm, nur mittels ihrer Blicke. Dann wandte Laura sich ihm zu, der immer noch nach hinten in den Stuhl gelehnt dasaß, und sagte selbstsicher. »Fünfzig Prozent ist zu viel. Wir finanzieren die ganze Werbung, organisieren alles und machen die Touren. Dreißig wäre okay. Dreißig.«

Es tat weh. Nicht, dass sie mit ihm um die Kohle feilschten, das war normal. Es war vielmehr die Erkenntnis, dass er keinen kleinen Mädchen mehr gegenübersaß. Ihm wurde klar, dass die beiden nicht nur selbstbewusst waren, sondern auch noch geschäftstüchtig, und dass sie sich, wenn Gott ihnen Gesundheit schenkte, im Leben würden behaupten können. Doch das konnte ihn nicht darüber hinwegtrösten, dass es das erste Mal war, dass er mit ihnen als Geschäftspartnern redete.

Der Ernst, mit welcher sie die Sache betrieben, überraschte ihn und er hörte sich ein zustimmendes »Okay« sagen, ohne dabei an Prozente zu denken. Er sprach mehr zu sich selbst, bestätigte die gerade gemachte Erkenntnis. Und ein wenig fühlte er sich wie jemand, der etwas verloren hatte. Eine Zigarette wäre jetzt gut gewesen, vielleicht auch eine Zigarre und ein Cognac dazu.

»Und welche Rolle spielt unser grandioser Nachbar bei der ganzen Angelegenheit?«, wollte er noch wissen.

»Ach, der Albin geht mit und erzählt alte Geschichten über Lindau und so. Das mögen die Leute, das interessiert sie und keiner kann das besser als der Albin.«

»Soso, der Albin erzählt alte Geschichten. Wann soll's denn losgehen?«

Die beiden sahen sich kurz an. Nicht ohne Stolz meinte Lena: »Nach den Pfingstferien. Vier Touren sind schon ausgebucht. Zweimal die Woche, Dienstag und Donnerstag.«

Schielin schwieg. Von hinten war ein vom Nikotin rau gewordenes Lachen zu hören. Marja sagte: »Kaum zu glauben, wie viele Menschen es gibt, die ihr Herz … und anderes … einem Esel schenken, nicht wahr?«

*

Später am Abend waren Robert Funk und seine Frau vorbeigekommen. Mit keiner Silbe wurde der Fall erwähnt. Es war sogar so, dass Schielin überhaupt nicht an den Toten und an die verschwundene Frau dachte. Es war ein Genuss, bis spät in die Nacht draußen zu sitzen und zu spüren, wie die Temperaturen etwas erträglicher wurden.

Trotz des Weines und der späten Käseplatten, war Schielin nach wenigen Stunden Schlaf hellwach und fühlte sich fit. Nach einer langen Dusche und einer Tasse Kaffee in aller Stille, nur vom Klacken der Uhr begleitet, fuhr er los. Er war der Erste auf der Dienststelle und setzte Kaffeewasser auf. Die Zeit, bis er das Pulver aufbrühen konnte, nutzte er und fuhr die Rechner in den Büros hoch. Als alles erledigt war, hatte er Zeit zu recherchieren. Carmen Lasalle und Carmen Kohn – die beiden Namen waren es, die ihn interessierten. Auf seinem Schreibtisch lag ein Aktendeckel mit den Ergebnissen der routinemäßigen Erhebungen und die Akten sprachen nicht viel über Carmen Kohn, geborene Lasalle. Sie hatte keine Vergangenheit, die man hätte nachverfolgen können. Die Eltern waren gestorben, als sie noch ein Kind war. Bis zu ihrem achtzehnten Lebensjahr war sie in einem Heim untergebracht, Geschwister gab es nicht, die Ehe mit Gundolf Kohn war ihre erste; nachdem sie das Heim verlassen hatte, war sie nach Frankreich gegangen, hatte dort als Übersetzerin bei Airbus in Toulouse gearbeitet und nebenzu Reisegruppen betreut. Gundolf Kohn hatte sie wohl bei letzterer Tätigkeit kennengelernt. Seit der Heirat mit ihm lebte sie wieder in Deutschland. Mehr wusste er nicht.

Schielin klappte den Aktendeckel zu und sah zum Fenster hinaus, wo ein fahles Morgenlicht alle Konturen glättete. In seinen Gedanken sprangen wieder Lydias Worte herum: Agent. Geheimdienst. Er verwarf diese Variante aber wieder, denn dazu waren diese abgebrochenen Lebensläufe zu wenig perfekt, zu wenig geglättet. Er klappte den Aktendeckel wieder auf und notierte den Namen des Heimes, in welchem Carmen Lasalle gelebt hatte. *Mädchenheim* hieß es schlicht, in einer Kleinstadt hoch im Norden. Nach einigen Recherchen hatte er die Telefonnummer der *Diako-*

nisch-Pädagogischen Einrichtung, wie es heute hieß und weit größer und bedeutender klang als Mädchenheim. Eine solide Einrichtung, wie er meinte, nachdem an einem Samstagmorgen tatsächlich jemand den Telefonhörer abnahm und ihm geduldig zuhörte. Kurz darauf legte er einige Papiere in das Faxgerät und tippte die Nummer des Polizeipostens ein, in dessen Zuständigkeitsbereich das Heim lag. Mit den Kollegen dort hatte er bereits telefoniert. Sie würden abholen, was er brauchte, und ihm per Mail zusenden. Wie gut, dass es noch ein paar Polizisten bei der Polizei gab.

Vom Gang her war Erich Gommerts Stimme zu hören. Wenzel und Funk arbeiteten bereits in ihren Büros. Kurz vor der Morgenbesprechung um zehn traf auf Schielins Computer eine Mail mit schlichtem *Bling* ein; ein sachlicher kurzer Bericht, kollegiale Grüße und im Anhang die eingescannte Akte Carmen Lasalles aus dem Mädchenheim. Es schienen kurze Wege zu sein, dort oben um Oelde, Beelen und Warendorf; und der Kollege, der sich die Geschichte Schielins geduldig angehört hatte, war kein Abwimmler gewesen.

Endlich war etwas mehr über Carmen Lasalle zu erfahren. Eine Kopie der Akte wanderte sogleich zu Lydia Nabers Postfach.

*

Kimmel kam als Letzter in den Besprechungsraum. Seine Miene verhieß nichts Gutes. Auf seiner Stirn haftete bereits ein glänzender Schweißfilm. In kurzen Sätzen ließ er sich über den aktuellen Sachstand unterrichten und jeder, der etwas zu sagen hatte, eilte sich, denn es war Kimmel anzumerken, dass er etwas loswerden wollte. Einzig Schielin berichtete etwas ausführlicher von den Akten des Kinderheims. Darin war auch der Name des ehemaligen Heimleiters aufgeführt, mit dem er Kontakt aufnehmen wollte, falls er noch lebte.

Jetzt war Kimmel an der Reihe. Er schob ein Blatt Papier auf der Tischplatte hin und her. Darunter lag die Zeitung. Es war ausweichend, als er sie aufschlug und meinte: »Heute ist übrigens das Bild von der Frau Kohn in der Presse, habt ihr schon gesehen?«

Stummes Nicken. Natürlich hatten alle schon einen Blick in die Zeitung geworfen, was genauso zum Job gehörte, wie das Lesen der Einsatzberichte. Alle kannten ihren Kimmel und warteten auf die eigentliche Botschaft, die noch ausstand und ihm scheinbar zu schaffen machte. Er räusperte sich. »Es hat des Bildes wegen noch niemand angerufen, was mich wundert, aber wird schon noch kommen.« Wieder ein Räuspern. »Außerdem müssen wir noch zwei andere Sachen übernehmen. Einmal einen Einbruch, draußen im Tierheim. Wir können das nicht drüben bei den Kollegen von der Streife lassen, die sind schon genug eingespannt. Jetzt am Wochenende haben die das Hoiberfest und die Stadt ist voller Gäste. Dann noch die Grillfeste … bei dem Wetter … nach zwei, drei Schnaps wird's bei manchem rundgehen …, und diese blöden Feuer in der Nacht gibt's ja auch noch. Wir müssen also diesen Einbruch im Tierheim abdecken, kleine Geschichte, nichts Großes.«

Niemand war sonderlich beeindruckt. Was sollte schon dabei sein. Blieb nur die Frage, wer sich um die Angelegenheit kümmern sollte, denn alle waren mit Ermittlungsarbeiten eingedeckt. Die Haubachers sollten jeden Augenblick kommen, dann dieser Stalzer, und das Ehepaar vom Oberen Schrannenplatz musste auch jemand aufsuchen; man hatte sie telefonisch schon erreicht, und und und.

Kimmel war alle Möglichkeiten durchgegangen und das Ergebnis seiner Überlegungen bereitete ihm ein wenig Kopfzerbrechen. Schließlich sagte er: »Gommi, du wirst das machen.«

Erich Gommert hatte den Inhalt dessen, was Kimmel gesagt hatte, in seiner vollen Bedeutung und Konsequenz nicht erfasst. Er sah seinen Chef treu an und nickte, so wie es sich gehörte. *Ja, Chef, super, Chef, machen wir, Chef.*

Kimmel sah ihn kurz und eindringlich an, überrascht, ein Gejammer zu hören, und meinte erleichtert: »Dann ist ja alles klar.«

Nichts war klar. Langsam, ganz langsam drangen die Worte durch Erich Gommerts Hirn, fanden dort Zuordnungen, Synapsen schalteten Schaltungen, prüften, klärten ab, wiederholten die Laute und Töne, die vom Ohr gemeldet worden waren. Es bestand kein Zweifel. Kimmel hatte Erich Gommert gerade einen Fall übergeben. Und Erich Gommert realisierte, dass er Erich Gommert war und einen Fall zu bearbeiten hatte. Einen Kriminalfall! Und das bedeutete Gefahr, direkten Kontakt mit dem Verbrechen, Ärger mit Zeugen, Mahnungen von Staatsanwälten, die in ihren feudalen Büros der Kemptener Residenz hinter Aktenstapeln hockten und ihre Macht genossen. Dann die Kollegen, die nur darauf warteten einen Fehler zu entdecken. Erich Gommert wähnte sich verloren. Ein langes, erschrockenes »Iiiich?« quälte sich hervor.

Keiner der anderen konnte der Szene Schadenfreude oder anderen Humor abgewinnen. Keiner von ihnen hätte sich vorstellen können, dass Kimmel es jemals fertiggebracht hätte, Gommi einen eigenen Fall zu geben.

Kimmel war auf deutlich mehr Widerstand vorbereitet gewesen. Mit einem klaren »Ja«, das keinen Verhandlungsspielraum ließ, beendete er den Beginn einer Diskussion. Gommi schwieg.

Ausgerechnet Wenzel war es, der sich in die Bresche schmeißen wollte, doch Kimmels Blick genügte, um es beim Versuch zu belassen. Für einen kurzen Augenblick dachte keiner der um den Tisch Versammelten an den Ermordeten und dessen verschwundene Frau, sondern an die Not, in welcher Gommi nun stecken musste. Sicher, er war Polizist. Aber keiner der Anwesenden konnte sich erinnern, Erich Gommert jemals mit einem eigenen Fall befasst erlebt zu haben.

Schielin fragte schließlich: »Was ist denn bekannt über diesen Einbruch?«

»Nichts Dramatisches«, erklärte Kimmel und schob die Akte über den Tisch hinweg Erich Gommert zu, »im Grunde nur Sachschaden, eine dumme Sache eben, die aufgenommen werden muss, damit die da draußen ein Aktenzeichen haben und so. Routine halt. Versicherungskram.«

Erich Gommert sah ernst auf den grünen Aktendeckel. Von wegen Routine, nichts war Routine, nichts. Es gab keine Routine, wenn es um Verbrechen ging.

Jasmin Gangbacher fragte etwas schüchtern, was denn die zweite Sache sei und erhielt somit gleich den Auftrag dafür, denn Kimmel hätte es beinahe vergessen. Der Mesner des Münsters hatte angerufen und etwas von Sachbeschädigung erzählt. Fast zeitgleich war die Meldung über Schmierereien in der Stephanskirche eingegangen und an der Rickenbacher Kapelle waren Aufbruchspuren entdeckt worden. Kimmel betrachtete die Angelegenheit, da es sich allesamt um Kirchen handelte, als eine.

»Es ist aber auch der Teufel los, zurzeit«, meinte Wenzel und schüttelte den Kopf.

»Ja, wenn du da mal nicht recht hast«, sagte Erich Gommert ernst.

Wortlos ging die Runde auseinander. Ein jeder wusste, was er zu tun hatte.

Erich Gommert setzte sich im Geschäftszimmer an den Schreibtisch und überlegte, wie er die Sache angehen wollte. Jasmin Gangbacher bot an, ihm zu helfen und meinte, die Rickenbacher Kapelle läge ja quasi auf dem Weg zum Tierheim, so von der Richtung her. Kurz darauf stand Wenzel in der Tür und sagte, dass er schon Zeit hätte mit rauszufahren, Lydia Naber kam gar nicht in Gommis Büro, weil auch Robert Funk meinte, dass er eigentlich mit seiner Ermittlung gut vorangekommen sei, und der Bericht … mein Gott, den konnte man auch noch am Montag schreiben.

Ihnen allen war Gommis Verhalten völlig fremd und bereitete ihnen daher ein wenig Sorge. Kein Jammern, kein Greinen, keine Beschimpfungen des unablässig an Umfang gewinnenden Wasserkopfs des Kemptener Präsidiums, kein Hinweis auf den Niedergang der Politik – nichts dergleichen. Er lehnte alle Hilfsangebote dankend ab – und holte in großer Ruhe seine Dienstwaffe aus dem Stahlschrank. Im Tierheim Lindau war eingebrochen worden.

*

Die Haubachers hätten schon lange da sein müssen. Stattdessen erschien das Ehepaar Stalzer überpünktlich. Arthus wurde von ihm besonders eng an der Leine geführt. Er ging wirklich brav an der Leine und selbst jetzt noch, bekam er Stöße mit dem Knie verpasst.

Erich Gommert kam gerade aus Wenzels Büro, von wo er den Ermittlungskoffer geholt hatte und begegnete ihnen im Gang. Als er sah, wie Stalzer dem Hund in die Seite stieß, blieb er stehen und ließ ein eindringliches »No, aber!?« hören. Dann ging er weiter. Die Schlüssel des BMW hatte er sich schon gesichert. Musste eben jemand anders mit dem durchgekutschten Passat fahren.

Lydia Naber stand am Fenster und sah ihm nach. Fast hätte sie gewunken.

*

Lydia Naber brachte die Stalzers in den Vernehmungsraum. Arthus lag unter dem Tisch. Schielin war noch mit Telefonieren beschäftigt. Er hatte gerade jemanden aus Warendorf am Hörer und wollte einfach dazu kommen, falls die Haubachers nicht auftauchen sollten. Robert Funk und Jasmin Gangbacher waren auch noch da. Wenzel war im Keller mit der Auswertung von Spuren befasst.

Stalzer ließ seinen Zorn an einem der alten Holzstühle aus, den er an der Lehne packte und einige Male unwirsch über den Boden schob, bevor er sich niederließ. Seine Frau wollte sich an die schmale Tischecke setzen, doch Lydia forderte sie auf, neben ihrem Mann zu sitzen. Dadurch war besser zu beobachten, bei welcher Frage einer der beiden Blickkontakt aufnehmen wollte. Stalzer blickte muffig ins Leere.

Lydia entschied sich für einen behutsamen Anfang. »Sie hatten Streit mit dem Ehepaar Kohn«, stellte sie, ohne eine Wertung mitklingen zu lassen, fest und beschäftigte sich mit ihrem Notizblock, um dann unschuldig aufzusehen. Die beiden waren verblüfft, auf diese Weise in das Gespräch zu gelangen und wussten nichts zu antworten. Es war nichts falsch an der Feststellung der Polizistin.

*

Nur wenige Meter entfernt saß Schielin im Büro und horchte gespannt in den Telefonhörer. Er hoffte, dass jemand abnahm, dort oben in Rheda-Wiedenbrück. Fast wollte er schon auflegen, als mit einem Male eine sonore Männerstimme zu hören war. Schielin stellte sich vor, erklärte, dass er die Telefonnummer vom Kinderheim erhalten habe und fragte, ob er mit Herrn Wilhelm Kurz spreche, dem ehemaligen Leiter des Kinderheims.

Der Mann am Telefon bejahte und seiner kurzen Antwort war anzumerken, dass er im Zweifel darüber war, ob er diesem Anrufer trauen konnte.

Schielin verzichtete auf Phrasen oder lange Vorreden. »Der Grund, weswegen ich bei Ihnen anrufe, hat einen Namen: Carmen Lasalle.«

Am anderen Ende war nichts zu hören. Vielleicht erinnerte er sich ja auch nicht an das Mädchen, das vor über dreißig Jahren in seinem Heim eines unter vielen gewesen war. Schielin wusste, wie schwer er sich tat, die Schulkameraden seiner Töchter korrekt zuzuordnen und wie viele Kinder erlebte wohl ein Heimleiter im Laufe seines Berufslebens? Wie alt mochte er inzwischen sein und wie zuverlässig seine Erinnerung? Schielin wollte schon den Rückzug antreten.

»Was ist denn mit Carmen Lasalle, wenn ich fragen darf«, klang die Stimme des Gegenübers stockend.

»Sie erinnern sich an sie?«

»Ja, und ob. Hat mir schließlich viele Sorgen gemacht, das Mädchen … aber erzählen Sie doch … was sagten Sie, von wo rufen Sie an … aus Lindau, vom Bodensee? Ist ja weit gekommen, die Carmen.«

Schielin erzählte schmucklos von dem, was geschehen war. Als er geendete hatte, lauschte er wieder in den Hörer, in welchem – digitale Technik hin oder her – tatsächlich ein

Rauschen zu hören war. Nach einer Weile kam ein bitteres Lachen aus Rheda-Wiedenbrück. Wilhelm Kurz sagte mit brüchiger Stimme: »Ist schon seltsam, nicht wahr, dass einem ein vermisster Mensch dadurch wiederbegegnet, indem ein anderer ihn vermisst.«

»Wie meinen Sie das?«

Er dehnte ein langes, nachdenkliches »Ja«, bevor er zu erzählen begann: »Carmen ... Carmen Lasalle hat unser Kinderheim ja nicht einfach so verlassen. Nein. Sie war über Nacht verschwunden. Nicht lange nach ihrem achtzehnten Geburtstag war das. Und seither habe ich nie wieder etwas von ihr gehört. Hat mich einige Nächte gekostet damals, glauben Sie mir.« Es entstand eine Pause. Schließlich stellte er für sich fest: »Sie ist also verheiratet, soso«, wobei es klang, als könnte er sich das nicht recht vorstellen. »Hat sie denn Kinder?«, lautete seine nächste Frage.

»Nein. Ihr Mann hat eine Tochter aus erster Ehe, aber es gibt keinen Kontakt.«

»Ah ja, das hört man oft, so was. Keinen Kontakt. Und jetzt ist sie also wieder verschwunden.«

»Ja, sie ist wieder verschwunden und wir wissen im Grunde genommen nichts über sie. Daher dachte ich, Sie könnten uns vielleicht weiterhelfen. Es wäre ja möglich gewesen, dass, auch wenn alles lange zurückliegt, noch Kontakte bestehen, von denen wir nichts wissen. Kontakte, die man wieder aufleben lassen könnte, befände man sich in einer schwierigen Situation, nicht wahr. Bei Ihnen hat sie sich also nicht gemeldet.«

Wilhelm Kurz lachte. »Nein, das hat sie nicht.«

»So wie Sie das sagen, halten Sie meine Frage anscheinend für völlig abwegig. Die Umstände sind wohl nicht danach.«

»Ja, Herr Schielin. Die Umstände sind wirklich nicht danach. Völlig ausgeschlossen. Carmen Lasalle muss mich ja regelrecht gehasst haben. Sie war das, was man wohl als *wildes Mädchen* bezeichnet«, er lachte wieder, diesmal mit mehr Fröhlichkeit, »ein Begriff aus der guten alten Zeit, nicht wahr. Sie war jedenfalls voller Energie, unglaublich frech, manchmal auch aggressiv, aber im Rahmen. Sie ist ständig ausgebüchst, war in der Stadt unterwegs, ist nächtelang nicht nach Hause gekommen ... und ich als Heimleiter hatte mit ihr ... leider muss ich sagen, leider ... eigentlich nur wegen unangenehmer Dinge zu tun. Disziplin, Schule, Arbeit – ihre drei Feinde. Mein Gott, dieses Gör hat mir das Leben nun wirklich nicht leichter gemacht, aber sie war trotz allem ein Mensch, den man mochte, den man mögen musste. Hm, nur die Lehrer, ich glaube, von denen mochte sie keiner.«

»Das ist auch so eine Sache«, sagte Schielin, »wir haben keine Zeugnisse von ihr finden können.«

Wilhelm Kurz reagierte deutlich erheitert, so als wäre ihm eine amüsante Begebenheit aus der Vergangenheit wieder in den Sinn gekommen. »Das verwundert mich nicht, wozu auch. Die Zeugnisse liegen sicher noch in einem Karton auf dem Dachboden im Haus.« Er sprach nicht von Heim, sondern verwendete das Wort *Haus* in einer solchen Weise, die deutlich machte, dass es ihm viel bedeutete. »Glauben Sie mir, diese Zeugnisse waren es auch nicht wert, mitgenommen zu werden.«

Schielin zeichnete mit dem Bleistift Kästchen auf dem Notizblock. »Sie sagten, sie wäre kurz nach ihrem achtzehnten Geburtstag verschwunden. Dann war sie doch sicher einige Jahre aus der Schule. Hat sie denn einen Beruf erlernt?«

»Oh je. Das waren schlimme Zeiten. Zuerst Friseurin. Soweit ich mich erinnere, ging das ein halbes Jahr gut. Danach kamen dann verschiedene andere Versuche – keiner mit Erfolg. Zum Schluss aber, da haben wir sie in der Nähe von Warendorf auf einem Pferdegestüt untergebracht, als Pferdepflegerin sozusagen. Ich denke, da war sie dann recht glücklich und es hat dort auch nie wieder Probleme gegeben, keine Klagen. In der Natur sein und mit Tieren ... das hat ihr eben gelegen. Deshalb waren wir ja so verwundert, als sie plötzlich verschwunden war.«

Schielin malte Ausrufezeichen und Fragezeichen in die Kästchen. »Hatte sie Freundinnen, oder so was wie eine *beste Freundin*? Einen Freund vielleicht?«

»Einen Freund hatte sie sicher. Sie müssen wissen, sie war ein wunderschönes Mädchen und hat das auch gewusst. Was ich Ihnen bisher von ihr erzählt habe, klang sehr negativ. Aber der Mensch Carmen Lasalle ...«, er schwieg kurz, »... sie war wild und störrisch, aber sie hatte doch eine wunderbare Ausstrahlung und sie war kein schlechter Mensch, wenn Sie verstehen, was ich damit sagen will.«

»Ich denke, ich verstehe es, Herr Kurz. Dann hatte sie sicher eine Freundin.«

»Ja. Ich erinnere mich schon an ein Mädchen aus Beelen. Ihr Name fällt mir leider nicht ein. Wir haben ja damals vermutet, dass es mit diesem schrecklichen Unfall zusammenhängt ...«

Schielin hatte aufgehört zu krakeln. Er wartete eine Weile, um seinem Gesprächspartner Zeit zu geben, in der Erinnerung zu suchen. Als ihm die Suche zu lange dauerte, fragte er: »Welcher schreckliche Unfall?«

»Ach ja«, kam es entschuldigend, als wäre Wilhelm Kurz aufgewacht, »diese Freundin von Carmen, dieses Mädchen aus Beelen. Da gab es einen schlimmen Unfall, von dem die Leute bis heute erzählen. Ein Auto in der Nacht, es hatte geregnet, junge Leute, Alkohol, Wochenende. Jedenfalls war das Fahrzeug ins Schleudern geraten, quer gegen einen Baum geprallt und ausgebrannt.«

»Diese Freundin von Carmen Lasalle hat in diesem Fahrzeug gesessen?«

»Ja. Und zwei andere junge Leute. Zwei junge Männer, einer aus Oelde und der andere aus Beelen.«

»Zwei junge Burschen und ein Mädchen«, wiederholte Schielin und versank seinerseits in Gedanken.

Wilhelm Kurz riss ihn wieder zurück ins Gespräch. »Helen, so hieß sie, jetzt fällt es mir wieder ein. Helen Sander, so hieß die Freundin.«

»Die beiden kannten sich aus der Schule?«

»Nein. Soweit ich mich erinnere, war diese Helen auf das Gymnasium gegangen und hatte das dann abgebrochen … auch so eine Sache …«

»Welche Sache?«

»Na ja. Sie hat das Gymnasium wegen dem Kind verlassen. Sie war mit siebzehn schwanger. Dumme Geschichte, das. Ihr Vater war schon tot und es gab da ihre Mutter. Eine schwierige Frau, die einige Male auch in psychiatrische Behandlung musste. Wissen Sie, die Mutter glaubte an so Hexenkram und in der Gegend erzählte man sich, sie können gutsprechen und die andere Variante auch … also verzaubern, bösreden oder wie immer man das nennen will. Schlimme Verhältnisse für das Mädchen. Man muss sich wundern, wie sie das alles so geschafft hat mit der Schule. Und dann kam dieses arme Kindchen auch noch dazu.«

»Und bei diesem Unfall kam sie ums Leben.«

»Ja.«

»Und ihr Kind?«

»Ja, das blieb zunächst bei der Großmutter. Aber das hatte ja gar keinen Sinn. Der Bürgermeister, ein ganz gerader Christenmensch, war in der Angelegenheit auch bei uns gewesen, ich erinnere mich genau daran. Eine ganz vertrackte Sache. Unser Haus wurde damals in diese Stiftung integriert und wir konnten erweitern – jedenfalls ist sie bei uns im Heim aufgewachsen. Ein Mädchen … Judith hieß sie, Judith Sander. Ganz ein intelligentes Kind.«

»Mhm«, mehr konnte Schielin im Moment gar nicht sagen. Er musste seine Gedanken erst ordnen. In Stichworten fertigte er Notizen.

»Herr Kurz … also ich weiß nicht so recht. Diese Carmen Lasalle, die wir suchen, war eine fleißige, zurückgezogen lebende Frau mit guter Bildung. Sie hat einen wunderschönen Garten angelegt, Bücher geschrieben – alles sehr perfekt. Das passt nun so gar nicht zu dem, was Sie mir von der jugendlichen Carmen Lasalle schildern.«

»Bücher geschrieben …? Tja, das passt nun wirklich nicht, überhaupt nicht. Mit dem Schreiben, ach du lieber Gott, da hatte sie es nie, ausgerechnet Schreiben!? Aber Sie dürfen nicht vergessen, dass inzwischen dreißig Jahre vergangen sind. Eine lange Zeit, in der viel geschehen ist und Menschen können sich verändern, ihre Chancen nutzen, oder sie vergeben. Ich würde mir wünschen, Sie fänden sie wohlbehalten und ich hoffe, sie hat sich bei dem, was geschehen ist, nicht schuldig gemacht.«

Schielin nickte. Im Grunde hoffte er ja Gleiches. »Wir haben von Carmen Lasalle im Grunde genommen nichts weiter als ein paar Fotografien und ihren Ausweis. Für die …«, Schielin unterbrach und suchte ein anderes Wort für Fahndung, das ihm der Situation wegen zu harsch klang, »… für die Suche nach ihr benötigen wir möglichst eindeutige Beschreibungen. Erinnern Sie sich an ein unveränderliches Merkmal, vielleicht eine Narbe, einen markanten Leberfleck oder etwas Vergleichbares, vielleicht eine Tätowierung?«

»Nun ja. Tätowierungen waren damals noch nicht so modern wie heutzutage. Da sieht man ja schreckliche Dinge.

Aber Narbe. Am Bein hat sie eine lange Narbe. Als sie wieder mal abhauen wollte, sechzehn muss sie da gewesen sein, da ist sie aus dem Fenster gesprungen und hat sich das Waden- und Schienbein gebrochen, offener Bruch. Das rechte Bein, glaube ich. Weiß noch, wie sie jammernd im Garten lag und ich mich sogar ein wenig gefreut habe, dass es so gekommen ist. So ist man halt manchmal, im ersten Zorn. Danach tut es einem leid. Sie werden das kennen.«

»Ja, das kenne ich«, sagte Schielin und notierte *Narbe am rechten Bein*.

Nach dem überraschend ergiebigen Telefonat mit Wilhelm Kurz rief er nochmals den Kollegen auf der Polizeiwache an und formulierte seine Bitte. Völlig ohne Murren, Gegenrede oder weitere Erklärungen zu fordern, kam er Schielins Bitte nach.

*

Lydia Naber richtete sich auf und nahm den Stalzers gegenüber eine frontale Position ein. Sie wollte sehen, wie lange er die Wogen von Missmut und Lebenszorn bändigen konnte. Immer dann, wenn sie den Blick auf ihn richtete, hob Lydia Naber ihr Kinn ein wenig an, um den Druck zu erhöhen. Er würde es fühlen, aber nicht ergründen können, woher dieses Gefühl der Bedrohung käme. Eine weitere Provokation bestand darin, dass sie sich ganz seiner Frau zuwendete. Er würde nichts weiter von ihr erhalten, als die sachlichen kühlen Blicke mit angehobenem Kinn – und keine Zuwendung.

»Wie war denn Ihr Verhältnis zu Frau Kohn, Frau Stalzer?«, fragte sie betont ruhig und sachlich.

Er ging in die Falle und antwortete statt seiner Frau: »Wir hatten mit denen nichts zu tun.«

»Sie dürfen die Fragen beantworten, die ich Ihnen stelle,

Herr Stalzer. Wenn das nicht funktioniert, schicke ich Sie raus.«

Er glotzte sie an. Leicht schoben sich die Schultern nach vorne, sie fixierte ihn für den Bruchteil einer Sekunde mit einem Blick aus Schraubzwingen und als sie den Schluckreflex seines Kehlkopfes sah, wusste sie, dass er verstanden hatte.

Arthus würde es büßen müssen.

»Wie mein Mann schon sagte, wir hatte keinen Kontakt zum Ehepaar Kohn«, antwortete nun Frau Stalzer.

»Aber Sie hatten einen Streit miteinander und da hat man doch zwangsläufig miteinander zu schaffen. Wie war denn das Ehepaar Kohn so?«

»Sie war sehr zurückhaltend, sehr sparsam darin Begegnungen zuzulassen.«

Lydia hatte ihr in die Augen geblickt, als sie die Worte sprach, und war überrascht, denn es hatte traurig geklungen und so wie sie es gesagt hatte, war deutlich, dass ihr an einem Kontakt durchaus gelegen hätte. Zudem hatte Lydia nach dem Ehepaar Kohn gefragt, die Antwort bezog sich nur auf Frau Kohn. Lydia Naber ließ eine Pause entstehen. Sie musste hier anders vorgehen. Sie sah Frau Stalzer an und dachte, in welchem Gefängnis sie wohl saß, die auf so feine Art formulieren konnte. Wie hielt sie es mit dem bebenden Unmut des bulligen Kerls neben ihr aus? Was machte ihn so zornig und seine Frau so duldsam?

»Sie haben sich unterhalten?«, fragte Lydia Naber.

»Ja. Vor einiger Zeit. Kurz nachdem wir hierhergezogen waren.«

»Und?«

»Ich war mit dem Hund spazieren und bin am Garten stehen geblieben. Er ist so gut gelungen, sieht wie verwunschen aus und doch ist nichts zufällig.«

»Das ist er in der Tat, wie verwunschen.«

»Wir haben einige Sätze gewechselt. Allgemeines eben, nichts von Bedeutung.«

»Und dabei blieb es?«

»Ja.«

»Aber es klang doch so, als würden Sie sich mit ihr gut verstanden haben, jedenfalls so auf eine erste Begegnung. Das merkt man ja sehr schnell.«

Über das Gesicht von Frau Stalzer huschte ein Lächeln. »Ja, das merkt man alles sehr schnell. Ich fand sie sympathisch.«

»Und woran scheiterte der Kontakt?«

»Er wollte es nicht.«

»Herr Kohn?«, fragte Lydia Naber verwundert.

»Ja.«

»Wie kommen Sie darauf?«

»Das war seinem Benehmen deutlich zu entnehmen. Nicht, dass er es gesagt hätte. Er hat seine Frau nicht gut behandelt.«

Lydia Naber runzelte die Stirn. Frau Stalzer blieb ruhig und hielt ihrem Blick stand, was ihrem schlichten Satz Nachdruck verlieh.

Lydia wechselte das Thema. Sie wollte nicht sofort auf diesen Hinweis eingehen, sondern sich und ihrem Gegenüber Zeit lassen. Sie fragte: »Wissen Sie von der Tochter?«

»Sie hatten eine Tochter? Nein, das wusste ich nicht.«

»Er, also Gundolf Kohn … aus erster Ehe«, erklärte Lydia Naber.

Das Gespräch lief bisher besser als sie erwartet hatte. Sie wollte die förmliche und angespannte Situation etwas auflockern und fragte freundlich: »Haben Sie eigentlich Kinder?«

Es gab eine Stille, deren Lautlosigkeit schrie, die in alle Richtungen drang, die wild tobte, wütete, raste – und die doch niemand hören konnte. Nur fühlen konnte man sie, diese drückende Stille – und Lydia Naber fühlte es.

Er spitzte die Lippen und blies mit einem lauten Geräusch die Atemluft heraus. Frau Stalzer hob das Kinn und sagte einige Sekunden, nachdem die Frage verhallt war: »Nicht mehr.«

Lydia Naber musste schlucken.

*

Draußen im Hof fuhr ein Auto langsam vor und hielt auf einem der Parkplätze. Drei Personen stiegen aus. Das Ehepaar Haubacher und ein fremder Mann in dunklem Anzug, der eine Aktentasche mit sich schleppte. Schielin hatte gerade den Telefonhörer aufgelegt und sann über das nach, was er von Wilhelm Kurz erfahren hatte. Er sah die drei über den Hof gehen und wunderte sich über den Anzugträger. Er hatte ihn noch nie gesehen und das Auto hatte ein Münchner Kennzeichen.

Wenzel kam aus dem Keller, wo er sich mit Spurensicherung befasst hatte. Seine Hände leuchteten rot zwischen den schwarzen, staubigen Flecken. Auch seine Wange hatte etwas vom schwarzen Puder abbekommen. Er erzählte Schielin ganz stolz, was er schon herausgefunden hatte: dass er auf der Innenseite der sichergestellten Zeitung Fingerabdrücke hatte sichern können. Eine fast komplette linke Hand; Daumen, Ring-, Mittel- und Zeigefinger. Ein daktyloskopisches Gutachten würde er noch erstellen müssen, aber eines stand bereits fest: Die Abdrücke stammten weder von Gundolf Kohn noch von seiner Frau. Das hatten die Vergleiche bereits erbracht. Und vom Postboten auch nicht, der sie nur am Rollband anfassen konnte.

Schielin kniff die Augen zusammen. Es war also am letzten Montag ein Fremder im Haus gewesen. Schielin fragte, ob noch andere Spuren aufgetaucht seien. Wenzel schüttelte den Kopf. Die blaue Plane, in die Gundolf Kohn eingewickelt gewesen war, hatte er nach München ins LKA geschickt. Die waren teurer ausgestattet. Gestern früh hatte er dort angerufen und noch mal Druck gemacht. Das brauchten die in München. Druck.

Vorne am Eingang waren Stimmen zu hören. Wenzel verzog sich in den Keller und Schielin nahm Herrn und Frau Haubacher in Empfang. Im dunklen Anzug steckte ein Anwalt. Ein forscher, dessen Stimme sogleich in alle Räume drang. Robert Funk wurde davon aufgescheucht und kam dazu, was Schielin nicht unrecht war. Wenn die beiden schon mit Anwalt auftauchten, musste sie die Vorladung in Angst und Schrecken versetzt haben. Warum nur, dachte Schielin und bugsierte sie in den Besprechungsraum.

Tierherzen

Erich Gommert hatte derweil mit innerem Grimm die Kreisverkehre in Aeschach hinter sich gebracht. Von der Friedrichshafener Straße her drückte eine nicht abreißende Kolonne in die Stadt. Viele auf der Suche nach Erfrischung und Erholung in der Nähe des Wassers. Am Berliner Platz war das Getümmel noch heftiger, so wie es sich für einen Samstagvormittag am Lindau-Park auch gehörte.

Er fuhr viel zu schnell. Erst in der Bregenzer Straße machte er langsamer und bog direkt am Zecher nach rechts zur Grenzsiedlung hin ein. Die Bahnschranken waren geschlossen. Jenseits der Geleise, vom Campingplatz her, staute sich ein bunt gemischter Pulk von holländischen Autos, Radfahrern und Fußgängern. Nachdem der Vorarlbergexpress leise vorübergeschlichen war und die Schranken sich wieder erhoben hatten, stellte Erich Gommert den alten BMW auf die Schotterfläche vor den Schrebergärten, nicht weit entfernt von der Abzweigung zum Zecher Hafen. Er hätte auch den schmalen Teerweg bis nach hinten zum kleinen Wäldchen fahren können, wo sich das Tierheim hinter Büschen und Bäumen versteckte. Doch er wollte sogleich das weitere Umfeld des Tatortes in Augenschein nehmen. Außerdem war er neugierig auf die Gärten und Gärtchen links und rechts des Fahrwegs. Er war im Zweifel darüber, ob er den Koffer gleich mitnehmen sollte, entschied sich dafür, erst einmal nur die Kamera umzuhängen. Einige Sekunden blieb er noch stehen und lauschte in sich hinein. Alles war in Ordnung und zu seiner eigenen Überraschung war er gar nicht aufgeregt. Jetzt hatte er Zeit für das, was ihn umgab.

Vom Zecher Hafen und vom Campingplatz war sommerliches, entspanntes Kindergeschrei zu hören. Aus dem Fleckenteppich der Gärten mischte sich das Knattern von Rasenmähern. In nächster Nähe, hinter einem Schilfzaun, harkte jemand Beete und an irgendeiner der unzählbaren Gartenlauben wurde gehämmert. Von hinten, aus dem Wäldchen, kam Hundegebell. Eine unaufgeregte Geräuschkulisse. Im Grunde genommen war wenig los, was an der Hitze lag, die viele dazu veranlasste, das Gartenglück im Schatten von Pergolen, Sonnenschirmen oder Sonnensegeln still zu genießen und auf Arbeiten, so sie nicht dringend waren, zu verzichten. Erich Gommert lief durch das Spalier unterschiedlicher Weltanschauungen, die sich in der Gestaltung der Gärten Ausdruck verschafften. Er passierte Steingärten, Miniatursammlungen skurrilster Elfen- und Gnomgestalten, Fengshuikonzepte, Zen-Flächen auf zwanzig Quadratmetern und ordnungslose Blütenparadiese. Schon fast am Tierheim angekommen, an einem der letzten Gärten, ließ ein besonders freizügiger Gartenbesitzer einer Kletterrose alle Freiheiten. In wilden Kreiseln hatte sie das eiserne Gitter erklommen und die Kletterhilfe beidseits des Tors unter dichtem, stacheligem Gehölz verschwinden lassen. Aus Hunderten Blüten schickte sie einen leuchtend roten Akzent in den immer grauer werdenden Himmel, unter dem sich ein Gebräu aus Dampf und Hitze sammelte. Noch intensiver als das leuchtende Rot war der süße Duft, der in unsichtbarem Schwall zwischen Zweigen und Stämmen hing, sich über den Weg ergoss und jeden Menschen innehalten und genießen ließ. Nur die Radler, die von Bregenz her kamen und in die Abzweigung am Tierheim schossen, hatten keinerlei Blick für die Schönheiten. Sie mussten ihr Kilometersoll erfüllen und rasten um den See. Die Zeit hielten sie nicht an. Erich Gommert musste einen Sprung auf die Seite machen, um von einem der raumfahrtähnlich ausgestatteten Kilometerfresser nicht umgefahren zu werden. Er fluchte der Gruppe nach und erschrak, als ihn eine Stimme hinter dem Rosenbusch ansprach:

»Do braut sich ein trümmer Gwitter zusammen, mein ich emol.«

Erich Gommert gewahrte zwischen Zweigen, Blättern und Blüten eine bloße Schulter, einen breitkrempigen Hut und einen skeptischen, gen Himmel gerichteten Blick.

»Wird auch Zeit, dass emol kracht. No ist die Hitz beim Deifel. Is ja noch lang gnug Sommer«, meinte Gommert.

»Mhm«, kam es bedächtig von hinten.

»Schöne Rosen, wunderschön, und der Duft ...«, lobte Erich Gommert.

»Compassion, ein Kletterwunder«, lautete die Antwort, »alte Sorte, macht keine Arbeit, nur Freude.«

»Wie es halt mit dem alten Zeug so ist«, krähte Erich Gommert.

Beide lachten. Dann kam die Frage: »Spazieren?«

»Nein, nein. Spazieren ... schön wär's. Ich muss ins Tierheim hinter«, und nach einer Pause fügte er etwas ernster hinzu, »dienstlich.«

»Oha! Dienstlich. Kontrolle vielleicht?«

»Nein. Da ist einbrochen worden und ich muss des nun anschauen und aufnehmen.«

»Oha! Einbrochen ... im Tierheim. Von der Polizei also?«

»Schon«, bestätigte Erich Gommert und fragte: »Sie sind ja bei dem herrlichen Wetter sicher viel hier draußen. War vielleicht was Auffälliges hier die letzten Tage?«

Durch den Rosenbusch war ein nachdenkliches Brummen zu hören. »Nee. Also mir haben da nichts mitbekommen. Hätten mir ja gleich die Polizei geholt, gell. Aber heut Nacht, es ist ja so, bei derer Hitz, da wird der Garten hier zur zweiten Heimat, gell, also heut Nacht, da war so nach Mitternacht ein ganz komisches Geschrei da hinten im Holz, gleich hinter dem Tierheim. Ich wollte schon mit der Taschenlampe nachschauen gehen, aber meine Frau … die hat gemeint, dass mir des ja nichts angeht und nach einer Weile, da war des dann auch rum. Waren sicher ein paar Viecher, die sich in d'Hoor kriegt ham.«

»Vom Tierheim her ist des kommen?«, fragte Erich Gommert nach.

»Nein, schon eher da aus dem Holz, wegwärts vom Tierheim.«

Erich Gommert wechselte noch ein paar Sätze übers Wetter, dankte für die Auskunft, lobte den Rosenbusch zum wiederholten Male und ging weiter zum Tierheim.

Die Frau, die ihn dort empfing, führte ihn umgehend zur aufgebrochenen Türe am Zaun. An der schmalen Holzfassung war die Stanzmarke des Aufbruchwerkzeugs zu sehen. Die Messung ergab zwei Zentimeter Breite. Ein kleiner Meißel vielleicht?

Der Riegel war gebrochen und die Teile hingen lose herum. Mehr war nicht zu sehen. Erich Gommert machte ein paar Fotos; die Stanzmarke würde er später mit Silikon abnehmen. Die Frau, die stumm sein Tun verfolgte, leitete ihn anschließend zum Bürogebäude. Der Weg führte an einem Zwinger vorbei, in dem ein Rudel bunt gemischter Hunde einander bebellte und spielte. Eine kleinwüchsige Schäferhundmischung tat sich besonders hervor. Großmaul, dachte Gommert, und sein Blick traf auf einen der Hunde, der etwas schüchtern abseitsstand. Ein schmales Tier mit hohen Beinen, braunem Fell, einigen weißen Flecken und einem interessierten Blick. Er schien noch nicht dazuzugehören. Für einen kurzen Augenblick wendete das Tier den Kopf und sah Erich Gommert tief in die Augen, dann sprang es mit halbem Mut ein paar Schritte auf das tobende Knäuel zu, um sich dann doch wieder für Zurückhaltung zu entscheiden. Gommert lächelte und folgte seiner Betreuerin.

Auch die Türen am Gebäude waren aufgehebelt worden. Während er die Aufbruchspuren begutachtete, schimpfte die Frau über die besoffenen Idioten, die so etwas machten.

»Wieso besoffene Idioten?«, fragte er.

»Na, wer bricht denn für nichts und wieder nichts Türen auf? Und wer bitte nimmt sich ein Tierheim vor … muss doch besoffen gewesen sein. Hier ist doch nichts zu holen, was Wert hätte.«

»Ist gar nichts geklaut worden?«

»Nichts. Kein Futter, keine Getränke, der Kühlschrank drinnen war auch noch gefüllt. Stehen ein paar Wein drin und Geld gibt's hier sowieso nicht.«

»Auch nichts weiter kaputt als die Türen?«

»Nichts. Zwei Katzen fehlen, aber da sind wir uns nicht sicher, ob es nicht vielleicht ein Versehen von uns gewesen sein kann. Kommt schon mal vor, dass nicht richtig geschlossen ist, außerdem sind es zwei Streuner.«

»Mhm. Katzen«, stellte Erich Gommert fest.

»Ja. Zwei ausgewachsene, schwarze Katzen.«

»Ist so was schon mal vorgekommen?«, fragte er.

»Nein, kann ich mich nicht erinnern. Bin jetzt schon über fünfzehn Jahre hier, aber eingebrochen … nein … das hat's noch nie gegeben.«

Sie gingen wieder zurück und am Zwinger angekommen, deutete Gommert auf den braunen Scheuen. »Was ist das für einer?«

»Oh, der ist erst seit ein paar Tagen hier. Muss sich erst noch eingewöhnen. Straßenhund aus Rumänien.«

»Aber ein schönes Tier«, stellte Erich Gommert fest.

»Ja. Sehr schön. Wird nicht lange hier sein, so wie er aussieht. Die ruppigen Quadrate mit dem filzigen Haar haben es da schwerer jemanden zu finden.«

Erich Gommert nahm noch einen Blick in das Augenpaar, das ihn ansah, verabschiedete sich und sagte, dass er wegen des Abdrucks an der Außentüre noch einmal kommen würde.

Sie nickte wortlos, wobei zu ahnen war, dass sie sich fragte, aus welchem Grund er so einen Aufwand betreiben würde. Es käme ja eh nichts heraus, bei der Sache. Einbruch im Tierheim. Pah! Besoffene Idioten.

Erich Gommert schlug sich hinter dem Ausgang gleich nach rechts in das kleine Grenzwäldchen und nahm die Richtung, die ihm der Rosenliebhaber vorher angegeben hatte. Was konnte derart schreien, dass ein Gartler in der Nacht mit der Taschenlampe losziehen wollte, ihn seine Frau aber daran hindern wollte?

*

Im Besprechungszimmer hing der würzige Duft von Kaffee. Jürgen und Tamara Haubacher saßen über Eck am Tisch. Neben ihr, an der Längsseite, saß ihr Anwalt. Ein Dr. Müller, wie Robert Funk herausgefunden hatte, als der mit großen Augen in Funks Büro geblickt hatte. Der alte, voluminöse Schreibtisch dort, die Ölgemälde an der Wand, der Perser am Boden und das Serviertischchen, etwas in die Ecke gerückt, mit den Flaschen, all das musste ihm vorkommen wie im Film.

Funke wusste auch schon, wem die anwaltliche Begleitung zu danken war – dem Vater von Tamara Haubacher.

Dr. Müller war aus München und führte ein dementsprechend loses Mundwerk.

Funk und Schielin hatten sich per Blickkontakt darüber verständigt, ihm noch eine kleine Schonfrist einzuräumen. Er war noch jung und unerfahren; er bejammerte, dass die Kinder der Haubachers hätten untergebracht werden müssen – bei fremden Leuten.

Funk meinte, dass es ihm leid täte, aber samstags habe der Polizeikindergarten geschlossen, wegen den Anwälten, die da immer auftauchten. Dr. Müller nahm konsterniert den Kopf zurück und sah Funk herablassend an.

Schielin richtete seine erste Frage an Jürgen Haubacher und es ging gleich gut los. Er fragte: »Was haben Sie denn am Montag dieser Woche gemacht?«

Sofort fing Frau Haubacher ein hysterisches Gezeter an: »Wir haben mit der Sache nichts zu tun! Wir lassen uns doch nichts in die Schuhe schieben von euch, nur weil wir ein paar Tätowierungen haben, immer geht ihr auf uns los, immer, was ist denn mit der alten Kinkelin, habt ihr die auch schon vorgeladen, he! Habt ihr die auch schon vorgeladen, geht ihr mit der vielleicht auch so um …«

Selbst Dr. Müller war überrascht und realisierte, mit welcher Sorte Mandanten er es zu tun hatte. Auch kein leichter Job.

Jürgen Haubacher sah ihn fragend an, was er denn antworten sollte, während seine Frau Anstalten machte aufzustehen. An Schielin und Funk tropfte das ordinäre Geschrei herab wie Regenwasser von Lotosblättern. Es langweilte sie.

Schielin sah den Anwalt fragend und auffordernd an. Der richtete sich mit bittenden, beruhigenden Worten an seine Mandantin, die sich davon jedoch nicht beeindrucken ließ. In ihrer Empörung war der Genuss an der Situation zu spüren. Als sie ihre Hände auf den Tisch stützte und aufstehen wollte, wendete sich Schielin ihr zu, sah sie durchdringend an und bellte ein lautes, drohendes »Hey … Lady! Schluss nun mit dem Theater!«

Sofort war Ruhe. Sie setzte sich und schwieg, warf ihrem Gatten einen verächtlichen Blick zu.

Robert Funk lächelte. Schielin sagte in Richtung Dr. Müller: »Wir führen hier eine Zeugenbefragung durch und keine Beschuldigtenvernehmung. Sie können gerne hier im Raum bleiben, wenn Sie sich raushalten. Haben wir uns verstanden? Frau Haubacher wird vorerst draußen warten.«

Dr. Müller signalisierte Einverständnis und seine Mandantin verließ unter Kimmels Begleitung, den man geholt hatte, den Raum.

Schielin wendete sich erneut an Jürgen Haubacher. »Noch einmal. Was haben Sie am Montag gemacht, wo waren Sie … haben Sie an diesem Tag Herrn oder Frau Kohn getroffen?«

Jürgen Haubacher sagte »Ja« und schien davon selbst überrascht. Dr. Müller senkte die Augen und presste die Lippen aufeinander.

»Was, ja?«, fragte Robert Funk.

»Ich war am Montag zu Hause.«

»Ach. Und … weiter?«

Die Türe ging auf und Lydia Naber kam herein. Sie reichte Schielin einen Zettel. Der las, nickte ernst und reichte die Notiz an Robert Funk weiter.

Schielin lächelte Jürgen Haubacher böse an. »Na, dann erzählen Sie doch ganz einfach, wie Ihr Montag so war. Wie er für Gundolf Kohn gewesen sein muss, wissen wir ja bereits.«

Lydia Naber ging zurück zu den Stalzers und fragte: »Also am Mittwoch ist die Lieferung zu den Haubachers gekommen. Sie sind sich da sicher.«

»Ganz sicher«, bestätigte sie, »die haben ganz schön schleppen müssen.«

»Und zum Montag, da ist Ihnen nichts mehr eingefallen?«

»Nein.«

*

Jürgen Haubacher hatte es inzwischen fertiggebracht eine Geschichte zu erzählen. Eine Geschichte den Montag betreffend, die höchstwahrscheinlich vorher mit dem Anwalt abgesprochen worden war. Nach beinahe jedem Satz suchten seine wässrigen Augen nach Bestätigung bei Dr. Mülller, der versuchte mit geringstmöglicher nonverbaler Kommunikation zur Seite zu stehen und er machte den Job gar nicht schlecht, wie Schielin fand.

Er war sich darüber hinaus auch im Klaren, dass der aggressive Auftritt der gnädigen Frau Haubacher der dümmlichen Sicherheit entsprungen war, in Anwesenheit eines Anwalts auftrumpfen zu können. Schielin und Funk erwarteten, von ihr eine fast exakte Kopie der soeben gehörten Geschichte zu erhalten.

Ein paar Minuten später, schon nach den ersten Sätzen, bestätigte sich ihre Vermutung. Gelangweilt hörten sie zu und ließen die beiden dann, ohne weitere Fragen zu stellen, wieder gehen. Ihr Auftritt an sich verriet mehr, als ihre konstruierten Erklärungen.

Die Stalzers waren schon gegangen und in ihrem Gefolge fuhr Dr. Müller mit seiner Mandantschaft vom Hof. Funk stand in Schielins Büro und verfolgte die Abfahrt.

Lydia kam zurück und schmiss den Notizblock auf den Tisch.

»Also die Haubachers haben mächtig Dreck am Stecken«,

knurrte Funk, »und am Mittwoch kam also die Lieferung, sagen diese Stalzers?«

»Ja. Flachfernseher, so in etwa acht auf zehn Meter, und lauter so Prekariatselektronik.«

»Kostet doch ganz schön was«, stellte Schielin fest.

Lydia Naber lachte böse. »Na wenigstens kaufen sie beim örtlichen Dealer, der mit Firmenwagen nach Hause liefert. Habe schon dort angerufen ... kriege gleich einen Termin. Die haben bar bezahlt.«

Ein BMW fuhr langsam in den Hof ein. Funk nahm es aus den Augenwinkeln wahr und rief laut: »Gommi kommt heim!«

Alle Augen richteten sich auf den BMW, der vor dem Gebäude hielt. Als hätte Wenzel Funks Rufen im Keller vernommen, kam er den Gang entlang, gut gelaunt, Spurensicherungstütchen in der Hand. Als er das Büro betrat, aus dem Gemurmel und unterdrücktes Lachen herausdrangen, hörte er, wie Schielin ungläubig rief: »Ich glaube, ich spinn. Da hockt doch ein Hund hinten auf dem Rücksitz.«

Alle drängten sich nun am Fenster und sahen hinaus zum BMW. Tatsächlich. Auf der Rückbank saß ein Hund. Ein schöner, so wie es von hier aussah. Leider war er nicht so deutlich zu erkennen, weil die Seitenscheibe ziemlich angeschlabbert war. Fassungslose Stille breitete sich aus. Was hatte Gommi da angeschleppt?

Kimmel tobte. Kimmel war außer sich. Er konnte es nicht glauben, was er da gehört hatte. Erich Gommert war in aller Seelenruhe an seinem Büro vorbeigegangen, dessen Türe immer offen stand, um mitzubekommen, was los war.

Erich Gommert war also an der offenen Türe vorbeigelaufen, hatte die Fototasche und den ED-Koffer ins Büro gestellt und anschließend war aus seinem Büro das Hämmern auf der Tastatur zu hören.

Kimmel wollte es zunächst gar nicht glauben, was ihm die anderen voller Fröhlichkeit zuflüsterten. Er war hinaus zum BMW gegangen, weil er von drinnen nichts erkennen konnte, und hatte den Hund gesehen, der ihn auch sofort anbellte, als er sich dem Auto näherte. Zurück im Haus, hatte Kimmel Erich Gommert in sein Büro bestellt. Vor Aufregung konnte er sich gar nicht setzen. Die Lockerheit, mit der Gommert zu ihm ins Büro hüpfte, machte ihn vollends rasend.

»Sag mal, spinnst du eigentlich!?«, fing er an, »wir buckeln hier am Samstag wie die Irren, haben einen Erstochenen, eine vermisste Frau, die Täterin sein könnte, oder Opfer, keiner weiß mehr, wo ihm der Kopf steht und ich schicke dich zu einem Tatort, um für Entlastung zu sorgen – und du kommst mit einem Hund zurück!?«

Bei den letzten Sätzen hatte sich seine Stimme überschlagen, so wie es Sopranistinnen passiert, wenn ihnen ein hoher Ton verloren geht.

Gommert sah Kimmel unbekümmert ins Gesicht und sagte nichts.

»Das Viech hat schon die ganzen Scheiben beschmiert und die Sitze sind wahrscheinlich voller Haare!«, stellte Kimmel fest.

»Ist halt ein wenig aufgeregt, des Hundle«, erklärte Gommert, was wenig zur Beruhigung beitrug.

»Ach! Das Hundle ist also aufgeregt«, presste Kimmel hervor und machte wilde Gesten mit den Händen, »was glaubst du eigentlich, was ich bin, he!?«

»Was ist denn schon dabei«, rechtfertigte sich Erich Gommert, »ich hab halt nun emole den BMW dabeigehabt und die machen jetzt ja auch Schluss da draußen im Tierheim, am Samstag. Da hab ich halt alles eingeladen.«

Kimmel war einmal um den Schreibtisch gelaufen und hatte seinem Untertan für den Moment den Rücken zugewandt. Schnell fuhr er herum. »Was meinst du mit *alles*?«

»Ja, ich hab doch nichts daheim für des Hundle und die im Tierheim bieten ja alles an. Decken, Näpfle, Futter natürlich, Wurmpaste und eine Leine zum Spazierengehen.«

»Näpfle, ... eine Leine zum Spazierengehen ...« echote Kimmel.

»Du sollst einen Einbruch aufnehmen und nimmst einen Hund ins Asyl. Was glaubst du, was ist, wenn das die Öffentlichkeit erfährt? Was, wenn das in der Lindauer Zeitung steht, was meinst du?«

»Des wäre dann doch emole en Bericht über einen Bullen mit Herz, tät ich meinen.«

Kimmel schwieg zornig. Noch mehr als die Geschichte mit dem Hund regte ihm Gommerts Uneinsichtigkeit auf. Was war nur mit dem Kerl los! Sonst musste er nur einen scharfen Blick ins Büro werfen und schon war er geständig und entschuldigte sich für Fehlleistungen, die Kimmel niemals hätte erfahren können. Und jetzt stand er hier im Büro und ließ einen echten, guten alten Zusammenschiss einfach abperlen.

Erich Gommert nutzte die kurze Pause, die eingetreten war. »Und außerdem war des kein Einbruch da draußen im Tierheim.«

»Was denn sonst?«, grollte Kimmel.

»Des war was ganz anderes, was Schlimmeres. Komm mit, ich zeig es dir.«

In Gommerts Büro waren alle um den Bildschirm versammelt und betrachteten die Fotos, die ihr Kollege im Wäldchen aufgenommen hatte.

»Ist ja grausig«, meinte Lydia Naber.

»Und du bist sicher, dass der oder die Einbrecher nur deswegen ins Tierheim sind?«

»Ja. Ganz sicher. Ich hab der Frau vom Tierheim auch noch nichts davon gesagt, denn die meinte, dass sie vielleicht aus Versehen die Käfige offen gelassen hätte und die zwei Kätzle dann so verschwunden wären, aber das ist ja offensichtlich nicht so gewesen.«

»Wer macht denn so was«, sagte Wenzel kopfschüttelnd und sah auf das Foto, auf welchem über sattgrünem Maigras ein blutiger Sprenkelteppich lag. Im zusammengetretenen Gras umher, war der zerfetzte Leib einer schwarzen Katze zu sehen.

»Aber du hast doch gesagt, es würden zwei Katzen vermisst. Da ist nur eine zu sehen. Wo ist die andere dann?«

»Also da draußen net. Ich hab alles abgesucht. Aber ich denke, die wird bald auftauchen. Des ist alles überhaupt net normal. Überhaupt net.«

»Wie bist du überhaupt darauf gekommen, das Wäldchen abzusuchen, Gommi?«, wollte Wenzel wissen.

»No, ich hab so einen Gartler befragt, do in der Nähe vom Tierheim und der hat mir des von dem Geschrei in der Nacht erzählt«, sagte Gommert, ohne den Blick vom Bildschirm zu nehmen. Funk sah zu Schielin und zog die Stirn hoch.

Kimmel dröhnte in Richtung Bildschirm: »Die Presse darf davon auf jeden Fall überhaupt nichts erfahren. Die Stadt ist voller Gäste, bald noch die Nobelpreisträger. Da will ich von ermordeten Katzen überhaupt nichts in der Zeitung lesen und die Bürgermeisterin noch viel weniger.«

»Da können mir ja nur froh sein, dass die Psychos schon wieder weg sind. Wer weiß, was da aus einer solchen Sache werden würde …«, sagte Erich Gommert und klickte die Bilder weg.

Kimmel legte Erich Gommert besänftigend die Hand auf die Schulter. »Und du schaffst den Hund jetzt heim, ist doch eh viel zu heiß im Auto da draußen, Mensch! Hat des Viech denn schon was zum Saufen kriegt?«

Gommert winkte ab, ohne sich umzusehen. »Ah wa, liegt doch schon grad da unterm Bürotisch, des Hundle, und keiner hat's gmerkt – und geroche auch net.«

*

Schielin sprach sich mit den anderen ab. Wenzel arbeitete weiter an der Spurenauswertung; eine elende, einsame und wegen der erforderlichen Genauigkeit auch eine freudefreie Arbeit. Robert Funk und Lydia Naber sollten diese schwarzhaarige Frau vom Schrannenplatz aufsuchen und Gommi musste den Hund heimbringen. Lydia Naber prophezeite ihm einen Ehestreit biblischen Ausmaßes. Sie begründete ihre Wahrsage damit, dass sie Gommis Frau schließlich kenne, und die es niemals zulassen werde, dass ein Straßenhund Teppichboden und Sitzgarnitur behaaren werde. Sie verwies bei der Gelegenheit auch ganz allgemein darauf, dass ihr Kollege schon ohne Hund froh sein musste, noch ins Haus gelassen zu werden.

Erich Gommert blieb völlig gelassen, war durch nichts zu beeindrucken. Es war, als wäre er durch dieses braunhaarige Tier mit dem hübschen Gesicht und den langen Beinen, das sich in großer Selbstverständlichkeit unter dem Schreibtisch ausstreckte, ein anderer geworden und auf eigentümliche Weise war es so, dass man ihn sich ohne Hund gar nicht mehr vorstellen konnte.

Schielin führte ein kurzes Telefonat mit Nora Seipp. Er erreichte sie auf dem Handy und da sie gerade auf der Insel beim Einkaufen war, vereinbarten sie dort einen Treffpunkt. Sie hatte die Bänke an der Lindenschanze vorgeschlagen. Dort wäre es ruhig, man hätte den kleinen See im Blick und sei nahe an der Inselstadt. Ein seltsamer Ort für ein Treffen mit der Polizei, wie Schielin fand, aber er richtete sich nach seinen Kunden. Auf Lydia Nabers fragenden Blick hin meinte er, dass heute alle an die Reihe kämen.

*

Lydia Naber setzte Conrad Schielin vor der Inselhalle ab. Von da wollte er am Kleinen See entlang die letzten Meter bis zum vereinbarten Treffpunkt laufen. Das Wasser am Kleinen See lag wie unberührt. Die Boote an den Stegen wogten sanft, stießen ab und an mit dumpfen Pochen gegen die Poller. Am Aeschacher Ufer staksten einige durch das Kneippbecken, in der Hoffnung ein wenig Abkühlung zu erlangen. Auf dem Teerweg am Bahndamm wechselten die Einheimischen zwischen Festland und Insel.

Nora Seipp wartete schon. Sie stand am schmiedeeisernen Geländer und blickte hinüber zur Seebrücke, wo die Fahnen erschlafft an den Masten hingen und eine samstägliche Kolonne von Autos, Radfahrern und Fußgängern auf die Insel drängte. Auf den Wegen entlang des Bahndamms ging es etwas entspannter zu.

Schielin hatte Nora Seipp erst einmal, und nur ganz kurz gesehen, als sie zu Lydia gegangen war. Heute trug sie wieder Schwarz, was ihre roten Haare in enormer Weise zur Geltung brachte.

»Ich habe heute das Foto von Frau Kohn in der Zeitung gesehen. Haben Sie schon etwas von ihr erfahren können?«, lautete ihre erste Frage, nach der Begrüßung.

Schielin verneinte. Die Dominanz dieser Frau war ihm unangenehm. Trotz seiner sehr sachlichen Entgegnung verzichtete er vorerst darauf, sie mit einer Alibifrage zu konfrontieren.

»Wie würden Sie die Ehe der Kohns beschreiben?«

Sie schürzte die Lippen. »Routiniert«, lautete ihre kryptische Antwort.

»Ich frage deshalb, weil uns aufgefallen ist, dass es kaum Persönliches von Frau Kohn im Hause gibt«, erklärte Schielin.

Sie sah ihn mit blitzenden Augen an. Er sah darin Erstaunen und Anerkennung.

»Sie war sehr einsam«, sagte Nora Seipp nüchtern.

Er warf die Stirn in Falten, was einer Frage gleichkam. Nora Seipp erklärte: »Frau … Kohn war grundsätzlich eine allen gegenüber sehr distanzierte Frau. Nicht alleine mir gegenüber.«

Schielin waren ihre Antworten zu nebulös und er fragte, was sie am letzten Wochenende und am Montag gemacht hatte. Sie lächelte hinüber zum Pfänder. »Ein Alibi nennt man das, nicht wahr, wie im Krimi?«

Schielin fasste das kühle Eisen des Geländers und ließ den Blick hinüber zur Inselhalle gehen. Er wartete auf eine Antwort.

»Am Wochenende hatte ich Kurse, samstags und sonntags. Am Montag war ich zu Hause und in der Stadt unterwegs, einkaufen. Ich bin an zwei oder drei Tagen in der Woche bei Gundolf Kohn gewesen. Der Dienstag und Donnerstag waren gesetzt. Den dritten Tag haben wir je nach Arbeitsaufkommen vereinbart.«

»Der letzte Montag war also nicht zwischen Ihnen vereinbart«, stellte Schielin fest.

»Nein. Bin ich denn verdächtig?«, fragte sie belustigt und

sah ihn dabei an. Ihre Augen waren streng und bohrend und sprachen eine andere Sprache als ihr Mund.

»Sie waren die einzige Person, die regelmäßig im Hause Kohn verkehrte. Wir müssen das alles abklären.«

Sie sah wieder zum See hin. »Ich verstehe.«

Schielin fragte nach: »Wie war nun Ihr Montag?«

Sie ließ eine lange Sekunde vergehen, ohne den Blick zu wenden. Ihre Zunge strich langsam über die Oberlippe, die sich danach kaum merklich nach oben zog. Nora Seipp fand seine Fragen wohl überflüssig. »Ich habe an diesem Montag sehr lange geschlafen. Sie müssen wissen – einige meiner Kurse dauern bis spät in die Nacht.«

Schielin wusste von Lydia Naber, dass Nora Seipp als Coach arbeitete, wie das heute genannt wurde.

»Und als Sie aufgestanden waren … um …?«

Sie lachte halblaut, fast abschätzig. »Sie wollen es also wirklich ganz genau wissen.«

Schielin blieb unnachgiebig. »Nein. Ich will es nicht ganz genau wissen, ich *muss* es ganz genau wissen.«

»Ich bin so gegen zehn Uhr aufgestanden, habe ein Glas lauwarmes Wasser getrunken und eine Stunde lang Yoga gemacht. Am frühen Nachmittag war ich im Lindaupark einkaufen, danach auf der Insel. Ich bin am späten Nachmittag, so gegen siebzehn Uhr, wieder nach Hause gekommen. Dann habe ich wieder Yoga gemacht.«

Und ein zweites Glas Wasser getrunken, dachte Schielin.

Sie hob den Kopf um nachzudenken. »Um achtzehn Uhr war ich dann hier wieder hier auf der Insel, gleich da hinten am Ufer.«

»Waren Sie den ganzen Tag alleine, ich meine, gibt es Zeugen für Ihre Angaben?«

Sie presste die Lippen aufeinander. »Ich war alleine hier, ja.« Sie stieß sich mit einem Ruck vom Gitter ab und ging nach hinten, zu einem Fahrrad, das an einem Baum gelehnt stand, kramte in der Lenkertasche herum und kam nach einer Weile mit drei Zetteln zurück. Es waren Einkaufsbons von Geschäften des Lindauparks. »Gut, dass ich das Zeug immer so lange im Geldbeutel aufhebe. Mehr habe ich nicht.«

Schielin sah auf die Ausdrucke. Alles war vermerkt. Die Zeiten stimmten mit dem überein, die sie angegeben hatte. So sahen Beweise aus.

Blutkreuze

Nicht weit von der Stelle, an der sich Schielin mit Nora Seipp traf, war zu gleicher Zeit Jasmin Gangbacher unterwegs. Sie hatte das Auto vor dem ehemaligen Gebäude der Grenzpolizei in der Linggstraße abgestellt, weil sonst nirgendwo anders ein Parkplatz zu ergattern war. Die Ermittlungen hier auf der Insel passten ihr ganz gut in den Kram, denn sie hatte noch Schuhe zum Reparieren dabei, die sie beim Schuhmacher Schlegel, gleich hinter der Stephanskirche, abgeben wollte. Sie mochte den Geruch nach frischem Leder und altem Holz, der einen dort einfing. Sie schloss die Autotür und ließ den Blick herumschweifen. Vom Zellerschen Hinterhof her, leuchteten die Farben der bunten Plastikkuh heute ein wenig verhalten herüber, ganz so, als würde auch sie die Hitze spüren. Die Tische vor dem Theatercafé waren alle besetzt. Davor spielte sich der gelassene Austausch von Fußgängern, Radfahrern und Autos ab.

Sie ging den kurzen Weg hinüber zum Münster, wo der Mesner vor der Südtüre bereits wartete. Sie blieb kurz stehen und sah vor zum Marktplatz, der voller Menschen war, doch ohne dieses unbeschwerte Schwingen, Surren und Summen, das an anderen frühsommerlichen Samstagen von Einheimischen und Gästen zwischen die Mauern der Insel getragen worden wäre. Unter der seit Tagen drückenden Hitze hatte sich müdes Schweigen ausgebreitet. Wer klug war, ging mit seinen Kräften sorgsam um.

Der Mesner empfing sie mit einer väterlichen Geste, berührte sie leicht am Ellbogen und leitete sie in den Innenraum der Kirche. Ohne großen Jammer deutete er auf die weiße Säule gleich links des Eingangs. Über einer Gedenktafel waren zwei sich kreuzende, handbreite Striche von dunkelroter, an manchen Stellen fast schwarzer Farbe, über das cremige Weiß geschmiert worden. Das so entstandene X hatte seinen Mittelpunkt auf einem stilisierten Totenkopf, der unter einem Putto angebracht war.

Sie sah zurück zum Mesner und fragte: »Gibt es noch mehr von diesen Schmierereien?«

Er wies mit der Hand nach rechts, ohne seinen Blick folgen zu lassen, »... an der Säule gegenüber. Da zeigt das X auf die andere Seite hin, also nach Norden, zur Stephanskirche. Da drüben ... da war der Schmierer auch unterwegs.«

Jasmin Gangbacher machte einige Fotos, bevor sie sagte: »Ich weiß. Habe dort den nächsten Termin.«

Sie verschwieg ihre Ahnung, dass das X nicht mit roter Farbe angebracht worden war, sondern dass es sich um Blut handelte. Mit einem Schweizer Taschenmesser kratzte sie ein wenig ab und ließ die Krümel in eine Plastiktüte fallen.

Der Mesner hatte schon eine Leiter bereitgestellt. Fürs Erste würde ein helles Laken die Schmiererei bedecken.

Nur wenige Meter weiter lag die Stephanskirche in gleicher Ausrichtung. Die beiden Hauptkirchen der Insel waren wie zweieiige Zwillinge. Dem freudigen Barock des Münsters mit seinen warmen, erdigen Farben, in die sich goldenes Funkeln mischte, stellte die Stephanskirche eine auf den ersten Blick so erscheinende, kühle evangelische Untertreibung gegenüber. Jasmin Gangbacher war erst wenige Male hier gewesen. Sie betrat die Kirche von der Stirnseite her. Einige Menschen saßen verstreut in den Kirchenbänken, andere waren andächtig in den seitlichen Säulengängen unterwegs, die Köpfe immer wieder nach oben gerichtet, um den Raum zu erfassen, dessen Gewaltigkeit vom blendenden, kaum abgetönten Weiß, das sich hoch oben wie in einem Nebel verlor, noch verstärkt wurde. Einzig amouröses, lindgrünes Zierwerk hemmte das Emportreiben von Wänden und Säulen, gab den Augen einen Sinn für das Maß und förderte das Wandern der Augen zu den Fixpunkten des Raums: der mittig angeordneten Kanzel und dem Altar mit dem schlichten Kreuz. Jasmin Gangbacher setzte sich in eine der Bänke, deren seitliche Lehnen durchaus etwas protestantisch Zwingendes vermittelten. Ohne es zu wollen, hörte sie sich laut und entspannt ausatmen, fast war es ein Stöhnen. Die Kühle war angenehm und beruhigte die Sinne.

Gegenüber im Münster war der wallende Unterton des Weihrauchs in alle Poren gedrungen. Hier in Stephan waren es die alten Holzbänke, teilweise mit dicken Lederkissen bestückt, die das Alter riechbar machten – würzig, nach altem Holz und Stoff, mit einer Ahnung von Vergänglichkeit. Die geschwungenen Achsen des Altarkreuzes zogen den Blick auf sich und schnell war Jasmin Gangbacher von einer weiten Ruhe umgeben. Fast hätte sie ihren Gedanken nachhängen können, wenn sich nicht dieses rote X in ihre Augenwinkel geschoben hätte. Man hätte es hier als warmen Kontrapunkt zum ansonsten kühlen Farbraum werten können. Es war auf der linken Hauptsäule angebracht und zeigte zum Eingang. Der Schwung der Striche, die Machart, wies zweifelsfrei auf denselben Verfasser wie drüben im Münster. Das zweite Kreuz fand sich auf der rechten Säule und zeigte in Richtung Münster.

Unter den Augen der Mesnerin, die kopfschüttelnd an der Holzwand lehnte, kratzte sie auch hier einige Proben ab und berichtete von den Maßnahmen des katholischen Kollegen, um die Blutkreuze zu verdecken.

Nachdem sie alle Formalitäten erledigt hatte, blieb sie

noch eine Weile alleine in der Bank sitzen. Mit einem Male war ihr selbst die gedämpfte Geräuschkulisse jenseits der Mauern zu viel geworden.

*

Lydia Naber und Robert Funk saßen in einem großzügigen Wohnraum hoch über dem Oberen Schrannenplatz. Einige Fenster waren geöffnet und ab und an waren die energiegeladenen Schreie der Kinder zu hören, die drunten mit, auf und zwischen den Skulpturen vor dem Zeughaus spielten. Die kindliche Ausgelassenheit passte weder zur Hitze noch zu den Gefühlsregungen der Menschen im Raum, nachdem Lydia Naber von dem berichtet hatte, was im Haus Kohn geschehen war. Sie wartete geduldig ab, bis sie den Zeitpunkt für günstig hielt Fragen zu stellen.

Überrascht hörten sie, dass das Ehepaar Hendler seit einigen Wochen schon keinen Kontakt mehr zum Ehepaar Kohn hatte. Nach einigem Zieren und Überlegen, war es Frau Hendler, die darlegte, dass es vor allem das in den letzten Wochen und Monaten sonderbare Verhalten von Gundolf Kohn gewesen war, was zur Distanzierung geführt hatte. Auf Robert Funks Nachfrage, was man konkret darunter verstehen konnte, war es ihr Mann, der Worte fand, welche man der vornehmen Erscheinung nicht zugetraut hätte: »Er hat jede Gelegenheit genutzt, um Streit zu suchen, ganz unangenehm, in letzter Zeit auch in der Öffentlichkeit. Es war so nicht mehr hinnehmbar und so haben wir den Kontakt … einschlafen lassen. Er war eh nie sonderlich eng gewesen.«

Im weiteren Gespräch war zu erfahren, dass die Hendlers seit etwa sechs Jahren mit dem Ehepaar Kohn locker bekannt waren, es aber nie zu einer engeren Freundschaft gekommen war. Gundolf Kohns Verhalten seiner Frau gegenüber war den beiden schon immer eigentümlich distanziert erschienen. Sie beschrieben ihn als gebildeten Gesprächspartner und seine Frau als sehr zurückgezogene Persönlichkeit, der es schwerfiel, ihr entgegengebrachte Sympathien zu erwidern, wie Frau Hendler sich ausdrückte. Ihr war Carmen Kohn immer wie eine Gefangene ihrer selbst vorgekommen. Auf Lydia Nabers Frage meinte Frau Kohn, dass die eskalierende Veränderung im Laufe des letzten Jahres stattgefunden habe.

Schielin war von der Lindenschanze aus zurück in die Altstadt gegangen. Seine Gedanken nahmen ihn derart gefangen, dass er von den Menschen um ihn herum überhaupt nichts wahrnahm. Vorne, am Marktplatz, musste ein Auto hupen, um ihn von der Straße zu bekommen. Er machte eine kurze Rast in den bequemen Caféstühlen vor der Stephanskirche, trank einen Espresso und suchte im Notizbuch einen kurzen Vermerk. Der kleine Café wirkte sofort und jagte den Kreislauf nach oben. Schielin brauchte die Serviette, um sich den Schweiß von der Stirn zu wischen. Die Glocken des Münsters schlugen die Stunde und endlich fand er, wonach er gesucht hatte. Eine Quittung, erst wenige Tage alt, war in den Unterlagen Gundolf Kohns aufgetaucht. Gundolf Kohn hatte etwas erworben – ein Buch.

*

Laurenz Brender blieb im Erdgeschoss, wo es ihm erträglicher schien als oben, wo die breiten, zum See und den Bergen ausgerichteten Fensterfronten die Hitze so gefügig einließen.

Er verstand diese Frau dort oben nicht, wie sie ihre Tage

in dem großen Zimmer verbringen konnte, still dasitzen, den Blick ruhig auf das immer gleiche Wasser und die ewig gleichen Berge gerichtet. Als hätte sie Bodensee, Säntis, Altmann, Churfirsten und wie das ganze Felszeugs sonst noch hieß, nicht schon zur Genüge vor Augen gehabt. War ihr Leben vielleicht zu kurz gewesen, um genug davon zu bekommen, dass sie nun so exzessiv den Blick dorthin richtete. Seine Mutter war ihm fremd und er vermied es, allzu lange bei ihr oben zu verweilen. Es war auch die Hitze, die ihn quälte und es machte ihn zornig, denn dieser alten, kranken Frau war nichts anzumerken. Sein Ärger hatte aber noch einen anderen Quell: Er hatte insgeheim gehofft, die so plötzlich auftretende Hitze würde ihren Gebrechen förderlich sein. Doch genau dieser Effekt blieb aus und ließ ihn seine eigene Schwachheit noch deutlicher fühlen, als er es eh schon ertragen musste.

Er hatte Wasser nach oben gebracht. Wer wusste schon, ob dieser elende Hausarzt nicht wieder unangemeldet auftauchen würde, und es sollte nicht noch einmal vorkommen, von ihm wie ein Schuljunge darüber belehrt zu werden, was zu tun und zu lassen sei. Vater war endlich unter der Erde, und damit seine klugen Reden und sein Rechthaben. Und nun tauchte dieser Kerl auf, der sich von seiner Mutter auch noch mit den Worten verabschiedet hatte, sie könne sich auf den *Hausarzt ihrer Familie* verlassen. Laurenz Brender hatte es den Magen zusammengezogen vor Zorn. Danach hatte er vor Wut in der Küche ein Glas zerschlagen. *Hausarzt der Familie* hatte der Kerl gesagt. Er, Laurenz Brender, war nie bei diesem Arzt gewesen. Wenn er krank gewesen war, hatte man diesen Arzt nie geholt, um seine geheime Kunst am einzigen Sohn der Familie wirken zu lassen. Gehörte er vielleicht nicht zur Familie!? Wieso hatte man ihm niemals den *Hausarzt der Familie* zugutekommen lassen!? Eine Frage, die sich ihm erst jetzt und sehr spät stellte.

Es war eine Demütigung gewesen und sofort war er wieder zornig, beim Gedanken an die Szene. Sie wühlte ihn auf, wie das Feuer in der Nacht und die Gestalt, der er verfallen war. Selbst tagsüber erschien sie ihm in seinen Träumereien von einem besseren Schicksal.

Es hatte geklingelt und mit ausladenden Schritten schritt er zur Tür. Er meinte auch ein Auto gehört zu haben. Diesem Doktor würde er es zeigen, und ihm deutlich machen, wer jetzt hier das Sagen hatte. Entschlossen riss er die Türe auf. Ein dunkelhaariger Mann stand davor und eine blonde Frau. Am Auto, das nicht weitab parkte, lehnte ein unbeteiligt wirkender Mann mit weißen Haaren, der telefonierte und ihm nur einen kurzen Blick von der Seite her zuwarf. Laurenz Brender legte den Kopf schräg und sah die Fremden fragend an. Tausende Male hatten seine Eltern, ganz besonders sein Vater, ihn darauf hingewiesen, dieses Verhalten sein zu lassen, weil es so wenig souverän sei und außerdem unhöflich – dieser schräg gehaltene Kopf. Ha! Er war also nicht souverän genug. Jetzt brauchte er sich nicht mehr sagen zu lassen, wie er den Kopf zu halten habe.

Schielin hielt den Dienstausweis hoch und stellte sich und seine Kollegin vor. »Wir möchten gerne mit einem Herrn Laurenz Brender sprechen. Sind Sie das?«

Laurenz Brender spürte die Schwachheit im Leib, sah sich selbst wie aus der Ferne und spürte wie affig seine Haltung war, mit diesem schräg gelegten Kopf. Er richtete sich insgesamt auf und stellte den Kopf gerade. Vater war überall.

Lydia Naber fragte: »Ist Ihnen nicht gut?«

»Doch, doch. Äh … es ist nur … diese Hitze und ich …«

»Wir haben einige Fragen an Sie. Können wir vielleicht

reinkommen, wenn es Ihnen nichts ausmacht?«, kam es von Schielin mehr auffordernd als fragend.

Laurenz Brender trat zurück und gab die Tür frei. Die zwei traten ein. Der dritte, immer noch telefonierend am Auto, blieb. Es konnte also nicht so lange dauern.

Laurenz Brender bot höflich Platz an. Die Ledergarnitur stand mitten im Raum, auf dem ausladenden roten Perser. Darunter der alte Dielenboden. Im Rücken die durchgehende Bücherwand und die Front eine Fensterreihe zum Garten hin.

»Sehr schön hier«, sagte Lydia Naber.

Laurenz Brender nickte.

»Sind Sie Laurenz Brender?«

Der lachte ungeschickt. »Aber ja, entschuldigen Sie bitte … der bin ich, ja. Worum geht es denn, wenn ich fragen darf?«

Lydia Naber maß ihn prüfend, was ihn spürbar verunsicherte. Conrad Schielin beugte sich ein wenig nach vorne und legte die Fingerspitzen beider Hände aufeinander.

Laurenz Brender hielt die Luft an und musste schlucken. Genau so, in dieser Pose aufdringlicher Zuwendung und tadelnder Distanz, hatte sein Vater immer dagesessen, wenn er mit ihm etwas zu besprechen, zu kritisieren hatte. Wie er diese verdammten Erinnerungen hasste. Man sollte sie einfach ausknipsen können.

»Es geht um Gundolf Kohn. Sie kennen ihn?«, sagte Schielin.

Laurenz Brender ließ die angehaltene Luft etwas zu schnell aus dem Mund entgleiten. Es klang wie ein schmerzhaftes Stöhnen.

Mit der Hand fuhr er durch die Luft, bevor er sprach. »Ja, sicher. Wir hatten geschäftlich miteinander zu tun.« Seine Hand strich verloren über Ohr und die Wange.

»Er hat Bücher von Ihnen erworben.«

»Ja.«

»Sehr wertvolle Bücher, wenn man vom Preis ausgehen kann.«

»Ja. Durchaus. Wir haben hier einige sehr wertvolle Bücher und es ist schwierig, sie in der angemessenen Weise zu archivieren. Von dem einen oder anderen Stück muss man sich trennen, so weh es einem auch tut.«

Lydia Naber nickte verständnisvoll.

»Wann haben Sie Herrn Kohn denn zum letzten Mal gesehen, Herr Brender?«

Laurenz Brender überlegte. Gerade als er antworten wollte, tönte von oben der Ruf seiner Mutter: »Laurenz! Ist jemand gekommen, Laurenz? Für mich?«

Laurenz Brender sah mit einem entschuldigenden Lächeln in die Runde, erhob sich und verschwand nach oben. Schielin hatte ihn aufmunternd angesehen.

Kurz darauf erschien Laurenz Brender wieder und entschuldigte sich. »Meine Mutter ... sehr alt ... pflegebedürftig ... Demenz.«

Weder Schielin noch Lydia Naber kommentierten seine Fragmente, was ihn verlegen machte. Ihr freundliches Schweigen wies auf die letzte Frage hin, die noch im Raum stand. Laurenz Brender sah sich um, als suchte er sie. »Ach ja, ja, Herr Kohn, mhm. Das war in der letzten Woche irgendwann. Aber das genaue Datum müsste auf dem Kaufbeleg stehen.«

Schielin nickte. »Ja. Den Beleg haben wir. Kennen Sie Herrn und Frau Kohn näher?«

»Nein, überhaupt nicht. Ich hatte nur mit ihm Kontakt, zweimal, als es um den Verkauf von Büchern ging.«

»Wie kam denn Ihr Kontakt zustande?«, fragte Lydia Naber.

»Über einen alten Freund meines Vaters, ein Herr Brüggi, der in der Schweiz eine Agentur betreibt.«

»Mhm, eine Agentur.«

»Es ist so, dass der eigentliche Kontakt über Herrn Brüggi läuft. Herrn Kohn habe ich nur das Buch gebracht. Wir haben kaum ein Wort miteinander gewechselt.«

»Und wann war das, dass sie kaum ein Wort miteinander gewechselt haben?«

Laurenz Brender grinste arrogant zur Decke, um dem Blickkontakt mit dieser blonden Frau auszuweichen. »Letzte Woche, ich sagte es doch schon, ich weiß den Tag nicht mehr genau. Das Datum …«

»… steht auf dem Beleg, ich weiß«, unterbrach ihn Lydia Naber kühl lächelnd.

Sie wechselte einen Blick mit Schielin, der sagte, dass sie keine Fragen mehr hätten. Schielin fiel ebenfalls nichts mehr ein und sie verabschiedeten sich.

Draußen, vor der Türe, fragte Laurenz Brender: »Was ist denn mit Herrn Kohn? Hat er Schwierigkeiten?«

Lydia Naber drehte sich um und sagte: »Jemand hat ihn erstochen, in seinem Haus.«

Als das Auto um die Ecke bog und verschwand, murmelte Lydia Naber: »Komischer Kauz.«

Laurenz Brender lehnte drinnen an der kühlen Mauer. Schweiß lief ihm über das Gesicht. Er fühlte sich krank.

*

Am späten Samstagnachmittag saßen alle beisammen und tauschten die Informationen ihrer Ermittlungen aus. Jasmin Gangbacher kam zum Schluss an die Reihe, weil sie nicht im Fall Kohn unterwegs war. Sie berichtete von den Blutkreuzen in den Kirchen. Kimmel war zu nicht mehr als einem verebbenden »Mhm« zu bewegen.

Wenzel fragte: »Du hast mir Spurentüten hingelegt. Wozu?«

»So eine Ahnung.«

»Und welche?«

»Könntest du feststellen, um welches Blut es sich handelt?«

»Du meinst Tier- oder Menschenblut?«

Sie nickte. »Einmal das, und ganz konkret, ob es sich um Blut von Gundolf Kohn handeln könnte, oder um Blut von Gommis toter Katze.«

Kimmels Haltung straffte sich. Auch Schielin und die anderen sahen fragend zu ihrer Jüngsten. Die sah unbeeindruckt in die Runde. »Ich weiß ja auch nicht. Diese Feuer überall, die Tierknochen, dann dieser Mord und jetzt die Blutkreuze in den Kirchen. Ich habe ein wenig recherchiert«, sie zögerte einen Augenblick, bevor sie weitersprach, »es könnte sich ja vielleicht um eine Art okkulten Akt handeln, so eine Art Suche.«

»Von welcher Suche sprichst du?«, fragte Schielin und es klang so, als wolle er die Bestätigung eigener Gedanken hören.

Jetzt sprudelte es aus ihr heraus. »Also diese X – das sind Platzhalter, so könnte man das nennen. In okkulten Akten, Zaubereien und Beschwörungen findet man das X oft. Es steht für etwas nicht Verfügbares … Platzhalter eben, so eine Art Beschwörungsplatzhalter … man kann sie für etwas setzen …«

»Man …?«, sagte Kimmel.

Ihre Antwort klang zurückhaltender, fast entschuldigend. »Na ja, diejenigen, die an so Zeugs glauben. Kirchen und Friedhöfe sind für sie magische Orte …«

»Des ist des *Monte Christo* für manch andere auch«, warf Wenzel kurz ein. Schielin zwinkerte ihm zu, da er die Anspielung auf den Lindauer Nachtclub verstand.

»... diese X waren auf die beiden Hauptkirchen auf der Insel verteilt, jeweils an einer wichtigen Säule. Jedes der Blutkreuze wies in eine andere Himmelsrichtung. Im Münster Osten und Norden und in der Stephanskirche Westen und Süden. Also an Zufall glaube ich nicht. Eher denke ich, dass da jemand auf der Suche nach etwas oder jemandem ist.«

»Was meinst du bitte mit Hauptkirchen?«, fragte Robert Funk.

»Na, für Okkultisten ist es nicht von Belang, ob eine Kirche heute noch als solche genutzt wird, oder von der sakralen in eine profane Nutzung umgewidmet worden ist. Das Lindauer Stadttheater war eine Kirche, und, und, und. Auf der Insel sind überall Kirchen. Für Okkultisten zählt die Weihe und die hat über alle folgende Nutzung hinweg Bestand.«

»Mhm ... Suche«, wiederholte Erich Gommert ungläubig und sah mit offenem Mund ins Leere. Okkultismus, Zauberei, Geisterbeschwörung. So weit war es nun gekommen und er hing mittendrin.

Lydia Naber fragte: »Und was suchen diese Geisterbeschwörer mit diesen Blutkreuzen?«

»Es soll nur bei Menschen wirken.«

»Du meinst doch nicht etwa, dass das in Zusammenhang mit Carmen Kohn steht?«, fragte Schielin.

Jasmin Gangbacher wollte sich nicht weiter aus dem Fenster lehnen, als sie es eh schon getan hatte. »Ich finde das alles nur eigenartig«, lenkte sie ab.

»Und dass ein paar hitzegeschädigte Jugendliche ... ich meine, so ein Akt von jugendlichem Vandalismus ... hatten wir doch auch früher schon gehabt ...«, meinte Kimmel, dem das zu nebulös war. Er unterließ es das Thema weiterzuverfolgen, als er merkte, dass alle anderen an den Gedankengängen von Jasmin Gangbacher nichts sonderlich Abwegiges finden konnten. Wenzel sollte das Blut abgleichen und dann musste man eben weitersehen.

*

Schielin war kaum aus der Dusche und ruhte mit einem Glas Eistee im Sessel, als das Telefon klingelte. Er stöhnte, als Marja ihm den Hörer reichte, der diesmal unter dem Brotpapier in der Küche gelegen hatte. Jasmin Gangbacher war dran. Als er sich meldete, sagte sie nur: »Bingo!«

»Was bingo? Deine Blutkreuze vielleicht? Ist das Blut tatsächlich von ...«

»Nein, nein«, unterbrach sie ihn schnell, »wir haben Carmen Kohn vermutlich gefunden.«

Wie von einer Feder getrieben sprang er aus dem Sessel. »Was!? Gefunden!? Wo ... und wie ... ich meine ... ist sie tot?«

»Sie ist im Krankenhaus, das heißt in der Weissenau. Die haben hier angerufen. Eine Pflegerin von dort hat das Foto in der Ravensburger Ausgabe der Schwäbischen gesehen.«

»Weissenau .... in der Klapse?«, sagte Schielin ungläubig.

»Das ist keine Klapse«, wurde er umgehend belehrt. Er unterließ es eine Diskussion über Political Correctness zu beginnen und stellte wie für sich fest: »Sie lebt also.«

»Ja, sie lebt. Lydia habe ich bisher nicht erreicht, aber ich kann dich ja auch abholen und mitfahren.«

»Und du meinst, das ist sicher?«

»Ja, schon. Das klang alles sehr konkret.«

»Und wieso jetzt erst?«, fragte Schielin.

»Da ist mal wieder alles zusammengekommen. An die Weissenau hat natürlich niemand gedacht, als wir die Krankenhäuser abgefragt haben. Wer kommt schon auf so was.«

Schielin knurrte.

*

Die Fahrt nach Ravensburg ging ihm nicht schnell genug. So viele runde Schilder mit rotem Rand und zweistelligen, schwarzen Zahlen in der Mitte. Er konnte es kaum erwarten, auf Carmen Kohn zu treffen, mit ihr zu reden. Was würde sie zu berichten haben?

Gut zwei Stunden später hing er in der weichen Couchecke eines Gruppenraums. Der Stationshund Barry hatte schon zweimal vorbeigesehen. Jasmin Gangbacher saß neben ihm und beiden gegenüber blätterte eine Ärztin durch ihre Unterlagen. Die Pflegerin, die Carmen Kohn aufgrund des Fotos erkannt hatte, lehnte an der Wand. Schielin dauerte der Formularkram zu lange. Anschließend wendete sich die Ärztin an ihn und er hörte ihren Worten ungeduldig zu. Langsam nur realisierte er, was sie sagte und wie wichtig es für ihn war. Sie sprach behutsam und einfühlsam mit ihm, so als wäre er ein sensibler Patient. Er lauschte ihren Ausführungen zunächst interessiert, dann verwundert, und am Ende war er entsetzt und wusste gar nicht mehr, was er fragen sollte. »Und es gibt keine äußeren Anzeichen einer Verletzung?«, hörte er sich sagen, während er weiter darüber nachdachte, wie er weitermachen sollte.

»Nein.«

»Also kein Unfall oder dergleichen.«

»Das können wir ausschließen.«

»Und dieser Gedächtnisverlust, wie Sie sagen, der könnte

aufgrund eines Schockerlebnisses eingetreten sein? Das sagten Sie doch.«

Die Ärztin nickte ernst. Schielin spürte, wie seine Lippen arbeiteten, während er versuchte ein Vorgehen zu finden.

»Worüber darf ich denn mit ihr reden, kann ich ihr Fotos zeigen?«

»Bilder vom Tatort, insbesondere solche, auf denen die Leiche ihres Mannes zu sehen sind, hielte ich im derzeitigen Stadium für nicht förderlich.«

»Nein, nein. Das hatte ich auch gar nicht vor. Nur Bilder von ihrem Mann und von ihr … aus den Fotoalben, die wir aus dem Haus geholt haben. Irgendwie müssen wir ihre Identität ja zweifelsfrei sicherstellen.«

»Das müssen Sie«, lautete die wertungsfreie Antwort der Ärztin.

Sie legten fest, wie die Begegnung stattfinden sollte, und kurze Zeit darauf begegnete Schielin Carmen Kohn zum ersten Mal. Sie war etwas zierlicher, als er sie sich vorgestellt hatte. Sie sah gut aus, gepflegt. Ihre Augen blieben ruhig an ihm haften und als er sich vorgestellt hatte, begrüßte ihn eine weiche, zurückhaltende Stimme. Er wurde unsicher.

Sie setzte sich ihm gegenüber. Die Beine hatte sie angezogen, doch den Oberkörper beugte sie nach vorne, so, als würde sie ihn dann besser verstehen können. Eine Haltung, die Zuwendung und Verschlossenheit zugleich signalisierte. Er kannte das Gesicht von den Fotos und es war völlig unstrittig, dass es sich bei der Frau gegenüber um Carmen Kohn handelte.

Das Problem bestand darin, dass sie wussten, wer sie war. Sie selbst hatte den Aussagen der Ärzte zufolge keine Erinnerung mehr daran, wer sie war.

Schielin erzählte von Lindau, vom Haus mit dem herrlichen Garten und den Rosen. Dann beschrieb er die Kinder

der Haubachers, sprach von den Hendlers und schließlich auch von Carmen Kohns Mann, Gundolf Kohn und seinen Büchern. Zum Schluss kam er nochmals auf den Garten, die Rosen und Staudenbeete zu sprechen. Einige der Rosennamen hatte er sich sogar merken können und zählte sie auf. Aber es war keine Regung bei ihr auszumachen. Sie saß ihm in unveränderter Haltung gegenüber und hörte freundlich zu, wendete einige Male ihren Kopf, zog die Stirn ein wenig kraus. Sie war an dem, wovon er berichtete, auf höfliche Weise interessiert, doch das, wovon er erzählte, war ihr genauso fremd wie er selbst. Als er geendet hatte, übernahm die Ärztin. Sie fasste seine Schilderungen noch einmal in kurze Sätze zusammen und zeigte Carmen Kohn einige Bilder. Lindau, den Bodensee, ihr Haus in Heimesreutin, den Garten, ihren Mann und dann sie selbst.

Carmen Kohn lachte: »Das bin ja ich.«

Schielin sah erschüttert zu. Sie war nicht entsetzt von der Erfahrung ihr eigenes Leben nicht zu kennen.

Als sie bald darauf von einem Pfleger wieder auf ihr Zimmer zurückgebracht worden war, fragte Schielin fassungslos: »Was ist da passiert?«

»Amnesie – Gedächtnisverlust«, entgegnete die Ärztin gelassen.

»Wie kann das passieren?«

»Es gibt verschiedene Ursachen: virale Meningitis, Schädel-Hirn-Trauma, Schocksituationen …«

Schielin blätterte ziellos in seinem Kripokalender und kritzelte auf der einen oder anderen Seite herum. »Ich denke, die ersten beiden Möglichkeiten scheiden aus, bliebe aufgrund der Umstände eine Schocksituation. Wäre das vorstellbar?«

Die Ärztin holte zu einer umfassenden Erläuterung aus. »Das wäre es durchaus. Wissen Sie, Frau Kohn realisiert die

Tatsache geboren worden zu sein, weil sie – existiert. Sie nimmt sich wahr als ganzen Menschen, hat aber keine Erinnerung oder Vorstellung darüber, jemals eine Mutter gehabt zu haben. Die Situation, in der sie ist, ermöglicht ihr keinen emotionalen Bezug dazu, kein Gesicht, keine Statur, keine Szenen. Begriffe wie Vater, Mutter, Sohn, Tochter sind nur Worte – ohne Inhalt. Es existiert auch keine Vorstellung darüber, wie solche Beziehungen hätten sein können.«

Schielin schüttelte den Kopf. »Könnte es sein, dass sie simuliert?«

Die Ärztin lachte. »Ich hatte auf diese Frage schon gewartet und sie kommt für einen Polizisten sehr spät. Nein, ich muss Sie enttäuschen – das kann nicht sein. Es gibt wissenschaftliche Methoden, mit denen man eine Amnesie nachweisen kann und wir haben Frau Kohn ausführlich untersucht.«

»Sie hat also ihre Identität verloren«, sagte Jasmin Gangbacher.

»Nein. Sie hat die Erinnerung an das verloren, was ihre bisherige Identität als Mensch ausmachte.«

»Dann hat sie ein gewaltiges Problem«, meinte Jasmin Gangbacher.

Die Ärztin lächelte. »Das kann man aber auch ganz anders sehen. Bei Amnesiepatienten sind es meistens die Angehörigen, die ein *gewaltiges* Problem haben, wie sie das nennen: Es sind ja Ehepartner, Eltern, Kinder, Geschwister, Freunde, die auf ihre Erinnerungen und emotionalen Speicher zurückgreifen können. Deren Wunsch ist es, von der Person, die ihre Erinnerung verloren hat, wiedererkannt zu werden, während der Amnesiepatient in einer völlig anders gelagertes Situation steckt – er steht Menschen gegenüber, die zu ihm eine hohe emotionale Beziehung haben, kann diese aber nicht nachempfinden und rational, also sozusagen durch Erlernen, ist es ihm nicht möglich auf die Ebene einer gemeinsamen Vergangenheit zu gelangen.«

»Also hat Carmen Kohn ja gar kein Problem«, sagte Schielin, ohne sarkastisch zu klingen.

»Inwiefern?«

»Uns ist bisher kein Mensch bekannt, der zu ihr ein näheres emotionales Verhältnis haben könnte. Ihr Mann ist tot und sonst ist da niemand. Nur ein entfernt bekanntes Ehepaar und Nachbarn.«

»Welche Möglichkeiten gibt es denn in so einem Fall. Was passiert mit diesen Menschen, die ihr Gedächtnis verloren haben?«, fragte Jasmin Gangbacher.

»Na ja. Manche Patienten erlernen ihre Vergangenheit neu. Sie trainieren ihrem Gedächtnis die erzählte Erinnerung an.«

»Sie meinen, die eigene Vergangenheit wird so gelernt, wie Lesen und Schreiben in der Schule und besteht alleine aus Erinnerungen und Geschichten, die von anderen berichtet werden – Erzählungen, Filme, Fotos?«

»Genauso ist es.«

Schielin schüttelte den Kopf. »Das geht doch gar nicht.«

»Für viele geht das nicht, weil etwas ganz Wichtiges fehlt – die emotionale Brücke. Sicher sehen die Betroffenen Fotos – von sich selbst und ihren Kindern, von Eltern, Freunden, Verwanden. Sie suchen Orte auf, die für ihr bisheriges Leben von Bedeutung waren: Wohnungen, Schulen, Arbeitsstellen … und so weiter. Aber wenn die Erinnerung an die Geburt, an die Geschichte des gemeinsamen Lebens verloren gegangen ist, dann ist das sehr schwierig. Diese Menschen stehen im Leben und beherrschen ihre Sprache, sie können die Dinge benennen, also was ein Tisch ist, ein Auto, eine Heizung, was sind Kleider. Aber sie können nicht sagen, das war meine Jacke, das war mein Auto, an diesem Tisch haben wir oft gesessen, hier in diesem Raum habe ich mich immer wohlgefühlt, diesen Mann, diese Frau liebe ich ... verstehen Sie?«

Sie sah in zwei verunsicherte Gesichter, richtete sich auf und fragte Schielin: »Trinken Sie Wein?«

Er bejahte verdutzt.

»Das ist gut so. Dann stellen Sie sich vor, Sie öffnen und trinken eine Flasche Wein aus dem Geburtsjahrgang Ihrer Mutter und überlegen Sie nun, welche Empfindungen und Erinnerungen Sie dabei hätten. Die Zeit von der Geburt Ihrer Mutter bis zu dem Alter, ab welchem Sie eigenerlebte Erinnerung präsent haben, das ist etwa ab dem zweiten Lebensjahr der Fall, dieser Zeitabschnitt wäre für Sie durchaus nachvollziehbar – allein aus dem, was sie aus Erzählungen darüber wissen, was Sie gelesen haben, et cetera. Nun stellen Sie sich vor, Sie öffneten eine Flasche Ihres Geburtsjahrgangs, Ihres Hochzeits- oder Scheidungsjahres, oder aus einem anderen wichtigen Jahr in Ihrem Leben. Mit jedem Schluck griffen Sie auf selbst erlebte Erinnerungen zurück, reproduzierten sie wieder in Ihrer Erinnerung und erlebten sie nach. Beide Male tränken sie alten, gereiften Wein, aber es wäre doch ein Unterschied.«

Schielin wusste nicht so recht, was er davon halten sollte, dass sie alten Wein mit seinem Geburtsdatum zusammenbrachte. Er verstand aber sehr wohl, worauf sie hinauswollte. Sie verwendete eine Art Kindergeschichte, um einen Aspekt der Amnesie für ihn, den Laien, anschaulich zu machen.

Er wollte mehr wissen: »Und was geschieht mit diesen Menschen, wenn sie die Kliniken verlassen?«

»Viele fangen ein völlig neues Leben an. Ein Leben, das mit neuen Erfahrungen und Emotionen gefüllt wird, die nicht erlernt, sondern erlebt werden.«

»Das bedeutet, sie trennen sich von den Menschen, mit denen sie ihr bisheriges Leben bestritten haben?«

Sie nickte. »Aber für sie ist es keine Trennung, denn zu einer Trennung gehört die Erinnerung an die Dinge, Erlebnisse, Gefühle, die einen einmal verbunden haben, und die sind ja nicht mehr vorhanden.«

»Zumindest auf einer Seite.«

»Ja. Für die Angehörigen ist es in tiefster Weise schockierend.«

»Gibt es denn Heilungschancen?«

»Bei jungen Menschen bis zu fünfzehn Prozent, also eine sehr geringe Rate.«

Schielin schüttelte fassungslos den Kopf. Es war eine Sackgasse, in der er steckte. Die Ärztin versuchte weiterzuerklären. »Wir alle existieren im Grunde nur aus unserer Erinnerung. Was uns als Menschen ausmacht, ist die Erinnerung an das Gewesene und es ist nicht nur unser eigenes Erinnern, sondern das kollektive Erinnern der uns streifenden, umgebenden, begleitenden und mit uns lebenden Menschen. In unserer Erinnerung sehen wir uns selbst als unser eigener Doppelgänger und rekonstruieren uns aus diesem Bild – selbst; diese Selbstkonstruktion läuft permanent in uns ab; ein sehr komplexer Vorgang. Sich selbst zu erkennen ist etwas ganz Wesentliches. Sie haben vorhin erlebt, wie Frau Kohn ganz überrascht sagte – ›Das bin ja ich!‹, als sie das Foto sah.«

»Sie erkennt sich also selbst«, sagte Schielin.

»Ja. Ihr Äußeres, ihr Spiegelbild. Sie weiß aber nicht, wo dieses Spiegelbild sozial verhaftet ist. Unsere Identität ist ja nicht genetisch vererbt, sondern ein Ergebnis hochkomplexer, sozialer Prozesse. Übrigens – dass Identität etwas mit Unverwechselbarkeit zu tun hat, also etwas Individuelles ist, das ist eine sehr moderne Denkweise. Eine gewissermaßen *persönliche Identität* kommt erst mit der Aufklärung und ihren Vorläufern in unser Bewusstsein – cogito ergo sum: Ich denke, also bin ich … Sie wissen? … Descartes? … Aber auch schon mit der Reformation, in welcher Luther den einzelnen Menschen Gott direkt gegenüberstellt … das geht ja nur mit einem Individuum, nicht wahr.«

Schielin nickte, ebenso Jasmin Gangbacher, obgleich sie von dem eben Gehörten völlig überfahren waren. Die Ärztin setzte freundlich hinzu: »Für sie ist es doch aber gar nicht so schlimm. Die Identität von Frau Kohn ist ja erfasst – Sie werden sicher einen Ausweis von ihr gefunden haben, also haben Sie die über das blanke Erinnern hinausgehenden Daten ihrer Identität, wie sie in unseren Gesellschaften erforderlich ist – eine Identitätskarte. Etwas mager sicher, aber immerhin etwas. Obwohl Frau Kohn nicht mehr weiß Frau Kohn zu sein, können wir mit diesem neckischen Papierchen alles Weitere in die Wege leiten – zum Beispiel die Abrechnung mit der Krankenkasse, wobei wir wieder bei den wichtigen formellen Dingen wären.«

Schielin nickte schnell. Er sah an ihrem nachdenklichen Blick, dass sie nachsann und wollte keinen theoretischen Ausflug in die theoretische und praktische Identitätsbildung anderer Gesellschaften riskieren.

Sie schien das Gesuchte in ihrer Erinnerung gefunden zu haben, denn sie lachte plötzlich und sagte: »Wissen Sie, dieser kleine Witz bei uns Gehirnklempnern, der hat schon seinen tieferen Sinn …«

Schielin sah sie erwartungsvoll an. Es gab also Witze.

Sie sagte: »Wenn Sie nicht wissen, wer Sie sind, dann fragen Sie doch mal jemand anderen.«

Er lachte.

Für eine Weile erfüllte wohltuendes Schweigen den Raum. Dann fragte er: »Wie lange kann Frau Kohn hierbleiben?

»Vorerst kein Problem. Wir kennen ja jetzt den Hintergrund und werden uns mit den entsprechenden Behörden in Verbindung setzen. Da keine Angehörigen mehr vorhanden sind, die sich um die formellen Dinge kümmern könnten, wird das Vormundschaftsgericht wohl eine vorübergehende Betreuung für sinnvoll halten. Das wird ein in solchen Angelegenheiten erfahrener Anwalt oder Notar übernehmen.«

Schielin saß in Gedanken versunken gegenüber.

Die Schwester kam zurück und hatte die Kleidung von Carmen Kohn, die sie bei ihrer Einlieferung getragen hatte, dabei. Sie war noch nicht gewaschen worden.

Schielin war von dem, was er erfahren hatte, wie benommen und empfand den feinen Schweiß am Körper mit einem Mal wie ein Gefängnis. Jasmin Gangbacher fuhr schweigend in Richtung Innenstadt. In der Oberamteistraße stand dem Gedanken einer funktionalen Architektur des 19. Jahrhunderts das skurrile Erfordernis von Parkplätzen in Form von Eisengittern, Gestängen und Beton gegenüber. Aber was hätten die schon lange verstorbenen Planer von Autos wissen sollen.

Schielin und Jasmin Gangbacher holten die polizeilichen Unterlagen über Carmen Kohn in der Geschäftsstelle ab. Es waren ein paar magere Blätter, die darüber Auskunft gaben, eine orientierungslose Person wegen Verdachts des Betruges in Gewahrsam genommen zu haben. Schielin überflog die Zeilen des Berichts aus Friedrichshafen. Wie war Carmen Kohn nach Friedrichshafen gekommen, ohne Geld, ohne zu wissen, was sie in Friedrichshafen wollte?

Er bedankte sich bei den Kollegen und bat Jasmin Gangbacher, nicht sofort zurück nach Lindau zu fahren, sondern Richtung Innenstadt. Er brauchte Menschen um sich, die ihn nicht kannten, und er brauchte die Offenheit und Großzügigkeit, mit der einem die Altstadt empfing. Es war der großzügige Raum rund um den Blaserturm, der dem öffentlichen Leben gelassen wurde und für eine gewisse Freude an Verschwendung sprach, die man dem Schwäbischen eigentlich nicht zugestand. Aber Ravensburg entsprach nicht den gängigen Maßstäben und Klischees, weil auch hier der Wind der Berge und des Sees sich noch in den Dächern verfing und alles weiter machte.

Jasmin Gangbacher entspannte in einem Café. Schielin musste den Stau an Emotionen, der sich in der Weissenau in seinem Innersten gebildet hatte, erst einmal durch Bewegung abhelfen. Ein störrischer Ronsard, den man hätte zerren, schieben, beschimpfen und bitten müssen, wäre jetzt gerade recht gewesen. Die Hitze hätte ihr Übriges getan, einem den blanken Menschen wieder zurückzugeben, aufgearbeitet und frei für Neues. Neues sollte bald kommen.

*

Schielin konnte die ganze Nacht nicht schlafen. Kaum hatte ihn ein erster Schlummer erfasst, brachen die Träume über ihn herein. Das Schicksal Carmen Kohns machte ihm Angst. Angst davor, eines Tages aufzuwachen und Marja nicht mehr als Marja zu erkennen. Und so oft er seine zwei Gören zum Teufel gewünscht hatte – es war ihm ein Graus daran zu denken, sie auf einmal nicht mehr als die zu erkennen, die sie waren. Schlimmer aber war die andere Sicht auf die Dinge, die ihm die Ärztin eröffnet hatte. Schlimmer war es, selbst von einem Menschen, der einem etwas bedeutete, nicht mehr erkannt und als Fremder behandelt zu werden. Er wollte sich das nicht vorstellen, seine Gedanken gar nicht in dieses Dunkel wandern lassen. Es ging gut, solange er wach war, doch die Träume nahmen keine Rücksicht auf das, was man wollte, oder nicht wollte. Noch vor der Morgendämmerung stand er auf und trank zwei Gläser Wasser, während er nachsann.

Carmen Kohn war äußerlich unverletzt in Friedrichshafen aufgegriffen worden. Soweit es dem Bericht der Kollegen aus Ravensburg zu entnehmen war, hatte sie die Nacht von Montag auf Dienstag im Freien verbracht. In einem Durchgang zwischen Zeppelinhalle und Fährhafen. Einer Streife war sie dort erstmals aufgefallen. Im Laufe des Dienstag war sie dann in eines der Cafés gegangen, hatte gegessen und getrunken, ohne anschließend zahlen zu können. Erst hielt man sie für eine gewöhnliche Zechprellerin, doch ihr Äußeres, die Art und Weise, wie sie sich ausdrückte und die Tatsache, dass sie nichts bei sich führte, was auf ihre Identität hätte schließen können, hatte sie letztendlich in die Weissenau gebracht. Die Kleidung, mit der man sie aufgegriffen hatte, war noch nicht gereinigt worden. Schielin hatte beim Auspacken auf der Dienststelle festgestellt, dass nicht ein einziger Blutspritzer daran zu finden war. Auch Wenzel, der spät in der Nacht noch gekommen war, schüttelte resigniert den Kopf.

Schielin stellte das Wasserglas vorsichtig zurück auf den Tisch, um keinen Krach zu machen. Carmen Kohn hatte also ihr Gedächtnis verloren und es gab keinerlei objektive Spuren, die darauf hinwiesen, dass sie mit der Tat zu schaffen hatte. Daran hatte er auch nie wirklich geglaubt. Den Körper in die Plastiktüte zu rollen und unter den Verschlag unter der Treppe zu schaffen, hätte er der Frau, die er bislang nur von Fotos kannte, nicht zugetraut.

Für einen Augenblick überlegte er ernsthaft, ob es nicht besser war den Fall abzugeben. Im Moment wusste er so recht nicht mehr weiter und hatte das Gefühl sich im Kreise zu drehen. Dann sah er Carmen Kohn wieder vor sich, wie sie ihm interessiert zuhörte und keine Regung zeigte, weil sie keine Vorstellung von dem hatte, wer und wie ihr Mann gewesen war, weil ihr jegliche Erinnerung daran fehlte. Sie wusste über sich selbst nur, dass sie existierte. Woher die Kleider stammten, die sie trug, gehörte schon zu jenen Berichten und Erzählungen, die sie glauben musste.

Aber wenn sie mit der Mordtat nichts zu schaffen hatte – welches schockierende Erlebnis war dann für ihren Erinnerungsverlust verantwortlich? Was war an diesem verdammten Montag im Hause Kohn geschehen?

Zu viel, dachte Schielin. Es war ganz sicher zu viel, was sie erlebt hatte, was sie erleben musste, und je mehr er an sie dachte, desto weniger erschien ihm ihre Lebenslage bemitleidenswert. Vielleicht war es auch eine gnädige Situation, wie eine Fremde auf das eigene Leben zu schauen.

Die Morgendämmerung zog langsam herauf. Er wollte den Sonntagmorgen nutzen, um seine Gedanken zu klären, und plante dazu eine frühe Runde mit Ronsard. Danach musste er schnell duschen, um Marja in die Kirche zu begleiten. Sie hatte es angemahnt und wollte nicht schon wieder alleine gehen. Schielin kroch in die alten Trekkingschuhe und ging hinaus. Drüben bei Albin Derdes war alles noch still. Eine Amsel flatterte vorbei. Er blieb stehen und lauschte in die morgendliche Stille – etwas passte nicht. Er sah hinüber zur Weide, die noch in halbem Hell und halbem Dunkel lag. Nur das frische Blattwerk der Bäume hatte schon etwas Zeichnung und markierte den Tag. Dann sah er es. Ein Stöhnen drang ihm aus dem Leib. Langsam ging er darauf zu und sein Blick suchte instinktiv den Waldrand ab. Erich Gommert hatte also doch recht gehabt.

Er atmete kontrolliert, als er nur noch wenige Meter vor dem alten Nussbaum stand, der den Platz zwischen Haus und Weide beherrschte. Von einem der ausladenden Queräste hing ein Strick. An dessen Ende der tote Körper einer schwarzen Katze. Schielin beschleunigte seine Schritte und rannte zur Weide. Hinten am Waldrand standen die Friesen und Ronsard, wie immer am Birnbaum. Atemlos vor Zorn kam Schielin am Zaun an und entgegen den sonstigen Gepflogenheiten trabte Ronsard mit schnellen Schritten herbei und stieß seine Mehlschnauze zur Begrüßung gegen Schielins Schulter.

Der kontrollierte mit einem schnellen Blick, ob alles in Ordnung war, kratzte seinem Esel ein paar Mal über die Nase und ging wieder zurück zum Haus. Er hätte rennen wollen, doch das Gefühl beobachtet zu werden, veranlasste ihn langsam zu gehen. Er wollte einem Unbekannten keine Freude bereiten. Der Leib der Katze war aufgeschnitten. Am Boden hatte sich ein kleiner Fleck Blut gebildete. Zu wenig. Hier war sie nicht getötet worden. Zurück am Haus sah er die Bescherung. An der Türe drohte ein großes X in schwarzroter Farbe. Conrad Schielin bezweifelte, dass es sich hier um das Symbol für eine Suche handelte. Dieses X stand für nichts anderes als für eine Warnung, vielleicht auch eine Drohung.

Kimmel hatte sich sofort von seiner Frau zu Schielin fahren lassen. Aus welchem Grund auch immer, aber er war der Erste. Gleich nach ihm kam Wenzel. Auch er wurde gebracht. Ein schwarzes Cabrio mit Memminger Kennzeichen fuhr vor. Eine Braunhaarige steuerte den BMW, stieg mit Wenzel aus, besah sich die Bescherung und wünschte abgeklärt viel Erfolg. Dann fuhr sie wieder.

Drinnen, im Haus, saß Kimmels Frau mit Marja und trank Kaffee. Die Mädchen schliefen noch. Kimmel wanderte zwischen Anwesen und Weide hin und her. Nachdem

Wenzel die Spurensicherung erledigt hatte, ließen sie die Katze samt Seil in eine Plastiktüte gleiten. Schielin wusch das blutige X mit warmem Wasser von der Türe.

Kurze Zeit später saßen alle in der von Kaffeedunst erfüllten Stube. Die Mädchen waren blass und still, obwohl sie von allem nichts mitbekommen hatten.

»Was werdet ihr machen?«, fragte Wenzel.

Schielin zuckte mit den Schultern. »Muss überlegen.«

Marja schüttelte den Kopf.

Kimmel war zu aufgebracht, um etwas Vernünftiges sagen zu können. Er schwieg zunächst. Dann presste er ein »Wo bleibt die denn!« hervor. Kurz darauf kam Jasmin Gangbacher und nahm alle drei mit zur Dienststelle.

Wieder nichts mit Kirche, dachte Schielin. Von Robert Funk wusste er, dass er den Vormittag in der Versöhnerkirche im Zech verbrachte, wo Pfarrer Gruber und seine Frau verabschiedet wurden. Sie hatten sich vor Kurzem darüber unterhalten und Funk hatte ganz unglaubliche Dinge berichtet – dass Pfarrer Gruber nämlich aufhören wollte Pfeife zu rauchen. Gommert hatte nur gemeint, dass es dann gut sei, dass er in Ruhestand ginge, weil das für alle Beteiligten, inklusive Heiliger Geist, eine derartige Umstellung wäre, die gar nicht zu bewältigen sei.

Schielin war froh, dass sie Robert Funk heute Morgen nicht erreicht hatten.

Bis zum Sonntagmittag waren alle auf der Dienststelle versammelt und wurden von Schielin über das unterrichtet, was er in der Weissenau erlebt hatte – eine Carmen Kohn, die mit den Geschehnissen, die die hier in der Runde Versammelten bedrückte, rein gar nichts mehr zu tun hatte. Während er von dem befremdlichen Zusammentreffen erzählte, fragte er sich, was geschehen würde, wenn ihre Erinnerung wider Erwarten aufleben würde, aus nicht mehr für existent gehaltenen Nervenzellen wieder ans Licht der Erinnerung drängte.

Kimmel war es, der über die getötete Katze und das Blutkreuz an Schielins Tür berichtete. Robert Funk hatte aus dem Zech eine Flasche Müller-Thurgau aus dem Haus Gierer und einen Williams vom Witzigmann aus Bodolz mitgebracht. Er schraubte den Williams auf und holte ein paar kleinere Gläser. Nicht einmal Kimmel hatte dagegen etwas einzuwenden. Nach allem, was geschehen war, nach den Erlebnissen, die zu verarbeiten waren, tat das kunstvoll extrahierte Aroma der Williamsbirnen der Seele mehr gut, als es dem Leib schaden konnte. Die homöopathische Menge konnte eh keinem etwas anhaben. Nun gut, es war verboten, doch Männer zu erstechen und tote Katzen an Birnbäumen aufzuhängen war auch nicht erwünscht.

Conrad Schielin ließ die anderen ihre Arbeit tun und machte sich auf den Weg nach Hause, wo er sich in seine Kammer unter dem Dach zurückzog. Er brauchte Musik, um seine Gedanken zu klären.

Lena lauschte auf die Klänge, die aus dem Dachzimmer kamen, und sagte: »Oh je. Da ist er aber jetzt schlecht drauf, wenn er diese komische Musik spielt«, und mit einem Ausdruck von Bedauern und Fassungslosigkeit fügte sie hinzu: »Langspielplatten.«

Lauras Blick signalisierte Zustimmung.

»Das ist Pavlovs Dog«, erklärte Marja gedankenverloren und lauschte den Klängen nach.

Lena meinte: »Wenn danach der singt, der nicht singen kann, dann ist es ganz schlimm.«

Bald darauf wummerte Leonard Cohens vibrierender dunkler Sprechgesang durchs Haus. *Suzanne.*

Als Schielin nach vielen weiteren LPs herunterkam, hatte er eine Entscheidung getroffen, die er Marja mitteilte. »Mir wäre es recht, wenn ihr morgen in die Schweiz fahren würdet, auf die Berghütte deiner Eltern. Ich hielte das für das Beste und gar keine so schlechte Idee. Das Ganze ist für mich zu undurchsichtig und ich möchte mir nichts vorwerfen müssen. Das mit der Schule wird sich klären lassen, die paar Tage bis zu den Pfingstferien ...«

*

Ein Anruf von Robert Funk informierte ihn darüber, dass die Streife auf der Insel, in der Ludwigstraße, hinter dem Hotel Seegarten, einen schwarzen Van mit schweizerischem Kennzeichen festgestellt hatte. Ein Herr Brüggi saß bereits auf der Dienststelle und wartete in nervösem Zustand auf eine Befragung. Mehrfach hatte er schon verlangt, Kontakt mit der schweizerischen Botschaft zu erhalten, wie Funk berichtete.

Schielin machte sich umgehend auf den Weg.

Es war eine Plage, dieser Fall.

Beat Brüggi war ein impulsiver Mittfünfziger von untersetzter Statur. Ein grauer Haarkranz umfasste den runden Schädel. Zwei funkelnde Augen ließen auf einen wachen Geist schließen und die tiefe Stimme klang selbstbewusst. Er trug einen edlen dunklen Anzug, hellblaues Hemd, dazu eine dunkle Krawatte, die von keinen infantilen Mustern entstellt war. Am Handgelenk hing eine schlichte und umso teurere Schweizer Automatik und der breite Goldring am Ringfinger der rechten Hand war daneben der einzig sichtbare Schmuck.

Conrad Schielin ließ gleichmütig die erste Welle verbalen Unmuts über sich hinwegrollen. Als Brüggi merkte, dass sein Verhalten nichts bewirkte, entspannte er, ganz Geschäftsmann, und sank ruhig in den Stuhl zurück, entließ Schielin jedoch nicht einen Augenblick aus dem Griff seiner Augen.

Der wusste, dass sein Gegenüber noch nicht über die Geschehnisse informiert worden war. Seine erste Frage lautete daher: »Herr Brüggi. Kennen Sie einen Gundolf Kohn?«

Das entrüstete »Ja, aber selbstverständlich!« zeigte Schielin, dass Brüggi entweder wirklich nicht wusste, was geschehen war, oder es gut verbergen konnte.

»Ihr Aufenthalt hier steht mit Herrn Kohn in Zusammenhang«, sagte Schielin ruhig und beobachtete die Reaktion.

Brüggi lachte laut und frei. »Erzählen Sie doch keinen Unsinn. Wir sind seit über zehn Jahren enge Geschäftspartner und noch nie hat es irgendeinen Streit gegeben. Lassen Sie das! Ich bin Schweizer Staatsbürger und werde hier ohne Rechtsgrundlage festgehalten, das geht so nicht!«

Er sprach wie jemand, der wusste, was er wollte und es war trotz der vitalen, bestimmenden Art nicht unsympathisch.

Schielin musste zur Sache kommen. »Wir haben Herrn Kohn erstochen und in einen Plastiksack verpackt unter einem Verschlag der Treppe seines Hauses aufgefunden. Die Tatzeit haben wir auf Montag zurückberechnen können. Ein Zeuge sagte uns, dass an diesem Tag, jenem Montag letzter Woche, ein schwarzer Van mit St. Galler Kennzeichen vor dem Kohnschen Haus in Heimesreutin stand. Das war doch Ihr Wagen, nicht wahr?«

Beat Brüggis Gesichtsfarbe hatte schlagartig einen fahlen Schlag erhalten und das erregte Rot auf den Backen verschwinden lassen. Er schwieg erschrocken, sein Körper aber arbeitete, musste das gerade Gehörte regelrecht verdauen. Die Beine gingen einen Schattengang, mehrfach drückte er die Hände vor der Brust ineinander. Seine Stimme war belegt, als er wieder sprach, und das war schwer zu schauspielern, wie Schielin fand.

»Am letzten Montag sagten Sie?«

Schielin nickte.

Brüggi holte tief Luft. »Da war ich bei Kohn … das heißt ich wollte zu ihm, aber das Haus war verschlossen und … ich bin ums Haus gegangen, habe im Garten geschaut, ein paar Mal gerufen. Es war aber niemand da … und ich bin dann wieder gefahren.«

Das Lodernde in seinen Augen war verschwunden. »Bin ich hier als Verdächtiger?«, fragte er.

»Nein«, sagte Schielin bestimmt und beruhigend, »aber wir müssen Sie befragen, Sie werden das verstehen. Ihr Auto wird übrigens gerade untersucht.«

»Ah, so. Deutsche Gründlichkeit …«, reagierte Brüggi sarkastisch, »also bin ich tatsächlich überhaupt gar nicht ein wenig verdächtig.«

Schielin erinnerte sich an die offene Haustüre. »Sie sagten, das Haus war versperrt. Wie haben Sie das festgestellt?«

Brüggi blickte ihn verwundert an. »Ich habe geklingelt, so wie man das eben macht und dann habe ich versucht die Türe zu öffnen. Ich war schließlich kein ganz Fremder bei den Kohns, aber die Türe war versperrt.«

»Mhm. Und dann?«

»Bin ich wieder zurück ins Hotel gefahren und wollte später wiederkommen. Aber ich habe telefonisch auch niemanden erreichen können. Die im Hotel können das bestätigen, wenn Sie das brauchen.«

Schielin nickte. »Gut. Welche Geschäfte machten Sie genau mit Gundolf Kohn?«

»Bücher. Er gehört … gehörte … zu den besten Restauratoren alter, beschädigter Bücher und ich betreibe so eine Art Agentur, bin Mittler für Menschen, die an alten Büchern große Freude finden … ich arbeite aber auch für die Kuratoren großer Bibliotheken, St. Gallen, Sevilla … ein internationales Geschäft«, er hob beide Arme beschwörend empor, »Gundolf Kohn hat aus Wracks echte Kunstwerke erstehen lassen. Große Handwerkskunst. Er hatte eine eigene Technik entwickelt, ausgerissenes, zerfressenes oder verfaultes Papier ersetzen zu können, ohne dass man das auf den ersten oder zweiten Blick hätte sehen können. Völlig perfekt.«

Schielin spürte das innere Feuer, den positiven Fanatismus, den Brüggi *seinen* Büchern, und zweifelsfrei fühlte er sich allen gegenüber als Besitzender, entgegenbrachte.

»Und … was ist mit Frau Kohn?«, fragte Brüggi nach einer Weile des Schweigens, »was ist mit ihr?«

»Sie ist derzeit in einer Klinik, kann uns aber im Moment nicht weiterhelfen«, lautete Schielins ausweichende Antwort.

Beat Brüggis Stimme wurde leise. »Ist sie schwer verletzt?«

»Nein, das nicht«, sagte Schielin.

Plötzlich riss Brüggi die rechte Hand vor den Mund. »Mein Gott, das Buch! Das Buch!« Er erhob sich, stützte sich mit beiden Händen auf dem Tisch ab und fragte aufgebracht: »Ist das Buch denn noch im Haus?«

»Von welchem Buch reden Sie?«

Beat Brüggi benötigte einige Zeit seine Gedanken zu ordnen und sich selbst. Seine Beine und Hände drückten seine innere Aufgebrachtheit und Hilflosigkeit besser aus als alle Worte, die er hätte sagen können. »Das Buch, dessentwegen ich am letzten Montag hier war und dessentwegen ich dieser Tage wieder hier in Lindau weile. *Die sieben Martern*. Ein mittelalterliches Werk, in welchem es um Beschwörungsformeln, Tränke, Düfte, eben all das Zeug geht, was mit okkulten Dingen zu tun hat. Furchtbares, mittelalterliches Zeug, fürwahr, doch ... einzigartig schön und von gesegneten Händen gefertigt. Haben Sie das Buch im Haus gefunden?«

Schielin machte eine abwehrende Geste. »In der Werkstatt von Gundolf Kohn lagen einige dieser schweren alten Bücher herum, vielleicht ist es da dabei.«

Beat Brüggi setzte sich erschöpft. »Ah ... nicht in der Werkstatt, dieses Buch liegt nicht in der Werkstatt herum. Vielleicht hat er es ja im Versteck.«

»In welchem Versteck?«

»Wir haben oft darüber gestritten, dass er keinen Tresor oder so etwas Ähnliches hatte, wo er die wertvollsten Bücher hätte verwahren können. Ich war darüber ganz unglücklich. Er hat mir, wenn ich dieses Thema aufbrachte, immer nur lächelnd gesagt, dass er das nicht bräuchte, da das Haus über ein Versteck verfügte, welches besser als jeder Tresor wäre. Er meinte einmal auch, dass das nicht das einzige Geheimnis des Hauses sei. Könnten wir nicht rausfahren ... und nachsehen?«

»Später«, entschied Schielin, dem Bücher nicht davonlaufen würden. Es war ihm bewusst, dass ab jetzt jede weitere Frage Brüggi quälen würde.

»Wie beurteilen Sie das Verhältnis des Ehepaars Kohn zueinander?«

Beat Brüggi rollte mit den Augen. »So oft war ich nun auch nicht im Hause Kohn.«

Schielin gab ihm mit dem Kopf ein Zeichen, dass er sich nicht zieren sollte.

Widerwillig begann er: »Also ... Frau Kohn hielt sich immer sehr zurück. Sie war eine fantastische Köchin ... sie hat ja lange Jahre in Frankreich verbracht ... das merkte man schon. Prächtige Küche. Tja … was soll ich sagen«, er fixierte Schielin mit einem prüfenden Blick, »in den letzten Monaten, da war das schon etwas anders, das Verhältnis …«

»Und wie anders war es?«

»Also Sie müssen wissen, Gundolf Kohn war ein begnadeter Restaurator und aus diesem Grund stand ich in Kontakt zu ihm und schätze … schätzte ihn sehr. Er war in seinem Metier ein wahrer Künstler und hatte den nötigen Fanatismus, um zu den Besten zu gehören. Als Mensch aber war er eher schwierig.«

»Geht es konkreter?«

Brüggi zuckte mit den Schultern. »Er konnte ein ziemlicher Kotzbrocken sein. Er war penetrant auf Ordnung bedacht, ganz furchtbar. Ich habe nie etwas mit ins Haus genommen, er hasste es, wenn man etwas wohin legte. Aber gut, jeder hat seine Marotten. In letzter Zeit kam er mir allerdings verändert vor, nicht hinsichtlich seines deutschen Ordnungssinns, nein, er war auf eine herausfordernde Art aufgekratzt? So meinte ich ihn erlebt zu haben, ja.«

Schielin ließ den deutschen Ordnungssinn durchgehen und fragte: »Aufgekratzt … herausfordernd?«

»Ja. Ich meine damit einen euphorischen Zustand, der ganz und gar unangenehm auf die Umwelt wirkt, wegen einer Aggressivität, die dieser Gemütslage innewohnt. Wissen Sie, er gehörte nicht zu den Menschen, die in der Lage waren eine Freude mit anderen zu teilen. Es schien aber etwas zu geben, was ihn erfreute, auf ganz besondere Weise … es war seltsam.«

»Noch konkreter … haben Sie eine Ahnung?«

»Vielleicht. Dieser Zustand war für Frau Kohn sehr unerfreulich.«

»Inwiefern.«

»Ich musste leider miterleben, wie er sie in meinem Beisein beschimpfte und beleidigte. Übel. Wissen Sie, er war ja nicht gerade groß gewachsen, oder als stattlicher Mann zu bezeichnen … eher ein … ein kleiner Giftzwerg.« Dem Geschäftsmann Beat Brüggi war anzumerken, wie unangenehm es ihm war, derart über einen ehemaligen Geschäftspartner zu reden, der noch dazu ermordet worden war. »Sie wollten es also konkret.«

Schielin deutete Zustimmung an. »Sicher. Was meinen Sie, könnte der Grund für dieses Verhalten seiner Frau gegenüber gewesen sein?«

Beat Brüggi musste nicht überlegen. »Also ich habe mir einmal gedacht, er hat eine andere und will seine Frau durch dieses Verhalten wegekeln.«

»Mhm. Wie hat denn Frau Kohn auf dieses Verhalten reagiert?«

»Mit einer erschreckenden Gelassenheit. Das hat ihn glaube ich rasend gemacht, dass sie sich davon nicht hat beeindrucken lassen. Jedenfalls wirkte es so auf mich. Man kann aber natürlich nicht in einen Menschen hineinschauen. Sie tat mir leid.«

Für Schielin war das, was Brüggi da gesagt hatte, durchaus interessant. »Kennen Sie Frau Nora Seipp?«

»Die Rothaarige mit den grünen Augen?«

»Ja, die.«

Brüggi schmunzelte. »Na ja … kennen … ich habe sie einige Male im Haus Kohn gesehen. Sie lernte bei ihm, kam aus dem Bereich Kultur- oder Kunstwissenschaft, soweit ich mich erinnere. Sie war sehr interessiert und hat gute Arbeiten geliefert, wirklich …«

»Könnte sie der Grund für Gundolf Kohns Verhaltensänderung gewesen sein?«

Beat Brüggi verneinte energisch. »Nicht Verhaltensänderung, das habe ich wohl falsch ausgedrückt. Kohn war grundsätzlich ein unangenehmer Mensch. In letzter Zeit war das Unangenehme jedoch weit in den Vordergrund getreten ... Ihre Frage Frau Seipp betreffend ... hm ... das kann ich mir eigentlich nicht vorstellen. Bei den wenigen Gelegenheiten, in denen ich beiden begegnet bin, da war sie ihm gegenüber sehr reserviert, sehr sachlich. Nein, also ... diese Frau hätte sich auch niemals mit Kohn eingelassen«, er lachte, »nein, nein, nein.«

»Wieso denn nicht?«, fragte Schielin.

»Eine andere Welt! Sie haben diese Frau doch gesehen. Gundolf Kohns Qualität bestand darin, alte Bücher auf höchstem Niveau restaurieren zu können, dazu war er auf der Welt. Er interessierte sich auch für nichts anderes. Diese Nora Seipp passt da einfach überhaupt nicht rein. Seine Frau schon eher.«

Schielin kehrte noch einmal zurück. »Aber das mit Nora Seipp? Gänzlich ausschließen ... das würden Sie nicht tun, oder? Denn es ist so – es gab keine anderen Gelegenheiten, in denen Gundolf Kohn eine *andere* hätte kennenlernen können. Jedenfalls ist uns bisher nichts darüber bekannt geworden.«

Beat Brüggi atmete lange und gequält aus. »Ausschließen kann ich natürlich nichts, schon gar nicht *gänzlich* ... und es stimmt – die beiden lebten da draußen im Grunde genommen wie in einem selbst gewählten Gefängnis, sehr für sich, sehr isoliert.«

»Das Ehepaar Kohn ging ab und an in Konzerte und Theatervorstellungen, danach zum Essen – mit einem leger befreundeten Ehepaar hier aus Lindau«, warf Schielin ein.

»Ich weiß davon. Es waren sicher grässliche Abende für Herrn Kohn.«

»Wüssten Sie denn einen Grund für diese Zurückgezogenheit?«

Beat Brüggi lehnte inzwischen locker im Stuhl. »Nein, aber ich muss mich wieder korrigieren. Nicht sie lebten dort wie in einem Gefängnis, sondern: *sie* – Frau Kohn lebte wie in einem Gefängnis. Er war damit zufrieden. Für ihn war es genau so, wie er es wollte. Alles in dem Haus war genau so, wie er es wollte. Das zumindest ist meine Einschätzung. Ich hatte nur bei einigen Essen die Gelegenheit mit ihr zu reden, eine sehr gebildete Frau ... zurückhaltend, aber angenehm. Sie hatte etwas Geheimnisvolles, Entrücktes dadurch.«

»Mhm. Eine völlig andere Frage, Herr Brüggi. Kennen Sie einen gewissen Herrn Laurenz Brender?«

Beat Brüggi lachte kurz und höhnisch auf. »Ja. Seit Kurzem.«

Schielin sah ihn fragend an.

»Ach, dieser Herr Brender. Sehen Sie, es ist so. Ich handele nicht nur mit Büchern, ich liebe sie geradezu; ich liebe die Handwerkskunst daran und das, was sie uns erzählen. Es bereitet mir große Freude, alte Werke, Enzyklopädien, Erstausgaben, was auch immer, zwischen Liebhabern zu vermitteln, oder einem seltenen, in die Jahre gekommenen Buch einen guten Platz in einer Bibliothek zu verschaffen. Brender – ich meine den Vater von Laurenz Brender –, das war einer dieser Büchernarren, dieser Liebhaber. Wir haben über die Zeit einige Geschäfte miteinander gemacht. Sein Sohn hat mich vor einiger Zeit kontaktiert. Er hat nicht den geringsten Bezug zu dem großen Wert der elterlichen Bibliothek. Er will nur Kohle sehen, verstehen Sie. Es muss schlimm für den Vater gewesen sein, zu sehen, dass sein Sohn keinen Zugang zu dieser Welt, zu diesem immensen Kulturschatz hatte, der in den Regalen dieses schönen Hauses ruht.«

»Vielleicht war es auch schlimm für Laurenz Brender,

sich nicht für die Dinge zu interessieren, die für seinen Vater eine so große Bedeutung hatten«, entgegnete Schielin.

»Jaja, das mag ja sein. Ich mag es nur nicht, wenn es nur ums Verscherbeln geht.«

»Ist es denn so?«

»Ja. Ich glaube dieser Laurenz Brender ist ein wenig ... klamm.«

»Ach so«, sagte Schielin und ließ das letzte Wort lange nachklingen. »Wir haben festgestellt, dass Herr Kohn einen hohen Bargeldbetrag im Hause hatte. Fünfzehntausend Euro. Haben Sie eine Vorstellung, wofür er das Geld benötigt hat?«

Beat Brüggi schürzte nachdenklich die Lippen. »Also mit mir hat das nichts zu tun. Unsere Transfers laufen bargeldlos, wie übrigens fast alles in diesem Bereich. Ich habe keine ...« Er stockte, als wäre ihm etwas eingefallen, verwarf es aber mit einem selbstvergessenen Kopfschütteln. »Nein, ich habe da keine Vorstellung.«

»Und diese Ahnung von eben?«

»Nur so ein dummer Gedanke.«

»Das sind meistens die interessantesten.«

»Na ja, ich dachte ... vielleicht ... aber das traue ich dem Kerl nun doch nicht zu ... aber ... dass vielleicht Laurenz Brender direkt mit Kohn Geschäfte machen wollte.«

»Sie meinen, das Geld hätte für ein Buchgeschäft mit Laurenz Brender bestimmt sein können?«

»Es war nur so eine Idee«, versuchte Brüggi den Gedanken zu verflüchtigen.

»Entschuldigen Sie die Frage, Herr Brüggi, aber wozu bräuchte Brender Sie denn ... ich meine ...«

»Weil er keine Ahnung hat, was die Bücher wert sind, dieser Kretin. Und gemeinhin wohnen meine Kunden nicht ein paar hundert Meter voneinander entfernt. Ich erhalte mein

Honorar für mein Wissen, für meine Kontakte, für die Abwicklung des Geschäftes an sich und für meine Seriosität.«

Das stimmt, dachte Schielin.

Nach dem Gespräch fuhr er zusammen mit Brüggi ins Haus nach Heimesreutin. Das Buch, von dem zuvor die Rede gewesen war, befand sich nicht unter denen in der Werkstatt, und wo hier ein Versteck sein sollte, konnte sich Schielin beim besten Willen nicht vorstellen, nachdem sie das Haus bereits zweimal komplett auf den Kopf gestellt hatten.

»Was macht dieses Buch denn so wertvoll?«, fragte er auf dem Rückweg.

Brüggi sah ihn verständnislos an. »Es gibt nur drei Exemplare und ich möchte behaupten auch ein paar Menschen, die morden würden, um in den Besitz eines solchen Buches zu gelangen. Es umfasst eine Sammlung von Beschwörungsformeln, Zaubersprüchen. Unsinn natürlich, aber gerade in der okkulten Szene heiß begehrt. Was glauben Sie, wie viele sich heute für Hexenmeister halten und gern ein wenig zaubern würden. Es geht um Macht, andere wollen ihre Kinderträume ausleben, oder ihrem Versagen ein monströses Mäntelchen aus Wichtigtuerei überstülpen, was weiß ich … bei einigen bleibt es Spiel oder Spielart, bei anderen gewinnt das Ganze eine unangenehme Dynamik.«

»Sie scheinen sich mit diesen Dingen auszukennen.«

»Nicht wirklich. Es ist nur so, dass ich in meinem Metier nicht selten mit solchen Leuten zu schaffen habe, deren ganze Begierde auf ein paar neue Zeichen und ihre mögliche Wirkung ausgerichtet ist.«

»Und Sie können sich vorstellen, dass Menschen töten würden, um so ein Buch zu erlangen.«

Beat Brüggi sah Schielin verwundert an. »Na, Sie müssten doch eigentlich wissen, was so an Verrückten unterwegs ist.«

Schielin schnaufte zustimmend. »Wie viel ist dieses Buch in etwa wert?«

»Der Wert resultiert grundsätzlich aus der Machart des Buches und der Umsetzung der Inhalte – wie aufwendig der Einband ist, die verwendeten Materialien – Leder, Silber, das Papier. Dann der künstlerische Wert der Ausgestaltung – Schrift, Initialen, Ornamenten, Illustrationen. Dann natürlich das Alter. Und wenn der Inhalt dann noch von Bedeutung ist, es einen solventen Interessentenkreis gibt und nur noch wenige Exemplare verfügbar sind, tja, dann kann das schon sechs- bis siebenstellig werden. Und bei den *Sieben Martern* handelt es sich wirklich um ein Kunstwerk. Das Original wird in der Stiftsbibliothek St. Gallen aufbewahrt, diesem Tempel für Buchkunst«, Brüggi unterbrach und vollführte eine schwelgerische Bewegung mit den Armen, »Waren Sie da schon einmal, in St. Gallen, haben Sie sich dieses Wunder angesehen? Es ist unvorstellbar, diese Pracht. Und dieser feine Geruch nach Wissen.«

Schielin war dort gewesen und nickte.

Brüggi erzählte zufrieden weiter. »Neben dem Original existieren noch zwei handschriftliche Kopien. Eine davon hatte ich Gundolf Kohn gegeben, die zweite liegt in der Bibliothek in Sevilla. Es war in der Entstehungszeit nicht möglich dieses Buch zu drucken, weil damit das geheime Wissen Fremden zugänglich gemacht worden wäre. Außerdem drohten zum Ausgang des siebzehnten Jahrhunderts noch ganz andere Martern für ein derartiges Werk – die Inquisition war noch tätig.« Brüggi hob den Kopf. »War diese Maria Madlenerin eigentlich die letzte Hexe, die in Lindau hingerichtet worden ist, siebzehnhundertdreißig?«

Schielin verzog das Gesicht. Er hatte sich mit Hexen bisher nicht befasst. »Wir wollen es hoffen … aber zurück zu dem Buch. Wenn man es in schnöden Zahlen ausdrücken wollte, den Wert?«

»Versichert ist es mit neunzigtausend.«

»Euro?«

»Nein, Dollar.«

»Na, dann geht es ja.« Schielin wunderte sich zuerst, dass Brüggi den Verlust des Buches nicht bejammerte. Dann überwog aber der Respekt, denn er merkte, dass ihn der Verlust zwar schmerzte, er darüber aber kein Wort verlieren wollte.

Den Abend verbrachte Schielin gemeinsam mit seiner Familie, die ab morgen im Schweizer Exil sein würde. Er schlief wider Erwarten ruhig und fest. Im näheren und weiteren Umkreis tauchten die Nacht über einige Streifenfahrzeuge auf und hatten wache Augen.

Kartenspiele

Während der Morgenbesprechung war deutlich geworden, wie verfahren die Situation war. Eine wirklich überzeugende Variante wollte keinem einfallen und die Spurenlage war verheerend schlecht, obwohl Wenzel im Keller drunten tat, was er konnte. Er versprach beim LKA nochmals Druck zu machen. Vielleicht fanden die ja etwas.

Auf dem Weg von der Spurenauswertung kam Lydia Naber an Erich Gommerts Büro vorbei. *Hund*, wie ihn alle nannten, lag unter dem Schreibtisch und beäugte sie aufmerksam. »Was hat denn die Hedwig gesagt, zum Hund?«, fragte Lydia Naber.

Erich Gommert sah überrascht auf. »Ja … nix.«

Lydia Naber schnaubte. »Ja wie … nix!?«

»Ja, nix. Gefreut hat sie sich halt, dass des Tierle sich hat streicheln lassen.«

»Des Tierle haart aber auch ganz schön … bei euren Polstermöbeln und so …? «

Gommi winkte ab. »Ach, des geht schon. Jetzt gehen wir erst emole zur Hundeerziehung, so wie sich des gehört und sonst … ist grad schön, wenn des Hundle so daliegt. Ich moin emole des spart einiges an Medizin.«

Lydia Naber gestand sich ein, vom friedlichen Ablauf etwas enttäuscht zu sein und holte Schielin ab, mit dem sie nochmals zu den Kinkelins fahren wollte. Danach sollte dieser komische Brender an die Reihe kommen. Schielin konnte sich nicht vorstellen, dass keiner der beiden Alten etwas gesehen oder gehört haben wollte. Und von diesem Brender wollten sie nun wissen, was er am Montag vor einer Woche gemacht hatte.

Erna Kinkelin war im Garten beschäftigt, als sie in den Hof fuhren. Sie sah kurz auf, registrierte, wer gekommen war und wendete sich wieder ihrer Arbeit zu. Ihr Mann tauchte kurz im Stadeltor auf, beobachtete mürrisch, wie die beiden ausstiegen, und verschwand im Dusteren des Stadels. Das Gespräch mit Erna Kinkelin war mühsam. Sie jätete, harkte, schnitt, lief zwischendurch immer wieder zum Stadel, um Draht zu holen oder einen Bastfaden. Es war deutlich, dass ihr die Fragerei lästig war und Neues war von ihr nicht zu erfahren. Immer wieder flüchtete sie sich in Phrasen und Allgemeinheiten, die mit der Angelegenheit, weswegen die beiden Polizisten gekommen waren, nichts zu tun hatten. Sie erzählte, dass man den Morgen nutzen musste, solange die Temperaturen noch erträglich waren, dass die Rosen trotz des harten Winters voller Knospen waren, oder war es gerade wegen des kalten Winters?

Es war ein mühsames Unterfangen. Schielin unterließ es in irgendeiner Weise Druck auszuüben. Es war die Konsequenz, mit der sie den Fragen aus dem Weg ging, die ihn dazu bewegte, es sein zu lassen. Frustriert fuhren er und Lydia Naber zu Brender. Nur gut, dass alles so nahe beieinander lag.

Brender sah schrecklich aus. Unter eingefallenen, blassen Augenhöhlen hingen breite, blauschwarze Erschöpfungsflecken, die durch den Kontrast zum bleichen Gesicht umso heftiger in Szene gesetzt wurden. Brender war unrasiert und unausgeschlafen. Er sah heruntergekommen aus. Wieder nahmen sie im Wohnzimmer Platz – Bücherwand, Ledergarnitur, Fenster. Ohne Umschweife kamen sie zur Sache und fragten, ob er mit Gundolf Kohn ein weiteres Büchergeschäft hatte abwickeln wollen, ohne die Vermittlungsdienste Brüggis in Anspruch zu nehmen. Brender wich zunächst aus, was unsinnig war, denn er war nicht in der Verfassung den beiden standzuhalten, und gleich darauf berichtete er resigniert von einigen Büchern, an denen Kohn Interesse gehabt hatte. Wie er sagte, hatte es noch Verhandlungsbedarf für den Preis gegeben. Konkret war es um astronomische Fachbücher aus dem 18. Jahrhundert gegangen und um einige Erstausgaben irgendwelcher berühmter Autoren. Schielin fand es erbärmlich, wie wenig Brender von dem wusste, was er zu Geld machen wollte. Lydia Naber fragte, welchen Preis er sich vorgestellt hätte und konnte ein spöttisches Lächeln nicht verhindern, als Brender von gut zwanzigtausend Euro sprach. Sie wusste, dass Gundolf Kohn ihm die Fünfzehntausend hingelegt hätte, wenn überhaupt, und dann: *Vogel friss oder stirb!* Und Brender hätte gefressen.

Schielin fragte nach dem letzten Montag. Der Kerl, so verlottert und kraftlos er hier im Ledersessel hing, war ihm zutiefst unsympathisch. Verscherbelte die Bücher seines Vaters und oben lag die kranke Mutter … wie Leichenfledderei kam es Schielin vor.

Brender hatte ein Alibi. Er war bei einer Frau Sälzle gewesen, deren Adresse sie sich notierten. Danach hatte er einen Termin beim Notar wahrgenommen.

Die Frage von Lydia Naber, wer sich denn den Montag über um seine Mutter gekümmert hätte, wo er doch fast den gesamten Tag außer Haus gewesen sei, ließ er unbeantwortet.

Schielin meinte ohne Mitleid in der Stimme, dass er gestresst aussehe. Lange hatte er nach einer Formulierung gesucht. Heruntergekommen konnte man ja schlecht sagen. Brender fuhr sich mit einer fahrigen Geste über das Gesicht und meinte, dass es seiner Mutter sehr schlecht gehe.

Auch Lydias Frage, ob er in Geldnöten stecke, holte ihn nicht aus seiner abwesenden Fahrigkeit. »Wer hat die denn nicht«, sagte er und sah an beiden vorbei zum Fenster hinaus.

Später, im Auto dann, schlug Lydia Naber auf die Verkleidung und fluchte lauthals. Nichts ging voran, aber auch gar nichts.

Als sie bald darauf wieder auf den Hof der Dienststelle in der Ludwig-Kick-Straße einbogen, war Schielin uneins mit sich. Er ging hinüber zum Gesundheitsamt, ratschte ein wenig mit Esther, was ihm guttat, und verließ anschließend das Gebäude.

Albin Derdes war ihm wieder eingefallen. Wenn schon die rationalen Methoden keinen Erfolg verhießen, waren die vermeintlich abwegigen Bereiche vielleicht hilfreicher. Er ging zu Fuß die Ludwig-Kick-Straße entlang, passierte die Sportanlagen, das Valentin-Heider-Gymnasium und den Friedhof. Schon fast an der Kemptener Straße, bog er nach rechts ab, wo am Rennerle das ehemalige Café Wölfle, nun unter neuem Namen, lag.

Alle Tische auf der Terrasse unter den Linden waren besetzt. Belebender Duft von Kaffee hing in der Luft. Schielin durchschritt den einfallslosen Glasbau, der dem alten Gebäude der Zweckmäßigkeit halber und des Zeitgeistes wegen aufgezwungen worden war. Hinter der Türe zum Café erwartete ihn ein ganz und gar ungewöhnlicher Raum, wie er heutzutage niemals mehr geschaffen würde. Anregende Rottöne nahmen einen gefangen, zwangen in die einladenden Polster. Rechter Hand schwang in weitem, weichem Bogen eine generöse Fensterfront auf einen Punkt im Irgendwo. Eine Reihe Tische folgte dem Halbrund und jenseits der Glasscheiben breitete sich die Terrasse aus, umgeben vom gierigen Grün der Linden. Im Cafésaal gab es keine Winkel. Es war, als hätten die Wasser des Bodensees den Raum aus einem Ganzen herausgespült.

Schielin sah sich um. Gleich hinter der Türe unter der von

Blau dominierten, übermodernen Darstellung von Leuchtturm und Löwe war der Tisch, wegen dessen Besetzung er hierhergekommen war. Er klopfte zur Begrüßung auf die Tischplatte und setzte sich auf die Eckbank. Die vier Personen nahmen es zur Kenntnis und spielten weiter Schafkopf, ohne sich von der Anwesenheit des Kiebitzers stören zu lassen. Schielin saß und schwieg, wie es sich gehörte, wenn man fünftes Rad am Wagen war. Ihm gegenüber saß ein altes Weib. Die Katsch, wie sie genannt wurde. Er kannte sie von vielerlei Anlässen her. Sie war letztes Relikt einer alten Wirtsfamilie, die in Bregenz und Lindau ihre Stuben betrieben und hatte schon als Kind alle möglichen Kartenspiele gelernt – die erlaubten als auch diejenigen, die gleich nach dem Häuseranzünden kamen. Sie war mit einem Wort gesagt: ausgebufft.

Ihre Haare waren straff nach hinten gekämmt und ein dünner Knoten hing an ihrem Hinterkopf. Das Gesicht war gelblich-braun und voller Falten. Sie war hager, wirkte aber keinesfalls hinfällig oder schwach, denn ihre Augen brannten vor Spannung und Konzentration und ließen nicht los, von ihrem Blatt und von dem, was die anderen legten. Sie vermittelte einen durch und durch zähen Eindruck und ihre Stimme ließ keinen Zweifel über ihr hohes Alter aufkommen – schneidend, verbraucht und immer noch voller Energie und Boshaftigkeit. Alle Enttäuschungen ihres Lebens lagen in den krächzenden Lauten, die sie hören ließ, wenn sie einen Stich verlor. Demgegenüber standen das Leuchten ihrer Augen und ihr kirrendes, kurzes Lachen voll ehrlicher Freude über den Gewinn eines Stichs, oder Spiels. Je länger Schielin dasaß und dem Geschehen folgte, desto wohliger wurde ihm.

Neben der Katsch saß ein Kerl, der etwa im gleichen hohen Alter wie sie sein musste. Er hatte ein gutmütiges

Wesen und sein fleischiger Mund gab dem Gesicht mit roter, knolliger Nase ein beständiges Lächeln mit. Seine Stimme war tief und donnernd, was zunächst nur an dem kurzen, anfallartigen Lachen zu hören war, wenn er gewann oder verlor. Ein wenig sah er aus wie ein verlaufener Teig. Er sagte selbst nichts, kommentierte immer nur die Sprüche der anderen. Solos waren nicht seine Sache – im Leben nicht und im Spiel hier desgleichen. Neben Schielin saß ein ewig frisch pensioniert aussehender Berliner, der über die Bahn nach Lindau gekommen und hier hängen geblieben war. Er besprach ständig die Spielsituation und war seiner Sprachmelodie nach eindeutig seiner Heimatstadt zuzuordnen. Der Vierte war ein langer Schlaks, der weder lachte noch jammerte oder irgendein Wort verlor. Schielin taufte ihn den Stummen. Er beobachtete, wie ihm ein langes Nervenzucken über das Gesicht lief, als der Gutmütige mit langsamer Bewegung die Herz-Ass auf einen Eichel-Zehner fallen ließ, den er angespielt hatte. Der Berliner hatte den Eichel-König wortlos weggeworfen und nach der roten Sau fiel die Eichel-Ass, der die Katsch einen bösen Fluch nachschickte. Sie unterbrach ihr Fluchen und widmete sich dem Gast. »Hat die Bullerei nichts Besseres zu tun, Herr Conrad, eh, als mir beim Unglück zuzusehen?!«

»Spannend ist es allweil zu sehen, welchen Weg das Glück nimmt.«

Der Berliner krähte los. »Glück, Glück … Können isset! Mitzählen, aufpassen, rechnen, denken, Stratejiie, wa! Deswejen hockt de junge Bagasche ja auch vorm Computer und fängt es schießen an … sollten in der Schule mal lieber Kartenspielen lernen – macht Freude, ist jesellig und da wäre des Zählen, Rechnen und Mitdenken ooch gleich mit dabei.«

Der Gutmütige lachte ein paar Mal tief, hörte aber sogleich auf, als die Katsch neben ihm knurrte. Der Stumme hatte derweil neu gemischt und die ersten vier Blatt waren aufzunehmen. Schielin war sich sicher, dass sie zufrieden war, so leidig wie sie murrte.

»Die Stadt ist voll bis obenhin. Es scheint so, dass die Hitze keinen mehr schreckt, heutzutage. Immer ran an den See, wo es eng ist, gehen immer noch ein paar mehr dazu«, sagte sie und ordnete die Karten sorgsam.

Die anderen murmelten eine Zustimmung.

»Überall ein Gejammer und Gewinsel wegen Krise. Es Fernsehen mach ich schon gar nimmer an. Aber hier bei uns am See ... Krise? ... was es nur ist, dass die Leut alle nach Lindau kommen?«, fragte sie in die Runde.

Der Gutmütige sah in die Karten und lachte dumpf. Ihm war es gleich.

»Det is die Bankdichte«, sagte der Berliner.

Der Stumme drehte den Kopf und sah ihn schweigend an. Wie auch sonst.

»Bankdichte?«, krähte die Katsch, und zählte auf: »Bodenseebank, Sparkasse, Volksbank, Hypochonderbank ...«

Der Berliner verzog das Gesicht. »Nee, nee, nee. Nich det Jekräusel. Bänke! Sitzbänke meen ick, Sitzjelejenheiten! Überall, wo de hier jehst und stehst, kannste sitzen, wa! Schau dir nur mal auf der Insel um. Alle paar Meter ne Bank. Am Ufer lang, da wird einem fast schon die freie Sicht auf Berje und Wasser von all den Bänken verstellt. Am Hoyerberg, im letzten Winkel, in exklusiver, romantischer Lage keene Pommesbude, keen Bauschild für ne Villa – nee – ne Bank. Det, sach ich dir, findest de sonst nirjends. Andernorts, da treiben se det Touristenvieh, wenn's na müde und abgelatscht is, in de Cafés und Restaurangs, durch müde Beene wehrlos an Körper und Geist jemacht und zum Blechen vorbereitet... aber hier am See!? Kannst überall in

Ruhe sitzen und gucken und ausruhen. Det mögen die Leute, so isses, det mögen die Leute: sitzen und gucken und nischt für zahlen müssen, deswejen heißt es hier ja ooch Gäste und nich Touris. Und wir Balina, wir sitzen schon auch mal janz jerne, wa.« Er sah in die Runde und erwartete Zustimmung. Der Gutmütige hatte Wasser in den Augen und vom Stummen war tatsächlich ein Nicken gekommen Nur die Katsch war mit der Liebeserklärung nicht zufrieden. Sie giftete den Berliner an. »Jaja, ihr Berliner sitzt mal gerne rum und schaut – vor allem, wenn's nix kosten tut!« Dann sah sie Schielin an und ihre Stimme verlor den giftigen Klang. »Schlimme Sache, schlimme Sache, was da geschehen ist, aber vielleicht hat er es wohl verdient, wenn's ihm schon geschehen ist.«

Das restliche Blatt war inzwischen gegeben und sie krähte über den Tisch: »Mit der Bumpel!«

»Mit der Alten also«, echote der Gutmütige.

Der Berliner schwieg und ordnete sein Blatt anders.

»Kontra!«, bellte der Stumme und schlug mit den Fingerspitzen gegen seinen Kartenfächer, dass es knallte. Seine Augen fieberten. Die Katsch wiegte sich im Stuhl, als wäre sie getroffen und verwundet. Schielin folgte der Szene und wartete auf ein »Re!«. Sie schien den Stummen aber zu fürchten und schwieg. Der Berliner ätzte in Richtung Stummem. »Mit voller Hose ist gut stinken, wa.«

Der Gutmütige lachte.

Das Spiel ging seinen vorbestimmten Gang. Als die Katsch den Schell-Ober verlor und danach den Herz-Unter, seufzte sie. »Aber es hat so kommen müssen. Es ist keine gute Zeit. Die Zeichen waren ja da.«

Schielin war klar, dass sie das Spiel schon verloren gegeben hatte, und was sie sagte, nicht den Karten galt. Sie hing nun wie leblos in ihrem Kleid und wartete auf das Ende.

Jegliche Kraft schien aus ihr entwichen zu sein. Es waren also Zeichen da. »Welche Zeichen?«, fragte Schielin und sah, wie ein Lächeln über das Gesicht des Stummen huschte.

»Na die Feuer, die Feuer«, kam es dumpf vom Gutmütigen.

»Welche Feuer?«, stellte Schielin sich unwissend.

Die Katsch lachte ein gehässiges Lachen über seine Frage. »Welche Feuer fragt er, welche Feuer!? Hehe, die Schmier von heut, nur noch Computer, nur noch Computer, die keine Feuer mehr kennen, nur noch Kurzschluss.«

Wie aus heiterem Himmel und mit grober Gewalt, die man ihr nicht zutrauen wollte, schlug sie plötzlich den Schell-Unter über die Grün-Ass. »Miststück! Ja elendes Luder, hab ich dich endlich«, krächzte sie freudig dazu, auch wenn der Stich das Spiel nicht mehr wenden würde.

Der Gutmütige sah Schielin mit offenen Augen an. »Na, die Feuer. Seit Wochen schon die Feuer in der Nacht. Immer an den unguten Tagen und …«

Die Katsch unterbrach ihn unwirsch. »Die Tage sind unwichtig! Die Orte sind es. Die Feuer sind immer an Orten … «, sie sprach leiser und wartete damit ihre Karte auszuspielen, »… an besonderen Orten.«

»Mach schon!«, giftete der Berliner, und sie schmiss die restlichen Karten in die Runde. Verloren, wie erwartet, trotz des Luders. Die Geste war aber so, dass man meinen konnte, sie hätte die Lust am Spiel verloren, weil das, was sie zu erzählen hatte, sie mehr erfasste.

Der Berliner war mit Mischen und Geben dran.

Sie kratzte sich am Arm. »Natürlich an besonderen Orten … besser gesagt an magischen Orten. Du musst es doch wissen. Wohnst doch in Motzach droben und bist viel unterwegs dort, auch im Tobel.«

»Woher weißt du, wo ich wohne?«, fragte Schielin argwöhnisch.

»Ja, bist doch der Nachbar vom Albin.«

Schielin nickte.

»Das erste Feuer, von dem man gehört hat, war am See … draußen auf der Galgeninsel«, sie presste die Lippen aufeinander und zog den Kopf zwischen die Schultern. Es sah aus, als würde sie sich selbst zunicken. Der Berliner hörte mit dem Mischen auf und lauschte.

»Das nächste Feuer war dann im Bösenreutiner Tobel, ein paar Tage später dann eines im Motzacher Wald. Vor zwei Wochen leuchtete es dann an der Senftenau, danach auf der Hinteren Insel, gegenüber vom Hexenstein, und letztes Wochenende im Wäldchen bei Bettnau.« Sie wollte das Schweigen genießen, doch der Gutmütige sagte dumpf und ohne Arg: »Nein, nicht Hoyren, das war schon Heimesreutin.«

Sie wischte seine unschuldige Einlassung mit einem kratzenden Laut und einer schnellen Handbewegung weg »Ah«, und sah Schielin an.

Der fragte: »Ja und, was sollen das bitte für magische Orte sein? Sie liegen halt um Lindau herum.«

Die Katsch ließ ein ungläubiges Lachen hören. Der Gutmütige steuerte zwei, drei dunkle Bässe dazu.

»Was sollen das für magische Orte sein«, wiederholte sie mit gespielter Fassungslosigkeit, »was sollen das für magische Orte sein«, und schärfer fuhr sie fort, »ja, welche denn sonst! An der Galgeninsel plagen sich die Seelen der Ermordeten, der Bösenreutiner Tobel ist's Reich vom Erenmännle, im Motzacher Wald ist das Bollermännchen daheim, in der Senftenau hat man früherś die Geister beschworen und auf der Hinteren Insel am Hexenstein … «

Sie ließ eine wissende Pause entstehen.

Schielin wollte auf ihre abenteuerliche Version gar nicht eingehen und fuhr sich mit der Hand übers Gesicht. »Das Erenmännle also ....«, sagte er halb belustigt, halb frustriert, »ja du lieber Gott.«

Sein Unglaube rief den Gutmütigen auf den Plan. »Da brauchst gar nicht spotten. Mein Großvater, der hat mir selbst vom Erenmännle erzählt, weil er es selber gesehen hat, draußen in der Höhle, am Hang vom Tobel. Hinter der Bösenreutiner Steig, gleich am Dornier geht's runter und gar net weit weg, da hat's gelebt. Es hat sogar Fotografien gebe.«

Schielin beschwichtigte. »Jaja, ich weiß. Kenne die Geschichten doch auch. Aber diese Feuer ... wahrscheinlich ist es so eine Clique junger Leute, so wie wir das früher alle gemacht haben. Nur heute sind alle hysterisch, wenn junge Leut was machen.«

Die Katsch lachte, in Erinnerung dessen, was sie alles gemacht hatte als *junge Leut*. Der Berliner fing erneut an zu mischen. Der Stumme schwieg.

»Wie wir alle das gemacht haben ...«, krächzte die Katsch, »aber doch nicht immer an anderen Orten und noch dazu an solchen. Das müsst doch auch ihr Gendarmen erkennen, dass das ein Zeichen ist. Da wird doch nichts gefeiert. Die Feuer sind immer nur kurz zu sehen, kaum dass es leuchtet, ist's auch schon wieder aus, und ganz spät in der Nacht. Deswegen findet ihr ja auch nichts.«

Schielin sah sie ohne Regung an. Er brauchte sie nicht zu fragen, sie redete von ganz allein.

Sie hob die Hand und machte eine wegwerfende Bewegung. »Ahh. Keine Ahnung, die Bullerei.«

Schielin wartete.

Sie zog einige Grimassen und stöhnte, als litt sie Schmerzen, bevor sie sich verschwörerisch umsah und leise weitersprach: »Die Feuer sind ein Zeichen, das steht fest. Sie brennen an magischen Orten und wenn man sie verbindet, die Orte, dann kriegt man ein Kreuz. Genauso eines, wie es auf der Insel in der Stephanskirche steht. So ist das nämlich. Und das hat mir einer gesagt, der sich damit auskennt.«

Schielin war verblüfft. Er versuchte sich die Orte vorzustellen und in Gedanken dieses Kreuz nachzuzeichnen. Wie auch immer. Er verzichtete darauf, zu fragen, wer denn der Auskenner war. Der Berliner gab für die nächste Runde und meinte mit bösem Grinsen über den Tisch hinweg zur Katsch: »Schon echt eine Plage, diese Hexen überall.« Er kicherte in die Karten, nachdem er es gesagt hatte, die Katsch ließ einen unterdrückt gellenden Laut hören und der Gutmütige lachte dreimal tief und der ganze Teig, aus dem sein Gesicht geformt schien, geriet in Wellenbewegung. Der Stumme gab auch diesmal keinen Ton von sich, glotzte aber, die anderen animierend, mit weit aufgerissenen Augen und Mund in die Runde.

Die Bedienung brachte der Katsch einen weiteren Cognac, dem Gutmütigen einen Willi und zwei Bier für die andere Tischseite. Der Gutmütige meinte, es sei so heiß draußen, dass Cognac und Willi es einem gerade recht kühl machen würden.

Schielins Gedanken waren woanders. Es gab also Leute, die der Meinung waren, dass alles, was geschehen war, in einem Zusammenhang stand. Der äußere Conrad Schielin, der Kriminalist und Rationalist, wehrte sich noch gegen diese These, die mit großer Selbstverständlichkeit und keinen Zweifel duldend in die Welt gesetzt worden war. Der innere Schielin aber spürte, dass es in diesem Fall Zusammenhänge gab, die nicht alleine anhand objektiver Spuren nachzuvollziehen waren. Er folgte den nächsten Spielen, lauschte den ritualisierten Sprüchen, und für den aufmerksamen Beobachter wurde deutlich, dass es die Beschimpfungen und Leidensbekenntnisse der Beteiligten waren, die auf verschlüsselte Weise eine gegenseitige Zuneigung ausdrückten. Der Gutmütige erzählte, dass der Josef ab und an mit am Tisch hockte und ein, zwei Bier abstaubte, je nachdem, wie das Spiel so lief. Beim letzten Mal hatte ihn die Hagere davongejagt, als er wieder einmal angefangen hatte zu plappern. Das mochten sie hier nicht, beim Karteln. Aber er würde schon wieder auftauchen. Schielin überlegte, ob es der Josef gewesen sein könnte, der auf die verrückte Idee mit dem Kreuz gekommen war.

»Es sind halt verrückte Zeiten«, brummte der Gutmütige beiläufig, »und die Leut, die spüren des. In Reutin drüben, da bewaffnet sich die Bevölkerung schon.«

Er hatte es nur so dahingesagt, doch alle hielten inne und sahen zu ihm hin. Er nahm es gar nicht wahr, so beschäftigt war er mit dem Sortieren seiner Karten, die wohl mehrere Varianten zuließen.

»Bewaffnet?«, fragte der Berliner.

Der Gutmütige sah auf. »Selbst hab ich es gesehen. Von der Steig runter ist ein ganzer Trupp gekommen, zum alten Rathaus hin. Haben eine Kanone gezogen. Eine richtige Kanone.«

»Was? Was für eine Kanone? Welche Leute?«, krächzte die Katsch, mehr entrüstet darüber, von der Sache hier zum ersten Mal zu hören.

»Reutiner halt«, erklärte der Gutmütige, und ließ ein »Eichel Solo« folgen.

»Mit welcher Kanone?«, fragte Schielin.

»Eine richtige Kanone«, sagte der Gutmütige ernst und spielte den Grün-Ober aus.

Die Katsch ließ ein Murren hören und legte den Eichel-König auf. Der Stumme schmiss den Schell-Unter und der

Berliner schimpfte zur Katsch hin. »Vertrauen hast du noch nie eins jehabt, Katsch, alte; noch nie jehabt. Seh ich dir doch die Eichel-Ass an der Nasenspitze an. Immer detselbe mit dir, keen Vertrauen in die Menschheit, wie det bei anderen so der Fall ist.«

»Viele von den anderen sind auch schon tot, weil sie zu viel Vertrauen hatten, als sie noch lebten«, giftete sie zurück. Die Eichel-Ass fiel beim dritten Stich an den Gutmütigen, der seine breite Hand über sie legte und die Karten zu sich zog. »Ist kein gutes Zeichen, wenn wieder Kanonen durch die Straßen gezogen werden. Gar kein gutes Zeichen.«

Die Katsch gab einen Laut von sich, der ausdrückte, dass sie von dem Ganzen nichts mehr hören wollte. Der Berliner schüttelte den Kopf. Der Stumme sah Schielin mit glotzenden Augen an und sagte: »Maibaum.« Dann griente er in die Runde. Die Hagere und der Berliner erwiderten seine Freude nicht. Sie zahlten dem Gutmütigen das gewonnene Solo. Schielin war fast erschrocken, als er den Stummen ein Wort hatte sagen hören.

Gerade als er den Gedanken zuließ, wieder zurück zur Dienststelle zu gehen, schwang die Türe auf und Lydia Naber stand im Raum. Er sah sie als Spiegelung in einer der Glasscheiben, wo sie wie eine Fee, überzogen mit grünem Lindenmuster, erschien.

»Bingo«, sagte sie, als sie ihn entdeckte.

»Schon wieder bingo?«

Sie machte mit dem Kopf eine Bewegung zum Ausgang hin und sagte: »Wir haben ihn.«

Auf dem kurzen Weg zurück zur Dienststelle setzte sie ihn von einem Fax des LKA in Kenntnis. Offensichtlich hatte Wenzels Nachhaken gewirkt. Im LKA hatte man eine DNS-Spur anhand eines Nasenhärchens sichern können, welches unter einem kleinen Stück Tesafilm geklebt hatte.

Der nur wenige Zentimeter lange Klebestreifen haftete an der blauen Plastikfolie, in der Gundolf Kohn eingewickelt war, und bei der routinemäßigen Recherche der Spur in der Datenbank war ein Treffer gemeldet worden.

Nun also doch eine objektive Spur, sagte Schielin versonnen. Lydia Naber sah ihn skeptisch an.

Er fragte sie: »Und zu welcher Nase gehört die Spur?«

»Zur Schnapsnase von Herrn Haubacher.«

»Ach du Scheiße«, entfuhr es Schielin.

*

Alle hatten die Dienststelle verlassen, um die Festnahme von Jürgen Haubacher zu vollziehen. Es gab viel zu tun. Gegen seine Frau bestand inzwischen auch Haftbefehl und ihre beiden Kinder mussten untergebracht werden. Nur Erich Gommert war auf der Dienststelle zurückgeblieben. Eine Stimme riss ihn aus seinen Tabellen, die er für das große Präsidium in Kempten zu erstellen hatte. Ein lautes »Hallo« war zu hören gewesen.

Im Gang traf er auf eine seriös wirkende Erscheinung, einen Mann in dunkelgrauem Anzug, der erwartungsvoll vor ihm stand. Kurzhaarschnitt, grau melierte Haare, eine dünne Aktentasche unter dem Arm. Er sagte: »Ich bin aus München.«

»Ich bin aus Bodolz«, erwiderte Erich Gommert und sah den Fremden fragend an.

»Schiebenstein, mein Name ist Schiebenstein, aus München, ich hatte meinen Besuch angekündigt.«

Erich Gommert nickte freundlich, jedoch ohne Anzeichen von Aktivität zu zeigen.

»Ministerium«, fügte Schiebenstein schlicht hinzu, wobei die Leere nach dem Wort die eigentliche Botschaft beinhaltete. Ein magisches Wort, welches unter denen, die wussten, was hinter den Mauern von Ministerien geschah, Ehrfurcht und Respekt verströmte.

»Ach so, der Übrige aus dem Ministerium«, entfuhr es Gommert und mit einer weiten, einladenden Handbewegung bat er den Ministeriellen einzutreten, der dabei zweimal versuchte richtigzustellen, dass er nicht »Übrig« hieß, sondern »Schiebenstein«, und sich einfach ein wenig umsehen wollte.

Erich Gommert war vorausgegangen und hatte in wenigen Sätzen vom Mordfall berichtet, der sie gerade beschäftigte, um dann intensiv auf den Einbruch im Tierheim einzugehen. Sie waren ganz hinten im Gang, wo Erich Gommert die Büros von Schielin, Lydia und Wenzel zeigte, sowie den schmucklosen Vernehmungsraum. Vorne im Geschäftszimmer klingelte das Telefon und Erich Gommert entschuldigte sich mit einer etwas hysterischen Handbewegung. Schiebenstein setzte eine verständnisvolle Miene auf, und ließ ihn gehen. Er öffnete eine Türe, vor der er eine hohe Konzentration von Kaffeegeruch feststellte. Es war der Besprechungsraum. Auf dem Tisch standen zwei Flaschen. Eine kleinere ohne Beschriftung, mit einer hellen, klaren Flüssigkeit. Eine weitere Flasche, gut halb voll mit modernem Etikett: Müller-Thurgau, Gierer – las Schiebenstein. Er nahm die kleinere Flasche zu Hand, löste den Verschluss und schnupperte. Ein benebelnd fruchtiges Aroma strömte in die Nase und mit einem Mal roch er die Vergangenheit. Es war, als hätte der Geruch längst vergessene Erinnerung wiederbelebt. Er roch die späte Wärme eines sommerlichen Herbstes, reifes grünes Gras, das geschnitten dalag, darüber tanzende Mücken und Glockengeläut aus der Ferne. Er sah das verwaschene graue Kittelchen seines Großvaters wieder und den Wetzstein, der aus der linken Tasche lugte. Schiebenstein nahm die Flasche zum Mund und nippte. Die Birne schmeckte gleich vorne an der Zunge und ihre Aromen wurden breiter und süßer an den Seiten. Schiebenstein schmatzte zweimal. Hinten erst, im Rachen, kam der Alkohol. Er stellte die Flasche zurück und merkte sich den Müller-Thurgau. Um die Ecke, zwei Türen weiter, traf er auf eine Antiquitätensammlung. Hinter einem breiten Schreibtisch stand ein gepolsterter Sessel. An den Wänden hingen Ölgemälde, ein bordeauxroter Teppich lag auf dem Dielenboden. Gerne wäre Schiebenstein in den Raum getreten, um die Signaturen der Gemälde zu entziffern. Doch auf dem großen Biedermeiersessel seitlich des Schreibtischs hatte es sich ein Hund gemütlich gemacht, der sich gestört fühlte und ihn unleidig anknurrte, als er Anstalten machte, seinen Fuß über die Schwelle zu setzen. Leise zog er die Türe wieder zu, ohne sie ins Schloss fallen zu lassen. Es war vermutlich das Chefzimmer. Die Irritation hatte Schiebenstein völlig ergriffen. Als Erich Gommert kurz darauf zurückkehrte, deutete er auf die Bürotüre und meinte: »Chef?«

Gommert schüttelte den Kopf und erklärte wer Robert Funk war. Dann fragte er.: »Was machen Sie denn so im Ministerium?«

»Besprechungen«, sagte Schiebenstein.

»Ah so. Die machen wir hier auch«, entgegnete Erich Gommert.

Schiebenstein nickte und fühlte der Erinnerung des Williams nach.

Gommert fragte unschuldig. »Und sonst so?«

»Was?«

»Ja ... ich meine so, wenn keine Besprechung ist.«

Schiebenstein sah ihn fragend an und wiederholte halblaut für sich. »Wenn keine Besprechung ist.«

Gommert nickte ihm aufmunternd zu.

»Also wenn keine Besprechung ist, dann ist Meeting, Review oder Kick-off-Plenum.«

Erich Gommert machte große Augen. »Jaja … und Rebirthing und so … des ham mir hier natürlich net, so was.« Er hakte neugierig nach, »Was is des eigentlich genau?«

Schiebenstein musste überlegen und sagte schließlich: »Besprechung.«

»Ah ja. Also wenn bei uns Besprechung ist, dann kommt danach meistens was anderes. Eher so … ich weiß net wie mer sagen soll …«

»Produktives«, half ihm Schiebenstein.

Gommert lachte verlegen. »Ja, genau. Hat mir bloß gerade nicht einfallen wollen.«

»Und der Hund?«, wechselte Schiebenstein das Thema.

»Des ist der meinige. Ab und zu muss er sich emole ausruhen von dem vielen Stress da im Geschäftszimmer … ständig des Telefon … und beim Robert Funk drüben, da liegt er ganz gern am Sessel, des Hundle. Ich mein, des Ministerium ruft bei mir ja net grad an, aber seit mir nun des Präsidium da droben in Kempten haben mit den vielen Leuten, die wo die Verwaltung machen, da ist es nun so, dass man hier fast jemand bräuchte, der nur das Telefon macht«, Gommert lachte wie befreit, »ja wenn da auch noch das Ministerium selbst anrufen würde … Jesusmaria. Es ist ja so, dass die da drüben«, er wies mit dem Kopf zum gegenüberliegenden Gebäude der Polizeiinspektion, »dass die manchmal kaum noch einen Nachtdienst besetzen können, und in Kempten droben gibt's in jedem Büro einen, der den Telefonhörer abnimmt, wenn's klingelt, und einen, der spricht, und wieder einen, der auflegt.«

Schiebenstein legte die Stirn in Falten, was Erich Gommert nur weiter anstachelte.

»Ja, wenn ich's doch sag. Bei uns ist doch gar keine Zeit

mehr mit dem Bürger emole zu schwätzen wie sich's gehört, nur weil keine Leute mehr im Streifendienst sind – und des beim höchsten Personalstand von der Polizei, gell – und da droben z'Kempta, da haben die sogar Sachbearbeiter für Sonnenauf- und Untergang, und für Voll- und Neumond«, Erich Gommerts Gesicht bekam einen schmerzverzerrten Ausdruck und sein Ton wurde jammernder, »ich darf gor net drandenken, was des alles koste tut ...«

Schiebenstein musste sich beherrschen, nicht zu nicken. Er äußerte sich nicht, denn das von Erich Gommert angeschnittene Thema war zu politisch. Und politisch, das hatte er am Odeonsplatz gelernt – politische Themen waren eine sehr verderbliche Ware. Man konnte sich daran leicht infizieren. Gesundung ungewiss.

*

Jürgen Haubacher war zusammen mit seiner Frau festgenommen worden. Sein Anwalt Dr. Müller konnte am Handy erreicht werden und war nur wenige Stunden später auf der Dienststelle in Lindau aufgetaucht.

Alles hatte geklappt. Lediglich das Jugendamt war von der seitens der Polizei so überraschend herbeigeführten Situation überfordert, sich um die zwei Kinder zu kümmern. Die Sachbearbeiter äußerten mehrfach ihre Betroffenheit und auch ihr Entsetzen. Robert Funk war es, der die Sache schließlich in die Hand nahm und eine Bleibe für die Kinder organisierte.

Haubacher und seine Frau hatten bisher keinen Ton gesagt. Alle Tricks hatten nicht geholfen in der Zeit, bis zum Eintreffen des Anwalts von den beiden etwas zu erfahren. Als der endlich zugegen war, ging das ganze Spiel von vorne an. Diesmal jedoch sorgte Wenzel mit der Aufzeichnung der Vernehmung auf Video für Überraschung, die Haubacher sichtlich beeindruckte. Dr. Müller las in aller Ruhe die Akten. Er hatte zuvor in die Runde gesprochen und erklärt, dass sein Mandant sich in keinster Weise zur Sache äußern werde, in keinster Weise. Dann tauchten seine Augen in den Unterlagen ab und er überließ die Provinzpolizisten ihrem Schicksal.

Schielin schwieg und beobachtete. Lydia Naber begann. »Wir haben es Ihnen doch schon erklärt, Herr Haubacher. Ihre DNA wurde an dem Plastiksack gesichert, in welchem die Leiche von Herrn Kohn eingewickelt war. Die Spur fand sich unter einem Klebestreifen. Vor Gericht kommen Sie mit Schweigen nicht weiter. Sie sitzen hier wegen Raubmord. Wir haben inzwischen auch die drei Geldscheine sichergestellt, mit denen Sie ihre Einkäufe bezahlt haben: Plasmafernseher, Spielekonsolen, Beamer für Heimkino, Sie erinnern sich? Wir werden auf mindestens einem dieser Geldscheine ihre DNS nachweisen. Das sind klare Fakten für das Gericht und für Sie bedeutet es angesichts Ihrer Vorgeschichte lebenslänglich oder lebenslänglich mit Sicherheitsverwahrung – es sei denn, Sie entscheiden sich dafür uns zu helfen und kommen bei viel Verständnis mit … sagen wir … zwölf Jahren weg. Könnte auch weniger werden, wenn Sie sich einen guten Anwalt besorgten. Führen Sie sich auch noch gut, so sind Sie nach gut acht Jahren wieder bei Ihrer Frau.«

Sie wartete auf eine Reaktion. Dr. Müller hatte sich bemüht nicht auf ihre Boshaftigkeit zu reagieren. Auf die Tränendrüse *und denken Sie doch auch mal an die Kinder* hatte sie verzichtet. »Bedenken Sie doch. Ihre Frau … die braucht doch auch eine Perspektive … und die hat sie doch nicht bei lebenslänglich … das ist doch nur möglich, wenn Sie unser

Angebot ernst nehmen.« Sie wartete wieder einen Augenblick und fügte böse und mit leiserer Stimme hinzu: »Sie kennen doch Ihre Frau, Herr Haubacher, also … bitte.«

Dr. Müller überraschte Lydia Naber, denn sie hätte ihm die *beiden Beine* nicht zugetraut, mit denen, er anscheinend im Leben stand. Er konnte das aufgeregte Zwinkern bei Haubacher nicht gesehen haben, welches nach Lydia Nabers letztem Satz eingesetzt hatte.

Dr. Müller sah abrupt von den Akten auf, sprach zu Lydia Naber, meinte aber seinen Mandanten. »Ihre Frau, Herr Haubacher, hat durchaus sehr gute Perspektiven. Vor allem dann, wenn Sie sich hier nicht äußern, so wie wir das besprochen haben. Ganz gleich, was hier von den Beamten ins Feld geführt wird. Wir äußern uns nicht.«

Wenzel lehnte hinten an der Wand und hatte bisher geschwiegen. Ihm war klar, worauf Lydia hinauswollte, und er ging Dr. Müller mit offenem Visier an. »Ganz schön mutig, Herr Doktor. Haben Sie eigentlich schon einmal einen solchen Fall verteidigt, oder waren es bisher nur Mietstreitigkeiten und Scheidungen. Es geht hier schließlich um nichts Geringeres als darum, wann der Herr Haubacher seine Frau wiedersehen wird. Und die Beweise sind geradezu erdrückend. Da kann er bei der nächsten Gelegenheit schon mal für immer Abschied von ihr und den Kindern nehmen. Wird ja niemand jünger, oder?«

Schielin spürte die Unruhe, die Haubacher erfasst hatte. Irgendwann, und zwar schon lange vor der Festnahme, musste ihm dieser Dr. Müller eingetrichtert haben, keinen Ton zu sagen. Dieser Dr. Müller musste also einen Informationsvorsprung haben. Nur – worin bestand der?

Er setzte laut einen auf Wenzels Angriff. »Da muss ich meinem Kollegen aber recht geben. Schweigend in den Abgrund – wäre nicht das erste Mal, dass wir das erleben müssen. Sie sind noch sehr jung, Dr. Müller. Haben Sie denn wirklich schon so viel Erfahrung in so schweren Fällen? Es geht schließlich um das Leben dieses Mannes hier. Seine Frau … wenn sie keine Perspektive hat, dann … wir wissen ja … ich meine, ich könnte es ja verstehen, aber … das wird er nicht aushalten … in der Zelle, wenn …«

Dr. Müller schnaubte ungehalten, denn er spürte das Wanken seines Mandanten und er verstand, worauf es die Typen hier anlegten. So etwas Unverfrorenes konnte einem nur in der Provinz passieren. Er sagte: »Wo haben Sie eigentlich die Tatwaffe sichergestellt? Ich kann davon in den Akten nichts finden.«

»Brauchen wir doch gar nicht«, sagte Wenzel ungehalten, »die Spurenlage bringt doch Herrn Haubacher in Bedrängnis und Sie verhindern, dass er mit uns redet, das finde ich nicht in Ordnung. Könnte es sein, dass Sie mit der Situation überfordert sind? Also der alte Binder war ein Strafverteidiger, der hatte es wirklich drauf, der wäre da anders verfahren … aber bitte, Sie sind ja der Anwalt hier«, und zu Haubacher gewandt sagte er, »stimmt doch, Herr Haubacher, oder?! Sie haben Dr. Müller doch als Anwalt ausgesucht, weil er Sie vertreten soll in diesem schweren Fall, wo es um alles für Sie geht … bei Ihrer Vorgeschichte und weil Sie Vertrauen zu ihm haben, oder etwa nicht? Ich kriege es nicht mehr genau zusammen, aber, Sie haben auf jemanden mit einer Eisenstange eingeschlagen … oder?«

Alle im Raum wussten, dass es Frau Tamara Haubachers Vater war, der Dr. Müller geschickt hatte, um seine Tochter zu schützen.

Zweifel säen machte immer noch am meisten Spaß, dachte Wenzel und sah, wie die Haltung von Dr. Müller in dem Maße taute, wie die innere Hitze seines Mandanten stieg. Dessen Vertrauen in seine Frau war nicht besonders ausgeprägt. Ein Vertrauen in seinen Schwiegervater schien allerdings überhaupt nicht zu bestehen.

Plötzlich blaffte er Lydia Naber an, die ihm gegenübersaß: »Ihr könnt mir gar nichts beweisen.«

»Können wir, Herr Haubacher, können wir, erklären Sie uns doch ganz einfach, wie Ihr Nasenhärchen unter das Klebeband geraten konnte und wie Sie in den Besitz von Geldscheinen gekommen sind, die Herr Kohn nachweislich erst am Montagvormittag bei der Bank abgehoben hat. Das haben wir schon alles ermittelt. Und jetzt stellen Sie sich mal vor, was ein Richter machen soll, wenn Sie so vor ihm sitzen, mit dem jungen Dr. Müller als Verteidiger. Mhm.« Sie hatte möglichst schnell geantwortet, um den Gesprächsfaden nicht abreißen zu lassen.

Dr. Müller schlug auf den Tisch und sagte erregt: »So läuft das hier aber nicht, meine Herren!« Er wusste, dass sein Mandant gerade dabei war, seine Strategie zu zertrümmern.

»Und Damen«, ergänzte Lydia Naber.

»Da ist aber sofort Schluss«, setzte Dr. Müller nach.

»Wann Schluss ist, bestimmen wir«, sagte Schielin ernst, und zu Haubacher gewandt, »wollen Sie denn etwas sagen?«

»Mit dem Mord habe ich nichts zu tun, nichts zu tun«, presste der hastig heraus und sah angstvoll zu Dr. Müller, der die Lippen zusammenpresste.

»Mit dem Mord haben Sie also nichts zu tun«, wiederholte Lydia Naber.

Haubacher nickte.

»Womit aber dann?«, fragte Schielin schnell.

Dr. Müller erhob sich ein wenig aus dem Stuhl und sah seinen Mandanten eindringlich an. »Sie sagen jetzt und hier keinen Ton mehr, haben Sie mich verstanden. Ich bin Ihr Anwalt. Das hier sind Polizisten, die nichts anderes wollen, als eine Akte schließen und einen Täter hinter Gitter bringen … völlig egal, ob es der wirkliche Täter war oder nicht. Also, folgen Sie meinem Rat wie besprochen, und schweigen Sie!«

»Wer etwas zu sagen hat, erhebe seine Stimme, oder schweige für immer!« tönte Wenzel wie unbeteiligt aus dem Hintergrund.

Haubacher tropfte Schweiß von Stirn und Nase. Er war trotz anwaltlicher Beratung zum Freiwild geworden, und das nur, weil er kein Vertrauen hatte. Er konnte niemandem Vertrauen schenken, weil er selbst bereit war jeden zu betrügen, und es gehörte nicht zu seinen Erfahrungen, dass bestimmte Situationen es erforderten, einen Teil seiner Interessen an andere abzugeben. Unruhig rutschte er auf dem Stuhl hin und her.

Dr. Müller ahnte die Niederlage.

Haubacher sah immer wieder zu ihm hin. Als er den Augenblick als günstig erachtete, sprach er hastig.

»Er war schon tot.«

Dr. Müller ließ resigniert und wütend den Kopf sinken.

Lydia Naber fragte: »Wer war schon tot?«

»Der Kohn«, presste Haubacher hastig hervor.

»Wie haben Sie das feststellen können, dass er schon tot war?«

Haubacher lachte und warf den Kopf dabei nach hinten. Schweißtropfen flogen umher. »So viel Blut … und der Hals halb offen … Mensch … wer da nicht tot ist …«

Dr. Müller sprach zur Tischplatte. »Halten Sie doch einfach die Klappe, Sie … Sie reden sich um Kopf und Kragen!«

Dr. Müllers kontrollierter Ausbruch ging in Lydia Nabers Frage unter. »Wo lag er denn, der Herr Kohn?«

»Vor der Treppe, wo es hinaufgeht … nach oben …«

»Wie kamen Sie denn ins Haus?«

»Die Tür war offen.«

»Warum sind Sie ins Haus?«

»Die Tamara hat mich geholt.«

Dr. Müller schüttelte den Kopf. Er war fassungslos.

»Ihre Frau war also zuerst drüben im Kohnschen Haus«, stellte Lydia Naber fest.

Haubacher nickte.

»Wieso denn?«

»Wegen dem Paket.«

»Welches Paket?«

»Der Postbote hat ein Paket bei uns abgegeben, weil drüben niemand zu Hause war.«

»Welcher Postbote?«, fragte Schielin, der schließlich mit dem Postboten gesprochen hatte.

»So ein Paketdings halt.«

»Nicht von der richtigen Post, der gelben?«, fragte Schielin.

»Nein. Der war in Jeans und so. Was Amerikanisches.«

Lydia Naber merkte, dass es jetzt etwas schneller gehen musste. »Und das Geld?«

»Das lag da rum.«

»Wo genau?«

»In so einer Schale, einer weißen. War in einem Kuvert, aber die Scheine haben so rausgeschaut.«

»Und dann?«

»Nein, nein, nein, nein, nein ...«, versuchte Dr. Müller abermals dazwischenzugehen, denn Lydia Nabers Frage war insofern gemein, als dass sie es Haubacher überließ zu formulieren und die Antwort nicht vorgab mit einer Frage wie: Und Sie haben die Scheine, die da herausgeschaut haben, dann einfach genommen.

»Ich habe das Kuvert halt genommen«, sagte Haubacher.

»Wieso hat Ihre Frau Sie denn gerufen?«

»Wegen dem Geld, und so.«

»Was und so?«

»Na ja, da lag der Kohn tot am Boden und das viele Geld in der Schale.«

»Ihre Frau hat Sie also wegen dem Geld geholt und sie wusste, dass es viel war?«

»Ja. Wieso sonst.«

Kurzzeitig war Lydia Naber von der naiv daherkommenden Skrupellosigkeit verblüfft.

»Was haben Sie dann gemacht?«

»Den Kohn in die Plastiktüte gerollt und hinten in das Treppenloch geschafft.«

»Woher wussten Sie von dem Verschlag?«

»Tamara hat ein paar Mal bei denen geputzt, so als Probe.«

»Sie kannte sich da also aus.«

»Ja.«

»Es ist aber bei der Probe geblieben.«

»Ja. Denen hat das wohl nicht gepasst.«

Schielin kam Lydia Naber zuvor und fragte: »Waren Sie deshalb auf Herrn und Frau Kohn sauer?«

Jürgen Haubacher nickte. Schielin schüttelte innerlich den Kopf vor so viel Ehrlichkeit, die ein zutiefst unehrlicher Mensch an völlig unpassender Stelle äußerte. Investmentbanker waren da eleganter. Die hatten Vertrauen zu ihren Anwälten.

Dr. Müller konnte sich nur mit Mühe beherrschen. »Ist es jetzt endlich genug. Mein Mandant ist sich definitiv nicht darüber im Klaren, dass er seine Ehefrau schwer belastet. Ich werde Ihre Methoden hier höchstrichterlich überprüfen lassen. Das Videoband spricht Bände.«

»Und nachdem Sie die Leiche in den Verschlag gepackt hatten?«, formulierte Lydia Naber hart.

»Da hat die Tamara geputzt.«

»Da hat die Tamara geputzt«, wiederholte Lydia und wusste aufgrund der unbefangenen Antwort gar nicht weiter. Die Bilder in ihrem Kopf waren zu skurril.

»Wieso hat sie geputzt?«, sprang Schielin ein.

»Sie verdammter Idiot halten jetzt endlich die Klappe«, schrie Dr. Müller und sprang von seinem Stuhl auf, »alles was Sie hier sagen, ist gelogen und entspricht nicht den Tatsachen. Wir werden dies beweisen.« Er drückte den Stuhl mit den Beinen nach hinten weg. »Ich sehe mich nicht länger in der Mandantschaft dieses … ich vertrete die Interessen von Frau Tamara Haubacher, geborene von Steinbach. Glauben Sie nur nicht, dieses Spielchen nochmals aufführen zu können. Frau von Steinbach wird sich nicht äußern, haben Sie verstanden.«

Sie hatten verstanden. Die Frage war nur, ob Jürgen Haubacher verstanden hatte. Er sah Dr. Müller fragend an, wie ein Kind, das wissen wollte, ob es etwas falsch gemacht hatte.

Sein Verhalten war ganz fatal, denn als Dr. Müller den Raum verlassen hatte, war er nicht mehr bereit auch nur einen Ton zu sagen.

Die Vernehmung seiner Frau hingegen gestaltete sich sehr einfach. Wie sie inzwischen von ihr wussten, war sie das schwarze Schaf der Familie von Steinbach und ihr Vater Justitiar eines sehr großen, in München ansässigen Unternehmens.

Seine Tochter schwieg und schickte böse Blicke durch den Vernehmungsraum. Ihre Aufsässigkeit gründete in dem unterbewusst und unendlich tief verankerten Wissen, nicht alleine zu sein. Gegen Lydia Naber schien sie ganz besonders starke Aversionen zu empfinden, denn jedes Mal, wenn sie etwas sagte, war von Tamara Haubacher, geborene von Steinbach, ein angewidertes Schnauben zu hören. Die hatte lange mit Dr. Müller alleine im Vernehmungsraum verbracht, um sich zu beraten. Dazu kam ein kurzes Telefonat mit München. Man vermutete mit Herrn Papa.

Während des folgenden Termins ließ sich Tamara Haubacher in keiner Situation zu auch nur einem Wort hinreißen, denn ganz im Gegensatz zu ihrem Mann hatte sie, so verkommen sie auch war, aus ihrer großbürgerlichen Erziehung eines mitgenommen: Es gab Situationen, in denen man Vertrauen haben musste. Diese Erkenntnis hatte ihr Mann nie erlangt, weswegen er immer nur auf sich vertraute, und dies war sein Elend im Getriebe einer formalisierten Welt.

Dr. Müller hatte seine Hände über den Akten gefaltet. Ein schlichter goldener Ring leuchtete von seiner rechten Hand. Er referierte ruhig. »Die Umstände möchte ich als durchwegs bedauerlich bezeichnen. Bedauerlich hinsichtlich der Tatsache, dass sich der Mann von Frau von Steinbach dazu hat hinreißen lassen, seine Frau in seinen Ausführungen zu beschuldigen.«

Lydia Naber ließ ein gehässiges Lächeln über ihr Gesicht gleiten. Für Dr. Müller war seine Mandantin also bereits geschiedene Alleinerziehende.

»Aus den Akten ergibt sich jedoch keinerlei Hinweis darauf, dass meine Mandantin sich am Tatort aufgehalten hätte, geschweige denn mit den Geschehnissen dort in irgendeinem Zusammenhang steht. Die Spurenlage weist in dieser traurigen Angelegenheit eindeutig auf ihren Mann hin. Wir verweisen auf das Aussageverweigerungsrecht, das meiner Mandantin ihrem Ehemann gegenüber zusteht und ich hoffe,

Sie unterlassen es in irgendeiner Weise Druck auszuüben. Die Kinder, darauf möchte ich noch gesondert eingehen, die Kinder sind für Sie absolut tabu. Ein entsprechendes Schriftstück erhalten Sie für die Akten. Ich habe bereits ein Gespräch mit dem zuständigen Jugendamt geführt, und von dortiger Seite war man sehr kooperativ und kompetent. Es wird von dort, also der zuständigen Fachdienststelle, als notwendig erachtet die Kinder möglichst schnell wieder der Mutter zuzuführen. Dem …«, er unterbrach kurz und sah in die Runde, »dürfte ja auch nichts entgegenstehen, meine Herren.«

»Und Damen«, ergänzte Lydia Naber, der die Falschheit von Tamara Haubacher beinahe Magenschmerzen bereitet hätte. So schnell war das also gegangen. Jürgen Haubacher war schon Vergangenheit, fallen gelassen wie ein heißer Stein. Sie hätte gerne gewusst, welchen Inhalt das kurze Telefonat gehabt hatte. Sie hatte nur einmal kurz das Wort *Papa* aufgeschnappt, als sie völlig zufällig und selbstverständlich in Gedanken versunken in den Raum getreten war und hatte sich auch sofort entschuldigt. Papa von Steinbach zog also die Fäden im Hintergrund, wollte sein verirrtes Mädelchen aus dem Sumpf ziehen, in das es durch böse Menschen geraten war.

Dr. Müller räusperte sich. Es war ganz unglaublich, aber man konnte der Meinung sein, es wäre ihm etwas peinlich, so wie er sich gerade gab. Er setzte zweimal an. »Was … was die Verteidigung von Herrn Haubacher angeht, so werden ich einen Kollegen bitten …«

Schielin lachte kurz auf und nickte Dr. Müller auffordernd zu.

»… einen Kollegen bitten …«

»Könnte es nicht auch eine Kollegin sein?«, fragte Lydia Naber unschuldig.

»... die Angelegenheit von Herrn Haubacher zu vertreten und selbstverständlich kann dies auch eine Kollegin sein.«

Lydia Naber schloss die Augen. Jürgen Haubacher sollte also die ganze Angelegenheit schultern und das falsche Stück ihr gegenüber würde sich wieder in die schützende Trutzburg der Familie zurückbegeben. Wie lange wohl?

Sie hörte Dr. Müller sagen: »Ich gehe davon aus, dass meine Mandantin mit mir die Dienststelle verlassen kann. Wir wollen die Kinder abholen. Den neuen Wohnsitz habe ich Ihnen hier vermerkt ... für Ihre Akten.«

Schielin schwieg. Ein Blickkontakt mit Lydia Naber offenbarte ihm deren Gemütszustand. Er überlegte. Tamara von Steinbach, noch verheiratete Haubacher, machte einen kleinen Fehler. Einige Sekunden, nachdem Dr. Müller geendet hatte, schob sie den Stuhl nach hinten und machte Anstalten aufzustehen.

Langsam wendete Lydia Naber den Kopf, fixierte sie und sprach langsam und drohend: »Sitzen ... bleiben!«

Die Angesprochene drehte nur die Augen ihrem Anwalt zu. Ihr Kopf blieb auf die Polizistin gerichtet.

Als nichts zu hören war, setzte sie sich langsam wieder hin.

Schielin ließ ein unzufrieden klingendes Knurren hören. »Wissen Sie, Herr Dr. Müller. Das haben Sie alles sehr schön vorgetragen, doch ist es nicht ganz so, dass es keine objektiven Beweise geben könnte, die belegen, dass Ihre Mandantin nicht doch am Tatort war.«

»Und welche wären das?«

»Die Untersuchungen laufen noch und solange sie nicht zum Abschluss gebracht worden sind, können wir Frau Haubacher nicht gehen lassen«, er sah zu Lydia, »wir müssen Sie nun auch bitten uns zu entschuldigen, wir haben noch Pressetermine wahrzunehmen, die Öffentlichkeit hat ja auch ihr Recht, nicht wahr.«

Presse und Öffentlichkeit waren die zwei Worte, die Dr. Müllers Motivation beflügelten. »Was werden Sie der Presse denn mitteilen?«, fragte er.

»Dass wir zwei Tatverdächtige im Mordfall Kohn festgenommen haben«, er sprach nun leise und sehr betont weiter, »eine Tamara H., geborene von S., und ihren Ehemann Jürgen H.«

Dr. Müller ließ seine Hand über das Kinn gleiten. Als Lydia Naber sich erhob und zur Türe gehen wollte, sagte er: »Warten Sie. Warten Sie einen Augenblick.«

*

Die Durchsuchung des Haubachschen Hauses hatte keine neuen Erkenntnisse gebracht. Wenzel hatte herausgefunden, dass Jasmin Gangbachers Vermutung richtig war. Die Blutkreuze waren mit dem Katzenblut vom Tierheim an die Säulen geschmiert worden. Kimmel ließ Dr. Müller abblitzen, seine Mandantin doch noch aus der Haft herauszubekommen. Wenzel war immer noch im Keller beschäftigt und sicherte Fingerspuren auf Paketpapier. Jasmin Gangbacher suchte einen Paketdienstler zu erreichen, was schließlich glückte.

Schielin war für kurze Zeit nach Hause gefahren, um sich von Marja und den Kindern zu verabschieden, die vorgezogene Pfingstferien in der Schweiz antraten.

Am Abend stand fest, dass auf dem Paket, das im Kohnschen Haus gefunden worden war, ausschließlich die Fingerabdrücke von Tamara Haubacher zu finden waren. Der FedEx-Fahrer hatte das Paket einer Nachbarin übergeben, die dies freundlicherweise für ihre Nachbarn angenommen hatte. Er beschrieb die Frau als schwarzhaarig, um die dreißig, Tätowierung am Hals. Der Aufwand, der betrieben worden war, wäre so nicht erforderlich gewesen, wäre Lydia Naber etwas eher die sichergestellten Sachen aus dem Haus Haubacher durchgegangen. Sie hatte am Handy von Jürgen Haubacher alle Daten gesichtet und war auf eine Reihe Fotos gestoßen, die Jürgen Haubacher in seiner grenzenlosen Naivität mit dem Handy geknipst hatte. Die Fotos zeigten seine Frau, wie sie die in den Müllsack verpackte Leiche Gundolf Kohns nach hinten zerrte. Sie war gut zu erkennen und hatte nicht mitbekommen, was ihr Mann da tat. Gut für ihn, denn im anderen Fall hätte sie vielleicht einen zweiten Müllsack für ihn übrig gehabt.

Dr. Müller war von den Neuigkeiten schockiert und sann über eine neue Verteidigungsstrategie nach. Er hatte das Positive der Nachricht noch nicht erfasst.

Auf der Dienststelle der Lindauer Kripo war man da schon weiter.

»Und es waren nur ihre Fingerabdrücke auf dem Ding?«, fragte Schielin nach.

Wenzel hob die Hände, wie zur Entschuldigung. »Die vom Paketfahrer auch, aber ganz sicher nicht die von Gundolf Kohn oder seiner Frau. Die haben wir als Gegenvergleich.«

»Das ist schlecht«, sagte Lydia Naber.

Erich Gommert verstand die Niedergeschlagenheit nicht und sah verwundert in die Runde.

Jasmin Gangbacher erklärte: »Es bedeutet, sie hat das Paket niemandem übergeben. Weder Gundolf Kohn noch seine Frau hatten es in der Hand. Da macht ein guter Verteidiger ein richtiges Ass draus.«

Später saßen sie noch im Büro. Schielin schrieb Berichte und Lydia ordnete Ausdrucke für die Staatsanwaltschaft. Alles brauchte man dreifach.

Sie erzählte von ihrem Besuch bei den Kinkelins, dass er nicht sonderlich ergiebig gewesen war.

»Sind etwas distanziert, die zwei Alten«, meinte Schielin nebenzu, ohne den Blick vom Bildschirm zu nehmen.

»Das ist gut gesagt. Sie geht ja noch so leidlich. Aber er ist ja ein ganz ein komischer Kerl. Er war im Hof auf einem Schemel gesessen und hat gerade ein Huhn gerupft. Als er mich gesehen hat, ist er gleich im Stadel verschwunden und ward nicht mehr gesehen. Ganz komisch. Ich glaub, das ist einer von der Sorte, die zum Zahnarzt gehen, wenn sie ihr Herz ausschütten wollen. Ja, und sie war auch zu nichts Konkretem zu bewegen. Als ich ihr davon erzählt habe, dass die Ehe der Kohns nicht so ganz glücklich gewesen sein kann, hat sie stumm genickt, so als wüsste sie jedes Detail. *Das Paradies gibt's nicht auf dieser Welt*, hat sie nur gemeint. Und das war es dann schon auch. Also ich glaube, die haben genau mitbekommen, was da drüben los ist und halten jetzt die Klappe, warum auch immer.«

Schielin brummte etwas. Er hatte ihr also zugehört.

Draußen fuhr ein Auto in den Hof. Lydia Naber reckte den Kopf und erkannte ein dunkles BMW Cabrio. Sie wandte sich wieder ihrer Arbeit zu und nahm aus den Augenwinkeln wahr, wie Wenzel in Richtung des Cabrios lief. Sie stand auf und ging zum Fenster, beobachtete genau. »Schau an, schau an«, sagte sie, ohne den Blick vom Hof zu wenden.

Das Cabrio, in dem Wenzel inzwischen auf dem Beifahrersitz Platz genommen hatte, fuhr an und verließ den Hof. Sie wechselte den Beobachtungsposten vom zum Hof hin gewandten Fenster zu dem, welches in Richtung Südwesten wies. Laut sprach sie das Kennzeichen des Cabrios nach: »Memmingen, Gustav, Heinrich …«

Schielin unterbrach sie. »Unterstehe dich, das Kennzeichen im Fahndungssystem abzufragen, um herauszubekommen, wer die Braunhaarige ist.«

Sie drehte sich ihm zu. »Wie kommst du nur auf so etwas, Conrad?«

»Du bist neugierig.«

Sie schnaubte entrüstet. »Ich!? Neugierig!? Das ist eine bösartige Unterstellung, die mich zutiefst kränkt. Es ist nur so, dass ich keine Sekunde länger leben könnte, wenn ich nicht wüsste, wer Wenzel da abgeholt hat. Mein Lieber, hast du diese Frau gesehen? Cabrio! Jesusmaria. Und zu deinem dezenten Hinweis hinsichtlich der Rechtmäßigkeit gewisser Abfragen im Informationssystem möchte ich nur Folgendes darlegen: Wir befinden uns in einem potenziell gefährdeten Objekt. Ein mir fremdes Fahrzeug mit einer mir fremden Wagenlenkerin hat polizeilichen Parkgrund befahren. Es wäre nicht nur recht, nein, es wäre geradezu meine Pflicht als Kriminalbeamtin, festzustellen, ob von diesem Fahrzeug und oder seiner Lenkerin eine Gefahr ausginge.«

Schielin sprach, ohne den Blick vom Bildschirm zu nehmen: »Das Fahrzeug hat den Bereich des gefährdeten Objekts inzwischen verlassen. Eine Gefahr existiert nicht mehr. Die Fahrerin trug weder ein Kopftuch noch einen Sprenggürtel. Wenzel saß auf dem Beifahrersitz.«

»Diese Frau ist ein einziger Sprenggürtel«, sagte Lydia Naber.

»Solange sie nur Wenzel in die Luft sprengt, sehe ich keine Gefahr für die öffentliche Sicherheit und Ordnung«, entgegnete Schielin.

Lydia Naber setzte sich an ihren Bildschirm und begann zu tippen. »Memm … in … gen«, sprach sie laut dabei.

Dann keifte sie laut. »Elende Bande im LKA. Schon wieder Systemausfall.«

Schielin lachte genüsslich.

Nach einer Weile sagte er: »Sie ist Pathologin in Memmingen.«

»Die Cabriofrau?«

»Ja.«

Lydia pfiff laut. »Unser Wenzel ... eine Pathologin. Schau an, schau an. Das sah ziemlich ernst aus«, sagte sie über den Schreibtisch zu Schielin.

Der ließ den Blick vom Bildschirm los. »Lydia. Wir haben einen Erstochenen, eine Frau, die ihr Gedächtnis verloren hat, und zwei fantastische Tatverdächtige, die es wohl nicht gewesen sind ...«

Sie ging gar nicht darauf ein. »Woher weißt du das mit der Pathologin und so?«

»Ich habe ihn gefragt.«

»Du hast Wenzel einfach so gefragt?«

»Ja, natürlich. Was sonst?«

Sie schüttelte den Kopf. »Das nimmt ja jede Spannung aus der Sache.«

Nach einer Weile meinte sie: »Das mit den Blondchen ... meine ich ... das ist für ihn zukünftig vorbei. Das lässt Frau Dr. Pathologin nicht mehr zu. Wetten?«

Schielin ging die Wette nicht ein, weil er der gleichen Meinung war.

Unfallakt

Er war müde, als er nach Hause ging, und es war ihm nicht vertraut in das leere Haus zu treten. Auf hinterhältige Weise hatte ihn der ungute Geist des Kohnschen Hauses ereilt, den er bei jenem ersten Mal gespürt hatte, als er dort über die Schwelle getreten war – Einsamkeit.

Für eine Tour mit Ronsard fühlte er sich zu energielos, aber es reichte für einen ausgiebigen Aufenthalt an der Weide, wo er die Friesen und Ronsard striegelte, dass ihm der Schweiß lief.

Als er damit fertig war, kontrollierte er den Weidezaun, die Elektrokontakte und forschte den Waldrand ab. Beruhigt ging er zurück ins Haus, wo nach einer kühlen Dusche eine Flasche Wein wartete. Er wusste, dass er gut bewacht war und hatte demzufolge keine Sorge, als er nach oben ging, wo sich zum Wein Claudio Arrau mit Chopins Nocturnes gesellte. Als Lektüre hatte er sich die Akten aus Warendorf mitgenommen – ein USB-Stick machte es möglich. Am Morgen hatte er eine weitere Mail aus Warendorf in seinem Postfach vorgefunden und nun wollte er etwas mehr über Carmen Lasalle erfahren, wenn sie es schon nicht mehr berichten wollte oder konnte. Auf dem klapprigen Notebook blätterte er durch die Seiten und fand dort bestätigt, was er im Telefonat mit Wilhelm Kurz bereits erfahren hatte. Carmen Lasalle war ein wildes Mädchen gewesen. Er fand Verweise, Ermahnungen, Gutachten, Empfehlungen, Gesprächsnotizen – und aus allem sprach die Hilflosigkeit einer jungen und entfesselten Seele heraus. Aus manchen Notizen waren auch der Zorn und eine zur Neige gehende Geduld zu entnehmen. Schielin war im Zweifel, wem er mehr Mitleid zugestehen sollte. Er klickte die pdf-Dateien weg und öffnete eine weitere Datei, die er erst heute erhalten hatte – die Unterlagen den Unfall betreffend. Die Fotografien waren noch mit Hand eingeklebt, wie auf den Scans gut zu erkennen war, und ihre Beschriftung war sorgfältig mit Schablone vorgenommen worden. Welche Zeit das alles in Anspruch genommen hatte, erinnerte er sich. Das machte heute niemand mehr. Digitale Fotos, digitale Bildunterschriften, Druckbefehl – fertig. Was geschah aber heutzutage mit all dieser gewonnenen Zeit, fragte er sich und scrollte weiter durch die Unfalldokumente. Ihm fiel auf, dass bei den Opfern eine vom Gerichtsmediziner durchgeführte Leichenschau stattgefunden hatte, der bei den stark verbrannten Leichen die Todesursachen festgestellt hatte. Auch angesichts der Umstände keine besondere Herausforderung, denn alle drei Insassen des Pkw Volkswagen K70 waren nicht angeschnallt gewesen. Dem Fahrer war das Lenkrad, auf das er geprallt war, zum Verhängnis geworden. Dem Beifahrer hatte der Aufprall an der Windschutzscheibe das Genick zerschlagen und Carmen Lasalles Freundin Helen Sander hatte so offensichtlich schwere und zweifelsfrei zum Tod führende Schädelverletzungen davongetragen, dass auf eine weiterführende Obduktion verzichtet werden konnte. Keiner der Opfer war an den Folgen des Fahrzeugbrandes gestorben. Schielin schenkte vom Côtes du Rhône nach und tauchte ab in jene Zeit, in der er selbst in den Nächten unterwegs gewesen war.

Zwei Burschen und ein Mädchen …

Er las den Unfallbericht nochmals. Gegen vier Uhr am Morgen war die Polizei über das Unfallgeschehen informiert worden. Das Unfallfahrzeug war zu diesem Zeitpunkt bereits ausgebrannt gewesen. Der Brand war vom Motorraum ausgegangen. Die Leichen der beiden Burschen im vorderen Fahrzeugraum waren dementsprechend stark der Feuer- und Raucheinwirkung ausgesetzt gewesen. Schon jenseits der Vordersitze war die Wirkung nicht mehr ganz so stark gewesen. Trotzdem war die Mädchenleiche auf der Rückbank verkohlt gewesen. Er las die Einlassungen der Zeugen, die man befragt hatte. Den Angaben war zu entnehmen, dass die drei Insassen vor der Diskothek in Warendorf gesehen worden waren. Es fanden sich keine Zeugenangaben darüber, wann das Unfallfahrzeug den Parkplatz der Diskothek verlassen hatte.

Er klickte die Bildtafel in den Vordergrund. Das demolierte Fahrzeug, die verbrannten Insassen mit allen Details, perfekt in Schwarz-Weiß dokumentiert. Sachlich. Nüchtern. Die Fotos ganz hinten zeigten nochmals verschiedene Übersichten. Auf dem Teer waren die mit weißer Kreide aufgezeichneten Markerlinien zu erkennen, die Schleuderverlauf, Aufprallpunkte und Blockier- und Bremsspuren markierten. Ein Foto zeigte das weitere Umfeld des ausgebrannten Fahrzeugs. Schielin stutzte und scrollte einige Seiten zurück, wo das Fahrzeuginnere zu sehen war. Dann wechselte er wieder zur der Außenaufnahme. Etwa zwanzig Meter vom ausgebrannten K70 entfernt lag ganz deutlich sichtbar eine Handtasche am Rand der Fahrbahn. Wie zufällig dort hingeworfen. Schielin blätterte wieder zurück. Die Aufnahmen des Fahrzeuginneren zeigten zweifelsfrei eine halb verbrannte Handtasche, die wie verloren und traurig auf der Rückbank lag.

Zwei Burschen, ein Mädchen? Und zwei Handtaschen. Das passte nicht. Niemals.

Er suchte die eingescannten Unterlagen durch und fand die Dokumentation der am Unfallort sichergestellten Gegenstände, alles sehr ordentlich. Die Identität von Fahrer und Beifahrer war anhand der Geldbeutel erfasst worden.

Die hatten den Brand fast schadlos in den Gesäßtaschen überstanden. Auch die Handtasche von der Rückbank war aufgeführt. Der Kunststoff war stark verschmort, ebenso der Inhalt. In einer Lederbrieftasche hatte man den Ausweis von Helen Sander gefunden, noch gut lesbar. Ein Stück weiter unten war die zweite Handtasche aufgeführt, die am Rand der Straße gelegen hatte, wie auf dem Foto zu sehen gewesen war. Eine kurze Notiz vermerkte, dass diese Handtasche leer gewesen war.

Diese Handtasche hatte also keine Identität.

Zwei Burschen, ein Mädchen, zwei Handtaschen. Es beschäftigte ihn.

*

Am nächsten Tag rief Schielin gleich in der Frühe in der Weissenau an, brachte sein Anliegen Frau Kohn betreffend vor und erbat einen baldigen Rückruf. Sein Wunsch machte schließlich keine Umstände. Dann ging er nach vorne, in Kimmels Büro, und erzählte von dem, was ihn an der alten Unfallakte beschäftigte. Kimmel war von der Geschichte über den *historischen* Unfall, wie er es nannte, und die zweite Handtasche gar nicht begeistert. Schielins Verdacht, dass der aktuelle Fall Kohn durchaus mit diesem Unglück in Zusammenhang stehen konnte, erschien ihm zu exotisch. Er äußerte, man solle sich voll und mit allen Kräften auf die Haubachers konzentrieren. Deren Anwesenheit am Tatort war durch mehrere hübsche Beweise gesichert. Man war sogar in der selten glücklichen Lage durch ein von den Tätern selbst gefertigtes Foto beweisen zu können, wie die beiden die Leiche von Gundolf Kohn in den Verschlag geschafft hatten. Und das Motiv war ja so was von klassisch. Kimmel liebte alles Klassische, wenn es nur nichts mit Musik zu tun hatte. Und fünfzehntausend Euro, die zum Zugreifen animierend und derart aufreizend in einer Wohnung herumlagen, waren ein durchweg klassisches Motiv für einen klassischen Raubmord. Kein Anwalt der Welt haut die da noch raus, war sich Kimmel sicher.

Die seinem Plädoyer gegenüber ausbleibende Zustimmung Schielins bekümmerte ihn. Schielin sprach plötzlich von einem *größeren Zusammenhang*, in welchem man den Fall betrachten müsste. Kimmel wollte davon nichts hören. Was war nur plötzlich los auf seiner Dienststelle? Erst startete Erich Gommert einem Selbsterfahrungstrip, dann sympathisierte Jasmin Gangbacher mit diesem okkulten Zeug und jetzt scheute sein erfahrener Mordermittler vor einem Täterpärchen zurück, das ihnen auf dem silbernen Tablett präsentiert wurde. Kimmel verstand die Welt nicht mehr. Es musste an dieser elenden Hitze liegen, die die Stadt und alle Menschen plagte. Wann kam endlich wieder etwas Wind auf und wann endlich donnerte ein Gewitter über den See und machte Frieden. Kimmel wischte den Schweiß von der Stirn und blieb entkräftet hinter seinem Schreibtisch sitzen, denn er ahnte, dass seine klassische Fallkonstruktion es nicht bis in den Gerichtssaal schaffen würde. Dazu kannte er Conrad Schielin zu gut. Ein größerer Zusammenhang hatte Schielin gesagt, ein größerer Zusammenhang.

Kimmel hatte ganz vergessen Schielin zu fragen, wie es denn seiner Frau und den Kindern ging – und dem Esel.

Es machte ihm dann auch nichts mehr aus, als Erich Gommert kurz darauf ins Büro trat und davon berichtete, dass ein Herr Scheibenstein aus München gestern Vormittag auf der Dienststelle gewesen sei, um sich umzusehen, und dass er – Erich Gommert – dem Herrn die Reste vom Williams mitgegeben habe. Den Giererschen Müller-Thurgau habe er hierbehalten, dem Herrn aus München aber bestens empfohlen.

Kimmel nahm all das schweigend zur Kenntnis und sinnierte darüber, ob es nicht vielleicht an der Zeit war, sich auch ein Tier anzuschaffen, in Zeiten, in welchen die Menschen und die Umstände so kompliziert wurden.

Ansonsten ließ er seine Gedanken nicht nach außen dringen. Auch dann nicht, als er kurz darauf erfuhr, dass Jasmin Gangbacher nach Amtzell unterwegs war. Dieser gemütliche Ort lag jenseits jener unsichtbaren Grenze zu Baden-Württemberg. Und somit war Amtzell für bayerische Polizisten, was Amtshandlungen betraf, so weit von Lindau entfernt wie Timbuktu oder Caipirinha. Aber was scherte er sich noch um solche Kleinigkeiten. Gerne wäre er jetzt mit einem Hund, vielleicht auch mit einem Esel, spazieren gegangen.

*

Jasmin Gangbacher verließ gerade die A7 bei Wangen und folgte der Beschilderung in Richtung Amtzell. Die Landstraße folgte dem weichen Schwingen einer sich wohlig ausbreitenden Landschaft. An den Hängen weiter Hügel lagen Höfe und Weiler, umgeben von Streuobstwiesen, ausgedehnten Weideflächen und Mischwäldern. Der Wind trug auch hier noch einen Teil des Sees in sich, während die Menschen bereits Allgäuer waren.

Jasmin Gangbacher hatte das Ziel ihrer Fahrt in das Navi ihres iPhones eingegeben und folgte den Hinweisen einer sonoren Männerstimme. Die standardmäßige Frauenstimme hatte sie abgestellt, als sie während einer Fahrt an einem freien Wochenende, bei einem unbedeutenden Blick nach links, festgestellt hatte, wie ihr Freund etwas zu selig gelächelt hatte, als diese digitale Frau den Satz sagte: Bei der nächsten Gelegenheit, bitte wenden.

Sie hetzte nicht, ließ den Wagen dahingleiten, um für sich Zeit zum Nachdenken zu haben, was ihr zunehmend gut in der engen Zelle eines Fahrzeugs gelang, mit dem sie alleine durch die Landschaft steuerte.

Einige Zeit zuvor, auf der Dienststelle, waren Conrad Schielin und Lydia Naber zu ihr gekommen und wollten wissen, was sie inzwischen über die Blutkreuze herausgefunden hatte. Es war das erste Mal, dass sie von ihren Ermittlungen in solcher Ausführlichkeit berichten konnte. Während der offiziellen Besprechungen hatte sie sich bisher zurückgehalten, weil sie die Vorbehalte Kimmels dieser ungewöhnlichen Thematik gegenüber deutlich spürte.

Sie berichtete, dass am vergangenen Wochenende die Ermittler der Polizeiinspektion zwei der Feuerstellen ausfindig gemacht hätten. Es war eher Zufall gewesen. Die Frau eines Kollegen war beim Joggen im Motzacher Wald einem auf einmal in der Luft hängenden Brandgeruch nachgegangen und war auf eine der Feuerstellen gestoßen. Die andere Feuerstelle hatte ein Bauer auf seiner offen gelassenen Weide festgestellt – zwischen Hoyren und Heimesreutin, nur ein kurzes Stück von der Straße entfernt und doch gut geschützt. Sie war rausgefahren und hatte sich die Stelle selbst angesehen. Der Zaun war wild von Brombeeren überwuchert. Nicht weit von einem halb verfallenen Holzunterstand hatte eines der Feuer gebrannt, in dessen Asche sich Rattenschädel und Hufeisen fanden – genau wie an der Feuerstelle im Motzacher Wald.

Sie hatte inzwischen herausbekommen, dass Hufeisen nicht gleich Hufeisen waren und dass die in der Asche aufgefundenen über ein besonderes Merkmal verfügten – eine individuelle Signatur. Ein alter Schmied aus Schlachters, an den sie über einen Kollegen der Wasserschutzpolizei vermittelt wurde, konnte ihr nach einigen Hustenanfällen, und einer jeden Gesunden zermürbenden Krankheitsgeschichte berichten, dass ihre Hufeisen von der Voglerschen Hammerschmiede aus Amtzell stammten.

Genau hier war sie nun angekommen, parkte den Dienstwagen und stieg aus. Was erwartete sie eigentlich hier zu finden? Vor vielen Jahrzehnten waren hier Hufeisen entstanden, die man vor wenigen Tagen in der Asche absonderlicher Feuerstellen gefunden hatte. Schielin war es, der zu ihr gesagt hatte: »Fahr hin und schau es dir an! Rede mit den Leuten, stelle Fragen, mache dir einen Eindruck – was auch immer. Es bringt deine Gedanken sicher viel weiter, als wenn du hinter dem Computerbildschirm sitzen bleibst. Alleine da sind noch nie Fälle gelöst worden.«

Sie hatte sich in den letzten Tagen intensiv, beinahe ausschließlich, und weit über ein rein dienstliches Interesse hinaus, mit dem beschäftigt, was hinter den Blutkreuzen stecken konnte. Dabei war sie auf eine Welt gestoßen, die sie so bisher nicht wahrgenommen hatte – und auf Menschen, die dieser Welt mit Haut und Haar verfallen waren. Es war die Welt derjenigen, die den Tag nur deshalb ertrugen, weil auf ihn die Nacht folgte. Ihre Sonne war ein milchiger Mond, und Glück und Zufriedenheit fanden sie nur umgeben von Dunkelheit.

Anfangs hatte sie versucht über das Internet einen Kontakt herzustellen, doch der dort avisierte *Hexenstammtisch* in Kempten erwies sich nach einem ersten Kontakt als exakt das, was man in landläufiger Boshaftigkeit darüber gedacht und gesprochen hätte.

Sie hatte nicht aufgegeben und war endlich an einen Händler für sogenanntes Ritualzubehör geraten. Schon das Wort hatte sie elektrisiert – Ritualzubehör. Es war ihr ganz zufällig am Rande einer der unzähligen Okkultismusseiten in den Blick geraten. Vermutlich auch wegen des Ortes, der unter der Überschrift *Adresse* aufgeführt war und sie in aufgeregte Freude versetzte: Scheidegg. Sie war dorthin gefahren – ganz privat – und hatte eine kleine, dunkle Ladenstube entdeckt, in welcher ein süß-bitterer Geruch den unbefangenen Eintretenden sofort benebelte. Eine blanke Glühlampe sorgte für das wenige Licht, dessen übermäßige Ausbreitung durch von der Decke hängende Ritualhilfen gehemmt wurde. Da baumelten Tücher, Umhänge, Gürtel, Frackteile, Stiefeletten und sehr erotische Lederdresses mit vielen großen Löchern und silbrigen Knöpfen in gruseliger Eintracht neben Tierfellen, Schädeln, Knochen und Krallenstöcken. Die Regale rundum im Raum verteilt und bis zur Decke reichend, quollen über von Tüten, Dosen und Gläsern, in denen sich alles Unmögliche der Welt versammelt zu haben schien. Da waren Öle und Salben von zweifelhafter Herkunft, dazwischen getrocknete Pflanzen und Wurzeln, Räucherwerk aller Art, Harze, Kräuter und magischer Schmuck. Steine und Kristalle – natürlich alle mit einer Macht, einer Wirkung versehen – rundeten das Angebot ab. An einem Holzstab hingen tatsächlich einige Hufeisen, die jedoch mit den Voglerschen nichts zu tun hatten. Soweit kannte sie sich mit den Merkmalen bereits aus. Sie sah sich um: Wo waren die Holzbesen?

Ihr Blick glitt über die Bücher mit magischer Literatur, die zwischen dem ganzen Zauberzeug lagen. Es gab ein *Buch der Schatten*, fast hätte Jasmin Gangbacher lachen müssen. Dazu noch jede Menge Biografien alter Zaubermeister – Abrakadabra – huh, huh, huh – ene mene muh! – kurzum, für jeden okkulten Geschmack war etwas dabei gewesen.

In einer Nische, ganz eingewachsen vom okkulten Tand, hockte eine hagere Gestalt. Sie fragte sich, wie es der Kerl, dessen Alter schlecht zu schätzen war, hier nur aushalten konnte. Er hatte sie mit keinem Wort begrüßt, sondern verfolgte ihre nicht gezielte Suche mit verstohlenen Blicken, während er an einem mit verrückten Zeichen bestickten Tuch nestelte.

Sie hatte zu einer Dose mit Öl gegriffen und überlegt, wie sie es anstellen sollte ins Gespräch zu kommen. Sie entwaffnete ihn, indem sie sich ihm zuwendete, das Öldöschen fragend in der Hand haltend, und mit hilfloser Stimme sagte: »Ich kenne mich noch nicht so gut aus.« Fast hätte sie sich selbst ein wenig leidgetan, als sie ihrer eigenen Stimme nachhorchte. Sie ließ ein wenig Licht in die dunkle Seele des Zottels gegenüber fallen, indem sie ihm ein freimütiges Lächeln schenkte, und – der Allgäuer Rasputinersatz war geknackt.

Bald darauf, bei einem Kräutertee, hatte er schon alle Scheu verloren und wurde zu einer regelrechten Plappertasche. Wie unangenehm, dachte Jasmin Gangbacher, alles Geheimnisvolle auf einmal weggequatscht, fast wie beim Girls' Day. Nichts mehr mit faszinierender Düsternis und dunklen Geheimnissen. Sie horchte ihn nur noch aus. Die Sache mit den Friedhöfen interessierte sie nicht, auch nicht die Tänze bei Vollmond, daher lenkte sie das Gespräch – eine Streichholzschachtel lag als Medium günstig herum – auf Feuer; und in der Tat – die nächtlichen Feuer um Lindau waren in der Szene bereits Thema und er erzählte wichtigtuerisch – alles sei gelogen. Er schaffte es noch, jeden Funken Neugier an ihm in ihr auszutreten. Zum Schluss senkte er seine Stimme, und meinte, dass es in Lindau eine große Hexenmeisterin gäbe, von der kaum jemand wüsste.

Sie machte ein ernstes Gesicht und achtete darauf, dass noch etwas Überraschtes darin erhalten blieb. Dabei dachte sie daran, was wohl Gommi sagen würde, wenn sie ihm erzählte, dass es in Lindau eine große Hexenmeisterin gäbe.

»Eine!? Nur eine!?«, lautete wohl sein einführender Kommentar.

Auf die Frage, ob man diese Hexenmeisterin denn irgendwie treffen könne, schüttelte der Zottel mit bedauernder Miene den Kopf. Das wäre nur über Empfehlungen möglich.

»Das ist aber schade«, sagte Jasmin Gangbacher ehrlich enttäuscht, und war gar nicht verwundert, als sie weiter erfuhr, dass der magere Zottel nicht zu den Hexenmeistern gehörte, die eine Empfehlung aussprechen konnten.

Und nun stand sie hier in Amtzell vor dem alten Bau der Voglerschen Hammerschmiede und hoffte auf – ein Zeichen vielleicht? Im Fenster steckte eine gefaltete Broschüre der Gemeinde, die Auskunft gab über die Geschichte der alten Hammerschmiede. Jasmin Gangbacher hielt ihre Hand vor die Scheiben an der breiten Giebelseite und blickte ins Innere. Hinter einem Durchgang war der mächtige, alte Hammerkopf zu sehen, der von Wasserkraft angetrieben worden war. Sie lehnte an den alten Mauern und blätterte in dem Faltblatt, überflog den Gang der Mühle durch die Jahreszeiten.

Eine alte Frau kam von der Wiese hinter der Mühle her, auf Jasmin Gangbacher zu. Sie trug einen kleinen Weidekorb und zog das rechte Bein etwas nach.

Die junge Frau, die da zwischen dem fremden Auto und der Voglerschen Hammerschmiede stand, schien sie zu interessieren, denn sie hielt unvermindert auf sie zu und suchte nicht in einigem Abstand und Anonymität einer Begegnung auszuweichen. Ohne besonderen Anlass entwickelte sich gleich ein kurzes Gespräch, ohne dass Jasmin Gangbacher hätte sagen können, wie es seinen Anfang genommen hätte. War es ein einfacher Gruß gewesen? Die Frau erzählte, dass sie den letzten Schmied und seine Frau noch gekannt hatte. Jasmin Gangbacher hörte freundlich zu. Erinnerungen, es waren nichts weiter als Erinnerungen, die uns zu dem machten, was wir waren.

Nach der Verabschiedung blieb sie etwas enttäuscht stehen und sah über den letzten Absatz des Textes. Es war die Erinnerung, die ihr sagte, diesen Namen, der in kursiven Lettern darunterstand und die Autorenschaft belegte, schon einmal gelesen zu haben. Ganz deutlich stand hier *Nora Seipp* und sie konnte sich nicht vorstellen, dass es sich um einen Zufall handelte. Schielin und Lydia mussten das schnell erfahren.

*

Schielins Kopf war nach dem Gespräch mit Kimmel so voller ungeordneter Gedanken über das Ehepaar Kohn und diesen ihm immer mysteriöser erscheinenden Unfall, dass er mehr Raum zum Denken benötigte. Eine Bank. Diesmal brauchte er eine Bank. Mit dem altersschwachen Passat zuckelte er die paar Meter über die Aeschacher Kreisverkehre, in die Wackerstraße und parkte das Auto in der Giebelbachstraße, gleich am Armbruster-Haus. Er schlenderte unter den Linden entlang und überlegte, welche der Bänke ihm denn gefallen konnte. Rechter Hand lag in mattem Postkartenidyll die Hintere Insel mit Pulverturm und Luitpoldkaserne. Aus der Skyline jahrhundertealter Häuser reckten sich die Stufen von Treppengiebeln, Dachschmuck, Türmchen und Podeste. Dahinter lag die Kulisse der Berge in dunklerem Grau vor einem Beige, welches über den Gipfeln hing.

Er war bis kurz vor den Bahndamm gekommen und setzte sich auf eine der Bänke am Aeschacher Bad. Es stimmte, was der Berliner gesagt hatte – überall konnte man sitzen. Schielin kam sich als Einheimischer etwas fehl am Platze vor. Vielleicht lag darin auch der Grund, dass man die Fülle an Bänken als Lindauer übersah, weil man nicht der Meinung war, sie stünden auch für einen selbst an ihrem Ort, seien das uneingeschränkte Eigentum der Urlauber. Es war ein eher bewusster Vorgang eine entspannte Sitzhaltung einzunehmen und nicht das Ergebnis großer Selbstverständlichkeit. Erst der längere Blick hinüber zur Insel und auf die schemenhafte Gestalt der Berge ließ ihn allmählich zur Ruhe kommen. Jetzt spürte er die Hitze wieder. Kein Hauch kam vom Wasser her, das träge an die Ufermauer schwappte, ganz ohne Wellenschwung, mehr wie heißes Öl. Das Fiebrige, das den See heimgesucht hatte, würde irgendwann ein Ende haben, dachte er, und wischte den Schweiß von der Stirn. Bald würden hier wieder Wellen schlagen und Gischt spritzen. Doch selbst in seinen heftigsten Ausbrüchen, in seinen wildesten Stunden, blieb der See ein gutmütiges Wasser. Das völlig entfesselte Toben des Meeres ging ihm ab. Dazu standen die Gipfel der Berge zu nahe.

Das helle Geräusch der Schrankenglocke schreckte Schielin aus seinen Gedanken. Langsam senkten sich die weißroten Balken und ein Zug rollte kurz darauf gemächlich über den Bahndamm hinüber zur Insel. Schielins Augen richteten sich auf das Aeschacher Bad und studierten das verwirrende und doch voller kunstvoller Ordnung steckende Balkenkonstrukt, auf dem der anmutige Holzbau Halt fand.

In der kurzen Zeit, die die Schranke geschlossen war, sammelten sich beiderseits des Gleisbettes Spaziergänger, Hundebesitzer, Karrenfahrer, Schrebergartler und Bodensee-Radrundfahrer. Letztere waren ihrer Aufmachung wegen von allen anderen gut zu unterscheiden. Ihre Dresses und Helme leuchteten in grellen Farben in den Tag und allesamt waren sie derart ausstaffiert, als wären sie auf dem Weg zu einem Madmax-Film, oder einem modernen Fantasyspektakel. Konnte man eigentlich noch ohne irgendwelches Bohei auf einem Rad dahinfahren, die Luft, den Geruch der Landschaft und die Aussichten genießen?

Er ging langsam weiter zur Schranke, und als sich die Balken ohne Hast wieder hoben, wechselte er mit allen anderen über die Gleise und folgte dem gemütlichen Fußweg über den Bahndamm, passierte die Lindenschanze, stieg die steilen Treppen zur Thierschbrücke hinauf, wo er kurz innehielt und an einen Menschen dachte. Hier auf dem Teer hatte man den Maler Onderka auf der Straße liegend gefunden, diesen verrückten, begabten, unkonventionellen Kerl, der oft in Funks Büro gehockt hatte und der auch andere Räume des Polizeigebäudes, weit weniger ausstaffierte, das ein oder andere Mal hatte kennenlernen müssen.

Er querte die Brücke und kam auf der anderen Seite wieder auf den Uferweg. Weshalb er diesen Weg ging, konnte er nicht sagen, er dachte über alles Mögliche und nichts nach und unterließ es seinen Gedanken eine Richtung aufzuzwängen.

Eine Eisenstange mit rotem Dreieck obenauf markierte den Hexenstein, dessen felsiges Haupt wegen des noch niedrigen Wasserstandes weiter als üblich aus dem See ragte. Schielin sah sich um, versuchte der Stelle einen übersinnlichen Kern zu entlocken. Nichts. Vielleicht war er auch nicht der Typ dafür. Von hier ging der Blick weit über das Wasser, hinüber zum Aeschacher Ufer. Das Hotel Bad Schachen dominierte die Uferfront, dahinter die in sattem Grün überhängenden Bäume des Friedensparks. Was gab einem Ort, einer Stelle aus Erde, Wasser, Stein und Luft etwas Übersinnliches? Wahrscheinlich waren es wir Menschen. Er jedenfalls spürte nur die Magie, die ihn immer wieder an das Ufer, den See, zur Insel hinzogen; spürte, dass er dies alles immer wieder sehen, fühlen und riechen musste. Ganz in Gedanken suchte er hinter der kniehohen Ufermauer nach Spuren eines Feuers und tatsächlich lagen ein paar verkohlte Prügel zwischen den groben Steinen herum. Sonst war nichts zu entdecken. Schielin sah das Dreiviertelrund, das von Ufer und Bahndamm geschaffen wurde, und massierte sich den Nacken.

Er hatte den Ausflug weniger deswegen unternommen, um zu einem Schluss zu kommen, oder etwas zu entdecken. Er brauchte die Magie des Ortes, um seine Gedanken zu befreien.

Zurück auf der Dienststelle, trafen wie zufällig Robert Funk und Wenzel in seinem Büro zusammen. Sie kamen kurz nacheinander und hörten Schielins gedämpfter Stimme mit Spannung zu, der zu Lydia Naber gewandt sprach und ihr von der Unfallakte berichtete.

Wenzel stand im Türrahmen und zog die Tür zu, jedoch nur so weit, dass er durch einen Spalt wahrnehmen konnte, was sich draußen im Gang tat. Feindbewegungen etwa.

»Sag das bitte noch mal!«, forderte Lydia Naber von Schielin und sah ungläubig zu den anderen beiden.

»Ich glaube nicht, dass wir mit Carmen Kohn, geborene Lasalle, die richtige Person vor uns haben.«

»Ja, aber wer soll sie denn sonst sein?«, fragte Wenzel, der nicht alles mitbekommen hatte.

»Die Tote aus dem K70, meint er«, sagte Lydia kurz angebunden.

Wenzel war von der etwas ungehaltenen Antwort nicht zu beeindrucken. »Was für ein K70? Meint ihr das Auto? Die Kisten gibt's doch schon eine Ewigkeit nicht mehr.«

»Eben.« Schielin nahm die Gelegenheit wahr seinen Verdacht nochmals auszubreiten. Er wollte möglichst oft davon reden, reden, reden, um sich entweder selbst sicherer zu werden, oder die Zweifel, die er durchaus hatte, zu verstärken. »Vor über dreißig Jahren gab es einen Unfall, bei dem drei junge Leute ums Leben gekommen sind. Zwei Burschen und ein Mädchen, alle noch keine zwanzig. Der Fahrer hatte den K70 vom Onkel. Das Mädchen, das damals auf der Rückbank saß, war eine Helen ... der Nachname fällt mir gerade nicht ein ... jedenfalls war sie die Freundin, die einzige Freundin von Carmen Lasalle. Und ich glaube nun, dass es ganz anders ist. Dass nämlich unsere Carmen Kohn, geborene Lasalle, in Wirklichkeit diese Helen ist, und im Grab der Helen liegt Carmen Lasalle.«

Wenzel sah verdutzt von einem zum andern. »Wie kommst du bitte darauf?«

»Wegen der zweiten Handtasche«, sagte Lydia Naber und entschuldigte sich kaum, dass sie es gesagt hatte, denn ihr Ton war etwas zu spöttisch geraten. Sie lehnte sich zurück und seufzte. Die Haubachers waren schöne Täter, mit denen man kein Mitleid empfinden musste, und jetzt diese Sache.

Schielin berichtete erneut von der zweiten Handtasche, die auf dem Unfallfoto zu sehen war, und die im Protokoll aufgelistet worden war.

»Aber Conrad, wie soll das passiert sein, bei einem so schlimmen Unfall ... mit drei Toten?«

Schielin hob die Hand. »Das Fahrzeug ist vor dem ersten Überschlag über eine Strecke von mehr als hundert Metern geschleudert, von einer Fahrbahnseite zur anderen. Vierzig Meter vor dem Überschlag hat es eine Baumgruppe touchiert, rechts, am Beginn einer moosigen Wiese. Dabei wurde die rechte, hintere Türe abgerissen ...« Er sah Wenzel auffordernd an. Der Aufprall selbst war so heftig nicht. Das Pech war, dass das Auto so halb quer in die Bäume rutschte. Du weißt: Vierzig, fünfzig Stundenkilometer und ein Bäumchen von zwölf Zentimetern Durchmesser im Seitenaufprall – das geht bis zur Mitte durch wie ein warmes Messer in Butter.

»Du meinst, eine auf der Rückbank sitzende Person ist herausgeschleudert worden … Mooswiese, relativ weich … Glück …« Wenzel knurrte seine Zweifel heraus. »Abenteuerlich, Conrad, das ist eine abenteuerliche Variante … und – vorausgesetzt, es wäre so wie du es schilderst: Eine nur leicht verletzte Helen überlebt den Unfall … und dann hat sie die Chuzpe die Situation zu nutzen und die Identität ihrer soeben im Auto zu Tode gekommenen Freundin anzunehmen und sie in ein Grab mit ihrem eigenen Namen legen zu lassen? Ihre Familie um eine Fremde trauern zu lassen? Also, bitte!«

Schielin verstand Wenzels Zweifel. »Jaja, Wenzel, aber diese Helen war ein hochintelligentes, junges Mädchen, stand kurz vor dem Abitur, hatte glänzende Noten. Die Familienverhältnisse, aus denen sie stammte, könnte man als verheerend bis obskur bezeichnen und waren wohl auch der Grund, weswegen sie keinen rechten Anschluss in der Schule fand. Wie auch immer kam sie mit Carmen Lasalle zusammen – ein Wildfang wie aus dem Buche, jung, hübsch, charismatisch, unangepasst und aufsässig. Ich habe mit dem Heimleiter telefoniert, diesem Wilhelm Kurz. Kaum zu bändigen war diese Carmen. Und Helen … stellt euch das mal vor, sie wird schon mit siebzehn schwanger, muss die Schule verlassen – das Ende aller Träume. Kein Abitur, kein Studium, kein Beruf … gefangen in der norddeutschen Tiefebene und auf Gedeih und Verderben dem Wohlwollen einer psychisch kranken Mutter ausgeliefert und niemand, mit dem sie reden kann. Die beiden, also Mutter und Tochter, mochten einander nicht sonderlich«, Schielin hob die Stimme, »ich habe nun lange darüber nachgedacht, glaube mir. Alles, was dieser ehemalige Heimleiter Wilhelm Kurz von Carmen Lasalle berichtet hat und was auch aus den Akten hervorgeht … es passt in überhaupt keiner Weise auf *die* Carmen Lasalle, mit der wir zu tun haben. Unsere Carmen Lasalle ist ein völlig anderer Mensch als der, den die Akten beschreiben: Sie geht nach Frankreich, arbeitet fleißig und zuverlässig in der Gastronomie, macht eine Dolmetscherprüfung und ist jahrelang als Übersetzerin und Fremdenführerin tätig. Alles, was recht ist, die echte Carmen Lasalle hat mit Mühe und Not ein paar Jahre Schule hinter sich gebracht, mehr als ein paar Monate hat sie es nicht an einer Ausbildungsstelle ausgehalten, immer war sie unterwegs, am liebsten nachts! Ich bin der Meinung – für diese Helen muss der Unfall, so schrecklich er auch war, ein Gottesgeschenk gewesen sein. Nur dadurch hatte sie die Möglichkeit ihrem bisherigen Leben zu entkommen und konnte bleiben, wer sie war – und doch eine andere sein. Es ist im Grunde genommen doch relativ einfach. Sie war volljährig, hatte keine weitere Verwandtschaft und nahm den Identitätsnachweis von Carmen Lasalle an sich. Die beiden waren sich auch noch einigermaßen ähnlich. Mehr brauchst du nicht. Mit dem Ausweis bekommst du alles Weitere und wenn aufgrund dieses Ausweises erst mal andere Papiere ausgestellt werden, läuft alles wie von selbst.«

»Also, ich weiß nicht«, meinte Wenzel, wobei er Schielins Gedankengänge gar nicht mal für abwegig hielt.

Robert Funk, der bisher geschwiegen hatte, meinte: »Angenommen, das Telefon klingelt jetzt und die Weissenau teilt mit, es gibt keine Narbe am rechten Bein unserer Carmen Kohn-Lasalle. Was dann?«

Wenzel sah hilflos zu Lydia Naber. »Welche Narbe?«

Lydia Naber erklärte geduldig: »Carmen Lasalle muss eine recht lange Narbe am rechten Bein haben – offener Bruch von einem Sturz aus dem Fenster. Conrad lässt das gerade überprüfen.«

Wenzel nickte dankbar.

Robert Funk machte weiter. »Also angenommen, deine Vermutung stimmt. Welche Bedeutung hätte denn die Erkenntnis, dass Carmen Lasalle in Wirklichkeit diese Helen ist, für den Mord an Gundolf Kohn?«

Schielin faltete die Hände und ließ sein Kinn langsam auf die Hände sinken. Genau das war die Frage, die ihn selbst so sehr beschäftigte und auf die er noch keine befriedigende Antwort gefunden hatte. »Wenn es so sein sollte, haben wir völlig neue Voraussetzungen in dem Fall. Mir wäre es ja auch lieber, wir könnten den Fall mit den Haubachers abschließen und sicher sprechen alle Fakten gegen sie. Beide sind, jeder auf seine Art, üble Zeitgenossen. Ich habe aber so ein Gefühl, dass hinter allem etwas ganz anderes steckt als banale Gier nach Geld oder einem Buch. Alles ist so komisch, die Hitze, diese Feuer ... «, er unterbrach und es war zu sehen, dass er mit sich selbst im Zweifel war. Er war auf der Suche nach den richtigen Worten, um sein Gedankengerüst zu erklären, als sein Telefon läutete. Aus den Augenwinkeln erkannte er Jasmin Gangbachers Handynummer auf dem Display. Er nahm ab und meldete sich.

Robert Funk war gerade etwas über andere Identitäten eingefallen, und er erzählte den anderen derweil mit unterdrückter Stimme die Geschichte vom Komponisten Fritz Hummel, dessen Kompositionen bei der Kritik regelmäßig fürchterlich verrissen wurden. Hummel dachte sich fürderhin abenteuerliche russische Namen aus, gab ihnen einen möglichst absurden Lebenslauf und veröffentlichte seine Kompositionen unter diesen Legenden. Das Ergebnis war, dass die gleichen Kritiker, die seine Werke zuvor verrissen hatten, völlig euphorisch von der russischen Neuentdeckung berichteten. Von dem Zeitpunkt an, als der Schwindel aufflog, hatte Hummel seine Ruhe vor Kritikern. Robert Funk sah zu Schielin, der leise mit Jasmin Gangbacher sprach, und nahm seine Ahnung von vorher wieder auf. »Besteht denn die Möglichkeit eines Zusammenhangs zwischen dieser anderen Identität der Carmen Lasalle, den Blutkreuzen, den Feuern und diesem Beschwörungsbuch, das aus dem Haus Kohn verschwunden ist, und auf das die gesamte Hexenwelt so scharf ist wie der Teufel auf die arme Seel.«

Schielin legte langsam das Handy weg und schüttelte den Kopf. Was er gerade von Jasmin Gangbacher erfahren hatte, schuf völlig neue Voraussetzungen. Mit wenigen Worten erklärte er, auf welchen Namen Jasmin Gangbacher gestoßen war.

»Nora Seipp?«, fragte Lydia Naber überrascht, »wie kommt die denn plötzlich ins Spiel?«

Schielin berichtete in groben Zügen von den Hufeisen aus der Voglerschen Hammerschmiede und von dem Flyer mit Nora Seipps Text. Und er erzählte davon, dass Jasmin Gangbacher aus dem Bereich eines okkulten Zirkels im Allgäu die Information erhalten hatte, dass seit einiger Zeit eine Zaubermeisterin in Lindau wirke. Der Zugang zu dieser Person sei nicht einfach zu erhalten. Man erzähle aber von einer Frau mit roten Haaren.

Lydia Naber zog die Stirn in Falten und zog eine Grimasse. Sie sahen sich wortlos an und waren sich stumm darüber einig, dass das alles kein Zufall war.

»Dieses Buch, von dem Brüggi sprach«, brach Lydia Naber das Schweigen, »diese *Sieben Martern* ... hast du nicht erzählt, Brüggi hätte gesagt, er könne sich gut vorstellen, dass es Menschen gäbe, die für dieses Buch morden würden?«

Schielin bejahte.

»Wäre es denn vorstellbar, dass diese Nora Seipp ihn getötet hat, um in den Besitz des Buches zu gelangen?«

»Also ich halte in diesem Fall inzwischen alles für möglich«, klang es fast ein wenig resigniert.

»Tsss ... jetzt wird es ja auch wirklich verrückt. Hexenmeisterin in Lindau, ein Zauberbuch ... Kimmel wird durchdrehen«, schnaufte Wenzel.

»Dann könnte sie das doch mit diesen Blutkreuzen gewesen sein ... und die Sache mit der toten Katze an deinem Haus ....«, meinte Lydia Naber.

Wenzel meldete sich wieder zu Wort. Ihm ging dieser Hexenkram aus ähnlichen Gründen wie Kimmel gegen den Strich und er fuchtelte dazu mit den Armen in der Luft herum, um seine Verwirrung auszudrücken. »Gut, gut, gut, okay – Weiß ist nicht mehr Weiß, die Nacht ist der Tag, und Hexen fliegen zwischen Reutin und der hinteren Insel Stadtbusersatzverkehr ... aber was bitte, ist nun wirklich mit unserem Traumpaar aus der Firma Nichtsnutz und Ische? Identität hin oder her – die haben ein Motiv, sie waren am Tatort, haben die Leiche versteckt, sich selbst dabei fotografiert, der Plastiksack stammt aus ihrem Haushalt, sie haben die Kohle geklaut und damit fett eingekauft. Da spielt selbst die Frage nach der Tatwaffe keine große Rolle mehr ... ist sie halt weg ... aber die zwei sind doch reif, oder etwa nicht!? Und zwar überreif!«

Jetzt geriet auch Lydia Naber ins Zweifeln. »Na ja, das stimmt schon. Die haben wirklich schlechte Karten und werden wohl sitzen. Die Frage lautet nur weswegen? Ich habe gerade noch mal den Obduktionsbericht dieser ganz entzückenden Person von BMW-Cabriofahrerin durchgelesen. Diese Stiche sind von oben und sehr heftig ausgeführt worden. Der rechte Schulterknochen ist tief gerissen durch einen der Stiche. Das deutet schon eher auf eine sehr emotionale, fast hasserfüllte Tat hin. Und ehrlich gesagt, dem Haubacher selbst traue ich das nicht zu, dann schon eher seinem Schlämpchen. Dieser feiste Typ, ist eher so ein Straßenschläger ... aber dieser Mord ...«

»Ex-Schlämpchen«, warf Wenzel ein.

»Was machen wir nun also?«, fragte Funk.

»Auf den Anruf warten, die Berichte in Sachen Haubacher für die Akte fertig machen und uns mal ansehen, was unsere Okkultismusexpertin sonst noch rausgefunden hat. Ich habe so am Rande was mitbekommen von einem Hexenstammtisch in Kempten. Was meinst du, Conrad?«

Schielin schnaufte laut, bevor er sprach. »Ich meine, alles hat mit allem zu tun und wir werden das schon so zusammenfügen, dass eine Wahrheit dabei rauskommt, mit der wir leben können.«

Robert Funk stöhnte und verließ das Büro. Wenzel folgte ihm.

Lydia Naber sah zum Fenster hinaus. »Unser Kümmelchen flippt aus, wenn es wirklich in diese Hexen-Richtung geht, du weißt, dass er eher die klassischen Sachen mag – und an der hier wäre dann überhaupt nichts klassisch.«

Keine Stunde später stand Schielin vor Kimmel, der hinter seinem Schreibtisch wie angewachsen saß, und unterrichtete ihn darüber, dass Carmen Kohn, geborene Lasalle, nicht Carmen Kohn, geborene Lasalle war, sondern mit ziemlicher Sicherheit Helen Sander hieß. Kimmel nahm die Nachricht und alle weiteren Ausführungen entgegen, so als hätte Schielin gesagt, es sei heute Dienstag und morgen würde Mittwoch sein. Aber das war vielleicht auch nicht mehr selbstverständlich.

*

Lydia Naber half Wenzel drunten im kühlen Kellerlabor bei der Auswertung der Spuren. Einige Plastiktütchen lagen noch unbearbeitet herum.

Conrad Schielin war oben in seinem Büro damit beschäftigt, die Unterlagen zu sortieren und auf verschiedene Packen zu verteilen – Kriminalakten, Staatsanwaltschaft, Handakte. Er verrichtete die Arbeit mechanisch, beinahe ohne darauf zu achten, was er tat. Nach den unübersichtlichen Formularen, auf welchen das Geschehen mit Schlagworten grob beschrieben und mittels Zahlen für die Statistik klassifiziert war, folgten die Blätter mit den Personalien aller Betroffenen und Beteiligten. Dazu die Protokolle der Vernehmungen und die Aktenvermerke, die gefertigt worden waren. Zum Obduktionsbericht würden die Spurengutachten des LKA und Wenzels Auswertungen kommen.

Es war ein Blatt Papier, eines jener unbedeutenden Blätter mit Personalien, an denen Conrad Schielins Blick hängen blieb. Es geschah, ohne dass er wusste weshalb. Fast war es so, als stünde in großen Buchstaben ein geheimnisvoller Code auf dem schüchternen Blatt von schlechter Qualität. Beat Brüggi hätte sicher zwei Stunden darüber referieren können, dass dieses Verbrechen den Generationen in zwei-, dreihundert Jahren alleine wegen der minderen Papierqualität nicht mehr nachvollziehbar sein würde.

Conrad Schielin spürte sein Herz schneller schlagen und blieb doch ganz ruhig sitzen. Alle Kraft brauchte er nun zum Nachdenken. Lydia Naber, die gerade in diesem Moment hereinkam, bemerkte, dass etwas nicht stimmte. Sie blieb im Raum stehen und sah ihn an, wie er regungslos auf das Blatt Papier blickte. Sorgenvoll fragte sie, ob alles in Ordnung sei.

Mit Conrad Schielin war alles in Ordnung. Es war nur so, dass sich vor seinem inneren Augen eine Geschichte zusammenfügte, eine komplizierte Geschichte. Er reichte Lydia Naber das Blatt Papier. »Wer hat das aufgenommen?«

Sie ließ einen flüchtigen Blick darübergehen und gab es irritiert zurück. »Na, Robert. Du erinnerst dich, Robert Funk … unser Kollege …«

Conrad Schielin schloss die Augen und sie dachte es sei wegen ihres Spottes.

Er hingegen war beruhigt durch ihre Worte. Es hatte ihn zuerst erschrocken, dass es ihm wirklich hätte passieren können, diese Verbindung der Dinge übersehen zu haben. Aber Robert Funk hatte Wissen, und er, Conrad Schielin, hatte Wissen. Und erst jetzt waren ihrer beider Kenntnisse durch ein schlichtes Formblatt zueinandergekommen. Es war ein Name, der da stand und ihn elektrisierte.

Lydia Naber saß am Bildschirm und begann Spurenberichte zu tippen. Er hockte stumm gegenüber und sagte keinen Ton. Er musste erst alles zu Ende gedacht haben, bevor er etwas sagte. Es war wichtig, Dinge zu Ende gedacht zu haben, bevor man sie in die Welt entließ.

Plötzlich stand er auf und verließ das Büro. Er konnte so nicht denken, jedenfalls nichts zu Ende denken, und brauchte nun Bewegung, um einen Plan, eine Strategie zu entwickeln. Seine Kollegin hatte ihm verwundert nachgesehen.

Er war schweißgebadet, als er zu Hause ankam.

Albin Derdes stand vor dem Haus und rauchte Overstolz. Er war ein wenig verschnupft darüber, dass sein Nachbar ihn einfach so stehen ließ und schnurstracks zusah, mit Ronsard vom Hof zu kommen, nachdem er ihm doch so ausführlich die Frage nach Erna Kinkelin und ihrem Mann beantwortet hatte. Dass sich damals, vor über vierzig Jahren, alle gewundert hätten, dass eine so schöne, gebildete Frau diesen vierschrötigen Kerl heiratete, der gerne einen trank und in den Wirtshäusern keinem Händel aus dem Weg ging und, hinter vorgehaltener Hand, dass er das Wildern im Blut hätte. Erwischt hätte man ihn nie, aber ... was man so hörte.

Schielin nahm nicht den üblichen Weg hinüber nach Streitelsfingen. Auf die Aussicht wollte er heute verzichten und wählte den schmalen Pfad gleich hinter der Weide, direkt in den Motzacher Wald hinein. Schweißtropfen rannen ihm von der Stirn und kitzelten sanft am Nasenrücken. Im Wald regte sich kein Zweig, kein Blatt – er stand stumm im Bad der Glut. Schielin machte Tempo, musste sich an seinen Gedanken abarbeiten, um ihnen die Möglichkeit zu nehmen allzu wild mit ihm umzuspringen. Ronsard zickte nicht und nahm den flotten Gang auf, spürte den aufgewühlten Zustand seines Besitzers. Schielin spürte die Hitzewolken, die vom schwarzen Fell seines Esels nach außen drangen.

Ein langer, geschwungener Aufstieg beraubte Schielins Körper aller überflüssiger, unguter Energie. Als sie das Blätterdach bei Weißensberg verließen und den Ort am südlichen Rand passierten, verfielen beide in jenen sanften, schwingenden Trott, der dem Körper nichts zumutete und den Geist befreit wirken ließ. Die Regelmäßigkeit, in welcher die Hufe aufschlugen, dazu das nicht minder gleichmäßige Lockern und Ziehen der Leine, versetzten Schielin in eine Art von Trance. Er musste zudem nicht auf den Weg achten, konnte sich ganz auf Ronsard verlassen, der jede Tourvariante kannte.

Irgendwann sprach Schielin: »Wer von uns beiden ist nun der Esel, he! Jetzt, wo ich weiß, wie alles war, oder gewesen sein könnte, scheint alles so klar und deutlich in der Welt zu stehen, als sei es nie anders gewesen. Ich hätte in letzter Zeit öfter mit dir gehen sollen, um zu reden. Du wärst sicher an entscheidenden Punkt stehen geblieben, wie seinerzeit Bileams Eselin, als sie den Engel Gottes vor sich sah, der den Weg verstellte. Nur Bileam, der Blinde, hatte nichts gesehen. Und wie ein blinder Bileam, so komme ich mir vor. Aber keine Sorge, geschlagen, so wie er seine Eselin, hätte ich dich nicht, mein Guter.« Er ging weiter. »Wir brauchen eine Strategie, einen Plan, wie wir vorgehen werden, denn wir werden kein Wort erfahren, wenn wir mit ein paar Vermutungen kommen, einen Verdacht äußern und plump drohen, das wird nicht verfangen. Wir müssen eine Situation schaffen, die den Eigenstolz schwächt und das schafft man nicht mit Getue von außen – das muss unser Gegenüber schon selbst erledigen, verstehst du. Es muss selbst in die Falle hüpfen, sich darüber ärgern, so muss man es anstellen. Und wie, denkst du, kriegt man intelligente Menschen dazu, an einem solchen Punkt in die Falle zu hüpfen? Intelligente Menschen, die alles durchdacht haben, zigfach in eigenen Gedanken gewendet und gedreht, jede Variante kennen, auf alle Wendungen vorbereitet, und die ständig auf der Hut sind?« Ronsard blieb stehen. Ein Grasbüschel hängte seine frischen Triebe zu aufreizend von der Böschung in den Weg.

»Richtig, mein Lieber. Mit dummen Fragen schafft man das. Jetzt muss mir nur noch die ein oder andere plumpe Dummheit einfallen.«

Ronsard malmte behäbig. Das fette Gras knirschte zwischen den breiten Backenzähnen. Schielin bekam Hunger.

»Und wieso das alles, fragst du?« Er zog die Leine an und ging weiter. »Weil es nicht langt nur zu wissen, zu wem eine Schuld gehört. Mich interessiert aber nicht die Schuld allein. Ich will wissen, was an jenem Montag in diesem schrecklich romantischen Haus vorgefallen ist. Alles – will ich jetzt wissen.« Ronsard trabte kauend weiter. Schielin verjagte beim Queren einer Streuobstwiese einige Bremsen.

*

Von zu Hause rief er auf der Dienststelle an und bat, dass alle noch dableiben mögen, bis er zurückkommen würde – er hätte etwas mitzuteilen.

Jasmin Gangbacher kam kurz darauf von ihrem Streifzug zurück und schlich sich lautlos an Kimmels Büro vorbei. Im Geschäftszimmer lag *Hund*. Er schlug ein paar Mal mit dem Schwanz auf den Holzboden, als sie im Türrahmen auftauchte. Sie ging nach hinten und fand Schielins Büro verlassen. Auch Lydia war nirgends zu sehen. Vielleicht war sie wieder im Keller und besprühte oder bepinselte eines der sichergestellten Dinge.

Kimmel trommelte alle zusammen, nachdem Schielin eingetroffen war. Dabei traf er im Gang auf Jasmin Gangbacher, die er im Vorübergehen mit boshaftem Unterton fragte, ob ihr die Hufeisen gepasst hätten.

Schielin eröffnete den anderen, welcher Name ihm auf dem Formular aufgefallen war und welchen Zusammenhang er daraus konstruierte. Ungläubiges Schweigen. Selbst Gommi fand keine Worte. Alles, was Schielin sagte, klang logisch, so verrückt es auch anmutete. Gemeinsam legten sie das Vorgehen fest. Schielin telefonierte lange mit den

Kollegen in Norddeutschland und spät am Abend nochmals mit dem ehemaligen Heimleiter Wilhelm Kurz. Wenzel hockte im Keller, um ganz konkreten Spuren nachzugehen und Jasmin Gangbacher war im Lindaupark unterwegs.

So ging der Tag dahin. Früh brannten die Kerzen auf den Tischen der Cafés im Hafen, ohne von einem Hauch gestört zu werden. Bei der Essensauswahl waren leichte Salate und Fischgerichte die überwiegende Wahl und das Lachen, das öfter als in den Vortagen zu hören war, zeigte, dass das Arrangement mit der Hitze inzwischen funktionierte.

Glückskind

Der Mittwochmorgen zeigte endlich einen deutlich dunkleren Himmel. Die Einheimischen sahen auf dem Weg zur Seebrücke zu den Fahnenmasten hoch. Noch regte sich nichts. Wenn schon kein Windzug zu spüren war, vielleicht lag er aber schon in der Luft. Im Laufe des Morgens zeigte sich am Horizont im Westen ein erster grüner Schimmer, der Hoffnung verhieß.

Beat Brüggi hatte das Hotel Seegarten verlassen, ohne in dem Maße zu frühstücken, wie er es gewohnt und wie es möglich gewesen wäre. Er hatte schlecht geschlafen. Träume hatten ihn verfolgt. Wie Geister, waren mit einem Male Menschen in sein Dasein getreten, an die er schon Jahre nicht mehr gedacht hatte. Je näher der Morgen rückte, desto abstruser wurden die albhaften Heimsuchungen und so war er mit der ersten Dämmerung aufgestanden, hatte lange geduscht und befand sich nun auf der hinteren Insel, studierte die Zeichnung des Himmels und suchte mit dem weiten Blick hinüber in die Schweizer Heimat einen ebenso weitreichenden Abstand zu den verstörenden Fantasien zu bekommen, die ihn in der Nacht aufgesucht hatten.

Conrad Schielin hatte den Tag ebenfalls mit der Morgendämmerung begonnen. Er war zur Weide gegangen und hatte die Tiere versorgt. Er kontrollierte den Wassertrog, kippte zwei Eimer spezieller Hafermischung in die Erdkuhle und striegelte die Friesen so ausgiebig wie Ronsard. Es war gut, sich an den kräftigen Körpern anlehnen zu können. Nach der Dusche, einem Glas Wasser, einer Tasse Kaffee und einer halben Seele, ließ er das Rad hinunterlaufen und kam, ohne einmal treten zu müssen, bis weit in die Reutiner Straße.

Laurenz Brender hockte blass im ersten Stock und sah hinaus auf den See. Er lauschte hinüber zum Zimmer, dessen Türe nur halb geschlossen war, horchte, ob ein Atmen zu hören war. Obwohl er seinem Körper noch nichts zugemutet hatte, obwohl er sich an diesem Tag, wie in seinem bisherigen Leben auch, noch nichts zugemutet hatte, lag seine Haut eingebettet in ein feines Netz aus Schweiß. Er saß bewegungslos da und suchte an einem fernen Horizont immer noch nach der Erklärung, was es da draußen gab, was es wert war, fast ein Leben lang da hinauszustarren und Freude dabei zu empfinden. Er fand es nicht.

Nora Seipp hatte aus den schwarzen Kleidern, die ihr Schrank anbot, die schwärzeste Variante ausgesucht. Sie begutachtete sich ausgiebig im Spiegel, bevor sie ihren Entschluss umsetzte. Ein leichter, schwarzer Seidenstoff war deswegen geeignet für diesen in jeder Hinsicht heißen Tag, weil nur durch das Schwarz dieses herrliche dunkle Rot der Seidenbluse zur Geltung kam. Sie lächelte ihren grünen Augen zu, als sie die Perlenkette anlegte.

*

Zwei Stunden später begleitete sie Conrad Schielin durch den Gang der Dienststelle, nach hinten in den Vernehmungsraum. Die anderen saßen in ihren Büros und warteten.

Im Vernehmungsraum angekommen, sah Schielin Nora Seipp unverhohlen prüfend an. Sie präsentierte sich einige

Sekunden, ohne dass es offensichtlich gewesen wäre, und genoss es im Stillen aufzufallen. Sie hatte eine gute Wahl getroffen an diesem Morgen.

Beide setzten sich gleichzeitig; jeweils an einer Längsseite des alten Tisches, dessen gemaserte Resopaloberfläche an den Ecken schon brüchig war. In der Mitte standen ein Aufzeichnungsgerät und ein Mikrofon. Schielin hatte am Tisch gestanden und gespannt gewartet, für welche Tischseite Nora Seipp sich entscheiden würde. Sie hätte sich auch an den schmalen Bereich setzen können, doch sie wählte die offensive Position, was ihn nicht verwunderte, wenn er ihre Kleidung betrachtete. Sie trug nichts Dezentes, Einschmeichelndes oder gar Unauffälliges, vielmehr einen einzigen Ausdruck von Selbstbewusstsein und Dominanz.

Er war gespannt und fühlte trotz der guten Vorbereitungen etwas Aufregung in sich aufkommen. Sie war mit einer Bandaufzeichnung einverstanden, was das schriftliche Mitprotokollieren ersparte. Vor ihm auf dem Tisch lag ein Stapel Unterlagen, darauf sein Notizbuch. Er richtete den Blick darauf und massierte sein Kinn nachdenklich. Er hatte Zeit.

Sie war es, die das Gespräch begann, zu dem sie noch gestern Abend von Lydia Naber gebeten worden war. »Jetzt werde ich schon zum dritten Mal von der Polizei vernommen. Sie wissen ja, Herr Schielin, beim dritten Mal wird alles ernst.« Sie ließ ihre Zahnreihe aufblitzen und ein warmes Lachen hören.

»Bei uns ist es schon beim ersten Mal ernst, Frau Seipp«, entgegnete Schielin und fügte hinzu: »Wie geht es Ihnen heute?«

»Blendend.«

»Das scheint mir, ist zu sehen.«

Sie nickte und freute sich über das Kompliment, das deshalb eines war, weil ihm jegliche Anzüglichkeit fehlte.

Er fixierte weiter sein Notizbuch, weil er ihr noch nicht offen ins Gesicht sehen wollte. So weit waren sie noch nicht. Er fragte: »Ihren Beruf betreffend, Frau Seipp … Sie hatten mit meiner Kollegin ja schon bereits darüber gesprochen … was war das noch mal?«

»Hm … nennen wir es einfach Coach. Das klingt gut und passt in die Zeit.«

»Ja, das sind sie, diese schönen neuen Worte, unter denen ich mir immer alles und nichts gleichzeitig vorstellen kann. So richtig kleine Blender, will ich meinen, wenn man die Anglizismen aus der Finanzwelt einmal versucht zu übersetzen.«

Sie stimmte zu und erklärte unter dezenter Zuhilfenahme ihrer Hände: »Nennen wir es Persönlichkeitsbildung. Es ist so eine Mischung aus Motivationstraining und Rhetorik.«

»Für Vertreter und mittleres Management?«

Sie hatte den Stuhl inzwischen ein Stück vom Tisch weggerückt und ihre Beine übereinandergeschlagen. Ihre Hände lagen gefaltet im Schoß. Sie lachte: »Das ist nicht gerade meine Zielgruppe, nein.«

»Welche Leute sind es dann? Ich meine … könnte ich denn so einen Kurs … nennt man doch so, oder … könnte ich so einen Kurs bei Ihnen buchen?«

Ihr Mund blieb geschlossen und ihr Lachen wies nach innen. Langsam, als würde sie nachdenken, schüttelte sie ihre rote, lockige Mähne. »Nein, Herr Schielin, Sie bräuchten diese Kurse nicht, wirklich nicht. Es würde Sie auch, denke ich, überhaupt nicht interessieren.«

Conrad Schielin verbannte das Lächeln von seinen Lippen. »Nun gut, ich hätte wahrscheinlich auch gar keine Zeit. Aber zur Sache … weswegen wir Sie nochmals hergebeten haben …«, er schlug sein Notizbuch auf und suchte etwas, »… es geht um ein Buch, ein altes Buch, es heißt …«, wieder unterbrach er und sah umständlich auf die aufgeschlagene Seite, *Die sieben Martern*. Jetzt sah er auf und ihr direkt in die Augen.

Sie erwiderte den Blick und schürzte die Lippen. Kein Zwinkern war zu sehen. »*Die sieben Martern*, also«, kam es wissend.

»Sie kennen es?«

»Sicher. Es ist mir durchaus bekannt, ja …«

Schielin ließ sie nicht weitersprechen und meinte eifrig: »Herr Brüggi, der Ihnen ja auch bekannt ist, hat es Herrn Kohn zur … Überholung, sagt man Überholung?, gegeben, oder heißt es Kundendienst?«

Er lachte über seinen kleinen, blöden Witz. So etwas nahm dem Gegenüber das Gefühl, jemandem Gefährlichen gegenüberzusitzen und lockerte.

Sie schmunzelte höflich.

»Sie müssten es eigentlich gesehen, wenn nicht sogar in Händen gehalten haben, Frau Seipp. Dieser Herr Brüggi wollte es an jenem … ja, an jenem grausigen Montag abholen, fand das Kohnsche Haus aber versperrt. Tja. Das Buch ist bisher verschwunden. Und es ist sehr wertvoll. Können Sie uns dazu vielleicht etwas sagen?«

»Ich habe selbst an diesem Buch gearbeitet. Es war meine erste eigenständige Arbeit und ich war aufgeregt, die Verantwortung an so einem alten Werk zu tragen.«

Schielin gab sich überrascht. »An so einem wertvollen Buch durften Sie arbeiten?«

Sie neigte den Kopf zur Seite und sah ihn mit gespielter Entrüstung an.

Schielin entschuldigte. »Tut mir leid. Herr Brüggi hat uns ja berichtet, dass Sie Herrn Kohn in nicht Vielem nachstanden und er war ja geradezu fanatisch, was seine Bücher betraf, nicht wahr?«

»Das stimmt«, lautete ihre etwas schmale Antwort.

Wurde sie vielleicht jetzt schon vorsichtig, dachte Schielin.

»Haben Sie eine Vorstellung das Buch betreffend, wo es sein könnte, was mit ihm geschehen ist, weshalb es überhaupt verschwunden ist?«

»Es war also nicht im Haus?«

Schielin verneinte. »Wer könnte denn Interesse an so einem Buch haben, ich meine, es geht darin um Zauberei, Beschwörungssprüche ... so ein Hexen- und Zauberquatsch im Grunde genommen, mittelalterlicher Quatsch eben ... was meinen Sie?«

Sie löste ihre Hände und ließ sie in einer zurückhaltenden Geste kurz nach oben weisen und drehte den Kopf dabei.

Keine Ahnung, also, registrierte Schielin und überlegte, wie er weitermachen sollte, denn ihre anfängliche Unbefangenheit war schon gewichen und er spürte eine gewisse Distanziertheit. Sie sprach wenig, geriet nicht ins Plaudern oder Erzählen. Ein Zeichen für Vorsicht. Es war an der Zeit den Druck etwas zu erhöhen, dachte er, und gut wäre es gewesen, wenn jetzt wie besprochen ...

»Ist es denn das einzige Buch, das fehlt?«, fragte sie interessiert.

Er gab sich zerknirscht. »Es gibt ja keine richtige Bestandsliste, und das entgegen dem doch sonst so aufgeräumten und gut organisierten Betrieb von Kohn. Aber Herr Brüggi sagte etwas von einem *Versteck* im Hause.«

Sie änderte ihre Sitzposition leicht und schürzte kurz die Lippen. Sie war also enttäuscht, was bedeuten könnte, dass sie von dem Versteck nichts wusste. Sie sagte sogleich: »Ein Versteck? Im Haus? Davon ist mir nichts bekannt.«

»Aber waren Sie denn nicht so etwas wie Gundolf Kohns ... *Vertraute*?« Das letzte Wort sprach er etwas breiter aus, sodass Raum für eine nur gut versteckte Zweideutigkeit blieb.

Sie reagierte mit keiner körperlichen Regung auf diese Frage, wenngleich Schielin spürte, dass sie sie als unangenehm empfunden hatte.

»Nein, das war ich nicht und das wollte ich auch nicht sein.«

Sie sah kurz zur Türe, die nur angelehnt war. Von draußen drang ab und an das Klingeln eines Telefons bis hierher und unterdrückt waren manchmal auch Stimmen zu hören.

Dieses kurze Flackern ihrer Augen zur Tür, es kam aus ihrem tiefsten Inneren und war bewusst nicht gewollt. Es war ein Zeichen der Unsicherheit und Schielin spürte, dass auch sie es so empfand. Diesen kurzen Impuls, nach einem Fluchtweg zu sehen. Wo ist die Türe, wie komme ich hier weg. Sie korrigierte sich sofort, indem sie sich ein wenig zu abrupt Schielin zuwendete.

Der ließ keine weitere Zeit sich zu sammeln und fragte unbeholfen, seine vorherige Frage nicht weiterverfolgend: »Sie können von diesen Coachingkursen existieren, ich meine, es läuft gut?«

»Mhm. Ich bin zufrieden und auf gewisse Weise wohl auch genügsam.«

Endlich waren Schritte im Gang zu hören. Jasmin Gangbacher kam, die Schielin schon sehnlich erwartet hatte. Sie grüßte knapp und nahm einen blanken Holzstuhl, der in der Ecke stand. Bevor sie sich nach hinten an die Wand setzte, drückte sie Schielin einen Packen Zettel in die Hand. Selbst behielt sie einen schmalen Karton zurück.

Schielin sah flüchtig über das oberste der Papiere. »Mhm. Frau Seipp. Sie schreiben wirklich interessant. Hier zum Beispiel über die Voglersche Hammerschmiede in Amtzell.« Er schob ihr den Flyer über den Tisch hin zu. Nora

Seipp rührte keine Hand, hob nur das Kinn und warf von oben herab einen Blick auf den Artikel. »Das war schnell geschehen. Schöne Sache und gut bezahlt. Ich liebe alte Mühlen, wissen Sie.«

»Alte Hufeisen auch, oder?«, kam es aus der Ecke.

Schielin war es etwas zu früh, aber egal. Er sah, wie Nora Seipps Augen enger wurden und auf ihrem Gesicht eine etwas spöttische Miene erschien. Es war keine lockere Unterhaltung, wie es vielleicht am Anfang hätte den Anschein haben können. Und Nora Seipp war auch nicht einer lockeren Unterhaltung wegen hierhergekommen. Dazu hätte sie den Aufwand mit ihrem Äußeren gewiss nicht betrieben.

Sie fragte etwas spöttisch: »Hufeisen?«

Jasmin Gangbacher holte aus der Schachtel eines der Hufeisen hervor, die in einer der Feuerstellen gefunden worden waren und schob es über Tisch. Ein klirrend, kratzendes Geräusch entstand. Nora Seipp schenkte dem Eisenteil einen mitleidigen Blick und nahm geringe Korrekturen ihrer Haltung vor: Beine übereinandergeschlagen, Hände gefaltet, aufrechte Sitzhaltung, Kopf hoch.

Schielin machte weiter. »Nochmals zurück zu Ihren Motivationskursen. Könnte man diese auch als … Zauber- und Beschwörungsveranstaltungen bezeichnen?«

Sie hob ihre Unterarme an und legte die Finger beider Hände aufeinander. »Beim dritten Mal wird alles ernst, nicht wahr. Herr Schielin. Zu Ihrer Frage – wenn es so wäre, so handelte es sich doch eindeutig um nichts Verbotenes, oder? Ich weiß gar nicht, was das hier soll?« Fast angeekelt sah sie auf Hufeisen und Flyer.

»Also ich weiß schon, was das hier soll. Es ist doch nicht gänzlich von der Hand zu weisen, dass jemand, der als Zauber- oder Hexenmeisterin unterwegs ist, sogar Kurse darüber gibt, wie man einen Bann spricht, wie man Dinge und

Menschen mit einer Magie belegen kann, dass so ein Mensch durchaus Interesse an so einem Buch wie den *Sieben Martern* haben könnte. Ich halte das für eine völlig logische Schlussfolgerung.«

»Logisch hin oder her. Wer derartige Künste unterrichten kann, bräuchte das Buch nicht mehr«, lautete ihre Antwort.

Schielin blieb gelassen. »Sie haben ganz schön gezündelt in letzter Zeit. Wozu das alles, und aus welchem Grund die Blutkreuze und das grausige Töten der Tiere, aus welchem Grund?«

Sie hob wieder ihr Kinn. »Sie verstehen doch sicher, dass ich mich mit Ihnen nicht über Zusammenhänge unterhalten möchte, zu denen Ihnen jeglicher Zugang fehlt und die für die Schaffung Ihrer Art von Wahrheit auch nicht von Belang sind. Sie leben in einer Welt des vermeintlich Tatsächlichen, basteln das, was Sie Beweise nennen, zusammen, um Ihre Verdachtsfantasien letztendlich zu einer Form von Wahrhaftigkeit werden zu lassen. Es gibt aber andere Welten, die anders zusammengesetzt sind und auf andere Weise funktionieren. Ich finde, jeder sollte in seiner Welt bleiben, dann gibt es keine Probleme.«

Schielin beugte sich nach vorne. »Ach so! Mit Brunnenfröschen kann man also nicht über den Ozean reden.«

Sie senkte leicht den Kopf und sah Schielin an, um ihren Worten Nachdruck zu verleihen. Durchaus imposant, wie Schielin fand.

»Frau Seipp! Wir befinden uns aber nun einmal hier in der vermeintlichen Tatsachenwelt, und die Menschen in dieser Welt möchten nicht, dass ihresgleichen erstochen wird. Ich darf hier auch persönlich etwas beisteuern. Ich finde an der Tatsache, dass an meinem Birnbaum eine tote Katze hängt und an meiner Haustüre ein Blutkreuz geschmiert ist, nichts, aber auch gar nichts, was ich an der von Ihnen so nebulös beschriebenen *anderen Welt* wertschätzen könnte!«

Sie reagierte nicht. Wenzel betrat, kurz nachdem Schielin geendet hatte, den Raum. Er nahm die gespannte Stimmung wahr, zwinkerte Schielin fröhlich zu und legte einen Karton auf den Tisch. Eine klare Plastiktüte schaute heraus. Er setzte sich an die untere, schmale Tischseite und sagte dabei fröhlich: »Ah, die Hexenmeisterin, willkommen in Gandalfs Höhle.« Ein böses Lachen ließ er noch hören.

Sie drehte nur leicht den Kopf und funkelte ihn mit ihren grünen Augen an.

Welchen Zauber sie wohl gerade wirken lässt?, dachte Schielin. Wenzel musste wohl den gleichen Gedanken gehabt haben und fragte mit angstschwangerer Stimme: »Und … verwandeln Sie mich jetzt in ein Eichhörnchen, huu?«

»Ist das denn noch nötig«, sagte sie kalt und schnell und wendete sich Schielin wieder zu.

Wenzel nahm die Strafe, sie unterschätzt zu haben, gelassen hin.

Schielin machte weiter. »Kommen wir aus der Welt der Eichhörnchen wieder zurück in die Welt der Fakten. In unserem letzten Gespräch, am letzten Samstag, fragte ich Sie, was Sie an jenem Montag gemacht hätten. Sie erinnern sich, Alibi?«

Nora Seipp nickte.

Schielin zog eine Klarsichthülle aus dem Packen Papier unter seinem Notizbuch hervor. Die Kassenbons, die sie ihm gegeben hatte, schimmerten durch den matten Kunststoff.

»Einkaufen«, sagte sie. Ihr rechter Mundwinkel rutschte bedauernd nach unten.

»Mhm. Können Sie mir erklären, aus welchem Grund Sie Rasiercreme und Rasierwasser besorgt haben?«, er wies auf den nächsten Beleg, »dann Babyöl und andere Babysachen?«

Nora Seipp überlegte, was sie tun sollte. Eine solche Entwicklung hatte sie nicht erwartet. »Was spricht dagegen?«, schien ihr fürs Erste unverbindlich genug, und verschaffte etwas Zeit.

»Einmal spricht die allgemeine Lebenserfahrung dagegen, aber die zählt ja sicher nicht viel in Ihrer *anderen Welt*. Diese Artikel hier auf den Bons wurden alle auf Kundenkarte gebucht. Sie sind aber nicht Inhaberin einer solchen Kundenkarte. Es liegt uns hingegen eine Aussage des Karteninhabers vor. Womit wir bei der Frage wären: Aus welchem Grund belügen Sie einen Kriminalbeamten, der Ihr Alibi überprüfen will … und das nicht nur, indem Sie in die Falle einer schnell dahingesagten Lüge geraten. Nein, nein, nein! Sie haben in Erwartung der Frage nach Ihrem Alibi fremde Bons aus den Einkaufswagen und Papierkörben, oder wo auch immer, zusammengesammelt. Das ist ein Fakt, der uns wieder zur allgemeinen Lebenserfahrung führt, denn – wer solches tut, hat nicht nur kein Alibi, sondern auch ein brennendes, vitales, vielleicht auch schmerzendes Interesse, sich ein Alibi zu verschaffen. Also bitte, Frau Seipp! Was war an jenem Montag. Wo waren Sie wirklich?«

Wenzel hatte seine Sitzposition verändert und dabei laut geschnieft. Schielin verstand den Hinweis. Er würde es nicht vergessen.

Nora Seipp hatte es auch nicht vergessen. »Also in den Krimis ist das immer so, dass einem so ein Sprüchlein vorgelesen wird, dass man verdächtig sei und nichts sagen müsse, und einen Anwalt haben könnte.«

»Den kann ich Ihnen auch nur dringend empfehlen«, sagte Wenzel.

Ein zartes Zittern, das über ihren Hals huschte, ließ sichtbar werden, wie angespannt sie die Situation empfand. Schielin wollte, dass sie redete. Sie musste reden. Allein darum ging es ihm. Nun war er gezwungen, einen Teil der Karten auf den Tisch legen. »Wir haben Sie hierher bestellt, weil wir Sie verdächtigen in Zusammenhang mit dem gewaltsamen Tod von Gundolf Kohn zu stehen.« Tunlichst vermied er es, die Worte Mord oder Totschlag in den Mund zu nehmen, was auch der rechtlichen Situation nicht entsprochen hätte.

»Aber stand denn nicht in der Zeitung, dass man bereits ein Pärchen festgenommen hat, das dieser Tat verdächtigt wird?«

»Wir sind gehalten alle Spuren zu verfolgen.«

»Ich bin also eine Spur«, kokettierte sie schmunzelnd.

Schielin ging nicht darauf ein und sprach eine äußerst förmliche Belehrung, so wie es sich gehörte. Es wirkte. Das Gestelzte daran belustigte den eitlen, den selbstgewissen Teil ihrer Persönlichkeit, forderte ihn heraus, machte ihn größer, ließ ihn Erhebung über andere wittern, die in Formalismen verfangen waren, und drängte die klug abwägende, überlegende Nora Seipp, die es durchaus gab, in den Hintergrund.

Jasmin Gangbacher saß auf ihrem Stuhl an der Wand und beobachtete voller Faszination und Bewunderung diese Frau, wie sie in ihrer kühlen Schönheit diesen schmucklosen Raum erstrahlen ließ und einen Kampf kämpfte, den sie niemals gewinnen konnte. Alleine, weil ihr die Vorstellung darüber mangelte, mit welch kleinteiliger, exakter, eingespielter Welt sie es zu schaffen hatte. Aber wozu kämpfte sie überhaupt? Es genügten doch ein paar einfache Sätze. *Ich möchte mich nicht äußern. Bitte verständigen Sie einen Anwalt. Kann ich dann gehen, falls nicht sofort, nennen Sie mir einen Zeitpunkt?*

Es wäre der Tod aller unbeantworteten Fragen gewesen. Dieser Frau aber musste es um etwas anderes gehen. Gab es etwas, wofür es sich noch lohnte zu kämpfen. Gab es etwas zu schützen, von dem sie meinte, sie wüssten es noch nicht … die Sache mit den Kassenbons hätte ihr doch zeigen müssen, worauf sie sich eingelassen hatte. War sie so von ihrer Zauberwelt verblendet, dass sie Wenzel tatsächlich für ein Eichhörnchen hielt? Wenn ja, dann war er ein Eichhörnchen, welches ihrer Welt den Garaus machen würde?

Schielin sagte: »Sie waren an diesem Montag nicht im Lindaupark einkaufen, Frau Seipp. Sie waren draußen im Haus, bei Gundolf Kohn!«

»Nur weil ich nicht im Lindaupark einkaufen war, muss ich nicht unbedingt in diesem Haus gewesen sein.«

Wenzel nickte unsichtbar.

Jasmin Gangbacher heulte innerlich auf. Schweig doch endlich! Schweig! Gerade hatte sie zugegeben, ein gefälschtes Alibi vorgelegt zu haben, und das nach einer Belehrung, die sie sogar nochmals bestätigt hatte. Sie war schon mittendrin, sich selbst zu fesseln und zu knebeln, mit Stricken aus Zahlen, Zeiten, Fotos, Fakten, Wahrheiten.

»Wo waren Sie denn an diesem Montag?«, fragte Wenzel ruhig.

Sie machte eine kleine Bewegung mit dem Kopf. Es war das erste Mal, dass in ihr das Gefühl aufschien, in einer wirklichen Falle zu sitzen.

Jasmin Gangbacher stand leise auf, holte aus dem klapprigen Holzregal einen der braunen Plastikbecher, gab aus der Flasche Krumbacher Medium hinein – niemand sollte rülpsen müssen, wenn er gestehen wollte – und stellte den Becher vor Nora Seipp auf den Tisch. Es war keine Geste der Höflichkeit. Jedenfalls empfand es Nora Seipp nicht als eine solche. Es hatte etwas Mitleidiges – und Mitleid fand sie erniedrigend. Woher wussten die, wie trocken ihre Kehle gerade war? Sie holte ihre Erinnerungen hervor, von den Nächten, die ihr Kraft gaben, doch vermochte sie es nicht, dieses Gefühl der Kraft und Stärke zu reproduzieren, hier in dieser Welt, in welcher eins und eins immer zwei ergab. In einer Welt, die jedes Fragezeichen beseitigen musste.

Wenzel unterbrach ihre Gedanken. »Entschuldigung, ich habe Sie nicht verstanden, Frau Seipp. Wo waren Sie an jenem Montag?«

Die Türe öffnete sich und wie zuvor verabredet kam Lydia Naber herein. Sie nahm gleich den ersten Stuhl an der oberen Schmalseite des Tisches, nickte Frau Seipp zu und schwieg wie die anderen

Halt die Klappe!, wünschte sich Jasmin Gangbacher, und sah zu Nora Seipp hinüber.

Schielin spürte die innere Zerrissenheit der Frau von gegenüber. Sie stand unter großem Druck und er musste in seichteres Gewässer gelangen, um das Reden als solches zu erhalten. Dass Lydia nun den letzten Platz besetzt hatte, machte die physische Umzingelung komplett und Nora Seipp war noch nicht schwach genug. Wie hatte der Berliner gesagt: Müde machen, umherlaufen lassen, nicht hinsetzen lassen, ohne zu bezahlen. So machten sie es jetzt mit Nora Seipp. Sie würde sich vorerst nicht *setzen* dürfen, musste ihre Gedanken immer umherlaufen lassen und würde irgendwann, in einem schwachen Augenblick, zahlen müssen.

Schielins Ton war verbindlich. »Wissen Sie, Frau Seipp, dieser Fall hält viele offene Fragen für uns bereit und wir müssen ihnen nachgehen. Zum Beispiel die Wanduhr da draußen im Haus, die ging eine Stunde nach. Können Sie mir erklären wieso?«

Sie sah ihn ernst und verwundert an, musste ihre Erinnerung an die Uhr herstellen.

Schielin wusste, es war eine für sich genommen absurde Frage, die er da stellte, eine Ablenkung ohne Bedeutung, die sie aber damit beschäftigen würde, nach einer darin versteckten Gefahr zu suchen, was Kraft kosten würde. Immer weiter gehen, nicht setzen dürfen, müde werden und am Ende bezahlen müssen – darum ging es ihm.

Als sie keine Gefahr sehen konnte, sagte sie: »Er mochte es einfach nicht, dass auf Sommerzeit umgestellt wurde. Das wollte er nicht. Es entsprach nicht seinem besonderen Sinn für die Ordnung der Welt, in welcher er lebte.«

Schielin kritzelte etwas auf eines der Blätter Papier vor ihm und ging weiter durch seichtes Gewässer. »Und, Frau Kohn, sie hatte zum Beispiel keinen Zugriff auf die Konten. Haben Sie eine Erklärung dafür?«

Jetzt, wo Schielin es erwähnte, fiel ihr wieder ein, wie wütend es sie damals gemacht hatte, als sie davon erfahren hatte. Es war eher zufällig gewesen. Sie blieb vorsichtig. »Das hatte vielleicht auch mit seinem Sinn für Ordnung, seiner Weltsicht zu tun.«

Schielin lockerte seine Haltung, lächelte ihr zu und meinte beiläufig: »Na ja … vielleicht war deshalb immer so viel Bargeld im Haus. Da lagen ja einige Tausender in der weißen Schale herum, was wollte Gundolf Kohn damit machen?«

In Gedanken sah sie die Geldscheine vor sich, war noch bei den letzten beiden Fragen und zuckte mit den Schultern. »Nein, ich weiß nicht, wofür er das viele Geld brauchte.«

Jasmin Gangbacher presste die Lippen aufeinander. Über Wenzels Gesicht huschte ein Lächeln. Schielin sah Nora Seipp eindringlich an und Lydia Naber sagte scharf: »Das Geld ist aber weg! Das viele Geld ist weg!«

»Davon weiß ich nichts.«

»Aber von dem Geld wussten Sie!«

Nora Seipp begriff langsam, dass mit dem Geld ein Problem verbunden war.

Schielin nahm das Wort wieder auf. »Gundolf Kohn war am Montagvormittag auf der Bank und hat das Geld abgehoben. Er hatte sonst nie so viel Geld in bar zu Hause. Wir haben die Kontoauszüge ausgewertet. Wenn Sie von dem Geld in der Schale wussten, müssen Sie an jenem Montag im Haus gewesen sein, und zwar nachdem Gundolf Kohn von der Bank gekommen war.« Seine Stimme wechselte ins Begütigende. »Frau Seipp, was ist geschehen? Sagen Sie es uns doch. Was ist geschehen?«

Sie sah ihn an, ohne dass er von ihrem Blick getroffen wurde. Sie war ganz weit weg, in einer *Irgendwowelt*, wo brennende Feuer, Blut von Tieren und anderes Zeug ihrer Fantasie eine Welt erstehen ließen, solange keine Sonne dem Licht des Feuers und dem Geruch von Brand die Faszination nahm.

Er spürte, wie ihre Gedanken abschweiften. Jetzt bloß nicht aufhören zu reden, dachte er.

Lydia Naber gruschelte im Papierstapel und holte das Blatt hervor, auf welchem die Personalien von Nora Seipp festgehalten waren.

»Wie lange waren Sie eigentlich verheiratet?«, lautete ihre Frage, die Nora Seipp wieder in den Vernehmungsraum zurückholte. Die sah fragend zu der blonden Polizistin, so, als ginge sie die Frage überhaupt nichts an.

»Wie lange?«, setzte Lydia Naber nach.

»Nur ein paar Jahre. Hat halt nicht funktioniert.«

»Den Namen Ihres Mannes haben Sie aber behalten«, stellte Wenzel fest.

Nora Seipp wendete ihm nicht den Kopf zu. So etwas kostete Kraft.

»Habe ich«, sagte sie zu Lydia Naber.

»Wieso?«, fragte Schielin.

Ein leichter Schwindel fuhr durch Nora Seipp. Sie nahm den Plastikbecher zur Hand und fühlte, wie die weichen Seiten des Bechers unter ihrem Fingerdruck nachgaben. Sie hätte jetzt gerne an irgendetwas Halt gefunden. Sie trank langsam. Schielin beobachtete, dass ihre Hand völlig ruhig war, nicht zitterte. Er war sich nicht darüber klar, wie weit sie gehen konnten. Es war gefährlich.

Er sah zu Lydia Naber, die das Thema mit der Ehe ins Spiel gebracht hatte. Sein Blick sagte: Warte noch.

Eindringlich sprach er über den Tisch: »Was ist an jenem Montagmorgen geschehen, als Sie draußen im Haus gewesen sind, Frau Seipp? Was!?«

»Woher soll ich das wissen!« Zuvor war Sie seinem Blick ausgewichen, doch jetzt sah sie ihm frei in die Augen.

Wenzel ergriff das Wort. »Wieso haben Sie denn die Zeitung ins Haus gelegt, an jenem Montag. Es muss nach zwölf Uhr dreißig gewesen sein, denn die Post ist an jenem Tag etwas später als sonst gekommen. Haben Sie das immer so gehandhabt, das mit der Zeitung? Hat es etwas mit *Ihrem* Ordnungssinn zu tun, oder wollten Sie Herrn Kohn nur gefällig sein?«

Lydia Naber holte die FAZ aus dem Karton, wo sie als Beweismittel ebenfalls in Klarsichtfolie verpackt lag. »Ihre Fingerabdrücke sind da drauf. Natürlich wissen wir, dass sich Ihre Fingerspuren im ganzen Haus finden, und dass dies kein Beweis an sich wäre. Auf dieser Zeitungsausgabe aber … da haben Ihr Daumen, Zeige,- Mittel und Ringfinger nun gar nichts verloren, Frau Seipp?!«

»Was ist passiert?«, kam es ruhig von Schielin.

»Wieso fragen Sie?! Verhaften Sie mich, stecken Sie mich ins Gefängnis, wenn Sie können – und fertig dann. Wozu fragen Sie noch, wenn Sie doch der Meinung sind die Wahrheit schon zu wissen!?« Sie sprach so selbstsicher, als hätte sie mit einem Mal einen Ausweg gefunden, aus der ausweglosen Situation.

»Wir wollen wissen, was geschehen ist, wir wollen die Wahrheit erfahren«, antwortete Schielin leise.

Sei lachte höhnisch. »Ach, die Wahrheit ... die Wahrheit wollen Sie also erfahren!?« Sie hielt kurz inne, dann peitschte sie ihre Worte über den Tisch. »Lüge! Nichts als Lüge! Sie wollen Schuldige finden, das ist die Wahrheit, nach der Sie suchen! Schuldige! Die Wahrheit interessiert Sie überhaupt nicht.«

»Wie kommen Sie denn darauf? Würden wir uns sonst mit Ihnen unterhalten? Wir könnten Sie schon jetzt, mit den Indizien, die uns vorliegen, einfach festnehmen,«

»Dann machen Sie es doch«, rief sie lachend und hob ihre Arme in wehrloser Geste nach oben, »machen Sie es doch!«

Schielin blieb bei seiner Strategie. »Was ist geschehen?«, fragte er ruhig.

Sie ließ die Arme fallen und es war, als flösse ihre Kraft mit dieser defensiven Bewegung dahin. »Was ist geschehen, was ist geschehen ...«, wiederholte sie leise, »ja, was ist geschehen. Viel ist geschehen, viel ... viel ...«

Lydia Naber machte ein vorsichtiges Angebot. »Wie hat sich Gundolf Kohn Ihnen gegenüber denn so benommen?«

Sie presste die Lippen aufeinander, ihre Augen wurden ganz eng. »Benommen!?« Sie schrie es fast heraus. Etwas Speichel war ihr im Mundwinkel hängen geblieben. »Sie gebrauchen tatsächlich das Wort *benehmen* im Zusammenhang mit Gundolf Kohn!?«

Lydia Naber reagierte nicht, sah sie nur an. Nora Seipp holte tief Luft. Jetzt, mit der Wut, mit ihrer Empörung, war wieder Kraft in ihren Körper zurückgekehrt.

Sie klang bestimmt, als sie verlangte: »Beenden wir das Ganze doch. Es hat ja keinen Sinn. Nehmen Sie mich fest … und dann sehen wir weiter.«

Schielin hob den Kopf und lehnte sich zurück. »Ich denke, es macht schon Sinn für Sie mit uns zu reden.«

»Was hätte ich davon?«, klang es wegwerfend.

»Wir haben vielleicht etwas zu bieten«, stellte er nüchtern fest.

Nora Seipp sah in die Runde. »Ich bezweifle, dass Sie etwas zu bieten haben.«

»Seien Sie nicht zu schnell. Warten Sie ab. Was ist denn Ihre Wahrheit, oder meinen Sie Wirklichkeit?«, nahm Schielin sofort den Faden wieder auf.

»Es gibt nur eine Wirklichkeit«, sagte sie.

»So?«, blieb Schielin kurz angebunden, um sie weiterreden zu lassen.

»Ja. Und darin findet jeder seine Wahrheit. Sie die Ihre – Sie haben Ihre Methoden eine Schuld aufzuspüren, fassen Sie in Worte, bedrucken weißes Papier mit schwarzen Zeichen, womit sie für immer festgehalten ist. Dann legen Sie Ihre Form der Wahrheit in Regale, wo sie verrottet.«

»Und wie ist es in der einen Wirklichkeit?«

»Sie können nicht die Wirklichkeit mit Ihren Methoden beschreiben, das würde Sie überfordern, nicht Sie persönlich, sondern Ihr System, für das Sie tätig sind. Die Wirklichkeit ist zu komplex, zu verwoben, es gibt zu viele Abhängigkeiten. Aus diesem Grund picken Sie sich auch einen Teil der Wirklichkeit heraus, machen Ihre Wahrheit … und schreiten fort zum nächsten.«

»Beschreiben Sie doch einmal Ihre Wahrheit, Frau Nora Seipp, oder vollständig gesagt Frau Judith Nora Sander, geschiedene Seipp. Zu welcher Wahrheit gehören diese Namen? Ist Nora Seipp ein Stück Wahrheit aus einer für Sie zu komplexen Wirklichkeit? Beginnt die Wirklichkeit, von der Sie sprechen, mit der Geburt von Judith Nora Sander oder ist Nora Seipp eine Person in einer anderen Wirklichkeit?«

Nora Seipp sah ihn lange an. Sie nahm den Plastikbecher und diesmal war ihre Erregung zu sehen. Sie beulte die dünnen Wände des Plastikbechers so stark ein, dass ein knackendes Geräusch entstand.

»Wie ist es also?«, hakte Schielin nach.

»Was ist es, das Sie zu bieten haben?«, fragte Nora Seipp und fuhr mit der Zunge über ihre Unterlippe. Soeben hatte sie sich auf eine Verhandlungsposition begeben. Nachdem er ihren Namen genannt hatte, war sie neugierig darauf, was er zu bieten hatte, der Polizist. Sie nahm einen letzten Schluck und ließ das Wasser langsam über den Gaumen gleiten und spürte dem Nass nach, bis in ihren Bauch hinein.

»Wir werden Sie zu Ihrer Mutter bringen«, sagte der Polizist.

Es war, als hielten alle im Raum den Atem an, warteten darauf, dass etwas Besonderes passieren würde. In Nora Seipp hallte der Satz mehrmals nach. *Wir werden Sie zu Ihrer Mutter bringen.*

Das war es also, was er zu bieten hatte.

Der Schwindel von vorhin kam stärker zurück. Für einen Augenblick war alles unscharf vor ihren Augen und im Bauch spürte sie ein heftiges Zucken und Ziehen.

Alle sahen ihre verwunderte Starre und die stummen Bewegungen ihrer Lippen.

Schielin wartete und hoffte, dass keiner von den anderen meinte, die quälende Stille durch eine Frage brechen zu müssen. Es dauerte lange. Kaum einer traute sich eine Bewegung zu vollführen.

Nora Seipps Mund war verschlossen. Sie atmete laut durch die Nase.

Nach langer Zeit fing sie zaghaft an einige Worte zu sagen. Nichts Zusammenhängendes, nichts, was mit der Situation zu tun gehabt hätte. Schielin unterbrach sie. »Frau Seipp. Sie sind die Tochter jener jungen Frau, die vor über dreißig Jahren angeblich bei einem Verkehrsunfall ums Leben gekommen ist. Sie sind die geborene Judith Nora Sander. Erzählen Sie mir nicht, dass es Zufall ist, dass Sie ausgerechnet beim Mann der besten Freundin, die Ihre Mutter je gehabt hat, eine Ausbildung machen. Nein. Wir beide wissen genau, dass in einem Grab in Beelen die sterblichen Überreste von Carmen Lasalle ruhen. Und das Ihre Mutter – Helen Sander – unter dem Namen Carmen Lasalle ein neues Leben begonnen hat.«

Fassungslos hörten die anderen anschließend ihre besorgt klingenden Worte: »Wie geht es ihr?«

Nur Schielin hatte darauf vertraut, dass es zu keinem Zusammenbruch kommen würde. Es war fast, als wäre nach ihren Worten ein Gemurmel im Raum entstanden, dabei waren es nur die Geräusche wieder regelmäßigen Atmens und das zwanghafte Verändern der Sitzposition. Alle schwitzten. An Nora Seipps Kehle aber glitt ein großer Schweißtropfen hinab, hielt in der Kuhle über dem Brustbein kurz inne und verschwand dann im roten Seidenstoff.

»Es geht ihr gut«, antwortete Schielin, der dem Weg des Tropfens gefolgt war, und nicht wusste, ob es die Wahrheit war, was er da gesagt hatte, oder eine Lüge.

»Wo ist sie?«

Schielin hob die rechte Hand und winkte ab. »Woher wissen Sie, dass Sie die Tochter von Carmen Lasalle … Verzeihung … von Helen Sander sind?«

Sie schwieg.

Er sagte: »Bitte.«

Erstmals strich sie mit ihrer Hand über die schweißbedeckte Stirn und hob ihre Haare an. »Ich gehe davon aus, Sie wissen alle, wer Ihre Eltern sind ... Ihr Vater ... Ihre Mutter, verbinden ein Gesicht, eine Stimme, eine gewisse Körperhaltung, Eigenheit mit diesen Menschen. Ich hingegen wusste nur, wo das Grab meiner Mutter war und dass mein Vater unbekannt war. Irgendwann wollte ich einfach mehr wissen. Das war kurz vor meiner Heirat. Da war ich mit einem Mal in der Situation in Kontakt mit dem zu kommen, was man als eine *richtige Familie* bezeichnet, verstehen Sie? Vielleicht habe ich auch nur deswegen geheiratet. Aber egal. Wenn ich schon nur ein Grab hatte und einen unbekannten Vater, so wollte ich wenigstens darüber mehr erfahren. Sie können das vielleicht nicht nachvollziehen, keine Erinnerung an so etwas wie Familie zu haben und in vielen Fällen mögen es sogar schlechte Erinnerungen sein – ich aber hatte nicht einmal schlechte Erinnerungen; nur die Träume und Vorstellungen, die man als Kind hat, im Waisenhaus, und sich vorstellt, wie es sein könnte, in so einer Familie. Eine Mutter oder ein Vater alleine hätte mir ja schon gereicht ... meine Großmutter hat mir nie etwas erzählt.« Sie holte tief Luft. »Ich habe also meine ganz besondere Art von Ahnenforschung betrieben und erfahren, dass meine Mutter nur eine wirkliche Freundin hatte – Carmen Lasalle. Das hat mich fast ein wenig getröstet, weil es etwas war, was uns verband. Und dann die Überraschung – diese Carmen war im gleichen Heim gewesen, in dem ich so lange Jahre gewesen war. Ich habe versucht alles über dieses Mädchen zu erfahren und als ich genügend Mut hatte, habe ich auch die Unfallakten eingesehen.« Sie stoppte und sann nach. Schielin dachte an die zwei Handtaschen.

Sie lachte beim nächsten Satz. »Meine Großmutter, die alte Hexe, hat immer gesagt, ihre Tochter sei nicht tot, sie würde es spüren. Als ich später die Bilder im Unfallbericht durchsah, wurde mir klar, dass sie recht gehabt hatte. Mit der Mutter des einen toten Jungen habe ich gesprochen. Sie erzählte mir, dass er ganz verrückt nach Carmen Lasalle gewesen sei, und dass sie sich so gesorgt habe, er könnte dieses verrückte, freche Ding wirklich heiraten. Diese Vorstellung hat ihr sicher Angst gemacht, der Dame. Nun ist ihr Sohn schon lange unter der Erde. Wäre er mal lieber mit ihr verheiratet gewesen, nicht wahr.« Sie sah auf. Niemand reagierte auf ihre Frage, die nur eine Feststellung war. »Keinen Abend habe er ohne Carmen Lasalle verbracht, sagte sie mir, keinen Abend. Und dann waren da auf den Bildern die zwei Handtaschen … na ja.«

»Und dann?«, fragte Schielin vorsichtig, als ihm die Pause zu lange wurde.

»So schwer war es nicht. Ich musste nach einer Carmen Lasalle suchen. Ein paar Anrufe, Google, Telefonbücher, ein paar verlängerte Wochenenden mit Reisen – sie lebte ja nicht versteckt. Carmen Lasalle existierte ja. Schließlich habe ich sie hier in Lindau gefunden.«

»Wie sind Sie an Gundolf Kohn herangekommen?«

»Ich habe ihn beeindruckt, hatte ein abgeschlossenes Studium … war außerdem nicht blöde und ich bin handwerklich begabt. Und Bücher interessieren mich wirklich. Es war nicht schwer … mit ihm … zunächst …«

Lydia Naber sah verstohlen nach links. Sie wusste, wie der letzte Satz, den sie nicht beendete, gemeint war. Nora Seipp wusste durchaus, wer sie war und wie sie wirkte. Da war wenig Hexerei im Spiel.

Schielin wollte nun auf den Montag zu sprechen kommen. »Wie sind Sie an diesem Montag ins Haus gekommen?«

»Durch die Türe«, lautete die sarkastische Antwort.

Wenzel biss sich auf die Unterlippe, um still zu sein. Lydia Naber stand auf und holte Pappbecher und die Flasche

Wasser an den Tisch. Sie sah, wie gebannt Jasmin Gangbacher dem Gespräch folgte.

»Wann war das?«

»Ich war schon sehr früh im Haus. Es waren noch einige Kleinigkeiten am Buch zu machen, das Brüggi abholen wollte. Es hatten sich Schwierigkeiten ergeben und so waren noch einige Nacharbeiten erforderlich … ich wollte schon gar nicht mehr hingehen, aber das Buch … ich wollte es einfach noch einmal in den Händen haben.« Ihre bisher flüssige Erzählung stockte.

»Wer befand sich im Haus?«, fragte Lydia Naber.

»Gundolf Kohn und ich.«

»Und …«, Schielin ließ die Frage offen, weil er nicht wusste, wie er es ausdrücken sollte. Ihre Mutter oder Frau Kohn, oder wie auch immer.

»Sie war in der Stadt unterwegs, ich weiß nicht mehr warum.«

»Kohn und Sie waren also alleine im Haus.«

»Ja.«

»Erzählen Sie einfach alles«, war mit einem Mal die Stimme von Jasmin Gangbacher zu hören, die bislang geschwiegen hatte. Was auch immer Nora Seipp dazu veranlasste, sie lächelte in Richtung Wand und nahm einen Schluck aus dem Plastikbecher.

»Es gab in den letzten Monaten immer öfter Schwierigkeiten mit Kohn … er hatte völlig irre Vorstellungen«

»Und diese Vorstellungen betrafen Sie«, ergänzte Lydia Naber.

»Ja.«

»Er stellte Ihnen nach«, sagte Schielin.

»Ja. Auf eine zum Teil groteske Weise. Er lebte wie in einer Traumwelt, in der alles so geordnet war, wie er sich das vorstellte. Es kam zu teilweise verrückten Situationen mit ihm. An jenem Montag war es besonders schlimm. Verstehen Sie … dieser Gundolf Kohn war ein Mensch, den ich von der ersten Sekunde an zutiefst verabscheute … ich ertrug seine Gegenwart nur, weil sie mich mit meiner Mutter zusammenbrachte, verstehen Sie … meiner eigenen, echten Mutter. Das ist etwas Großartiges, wenn man als Waise im Heim groß geworden ist.«

Lydia Naber dachte an das junge Mädchen, das sein Kind allein gelassen hatte und an die erwachsene Frau, die es nie geschafft hatte jemals einen Kontakt herzustellen, und die sich jetzt an all dies nicht mehr erinnern konnte.

»Ihre Mutter wusste also nichts über Ihre Beziehung oder Verbindung …«, wollte Schielin wissen.

»Bis zu jenem Montag nicht, nein.«

Lydia Naber sah mit weit aufgerissenen Augen zu Schielin. Auch durch Wenzels Körper war ein Ruck gegangen. Das war zuletzt in Memmingen der Fall gewesen.

»Oben in der Werkstatt war es zu einer hässlichen Szene gekommen … «, fuhr Nora Seipp fort, »ich musste fast handgreiflich werden, aber er war wie verrückt an jenem Tag. Er war dann unten in der großen Stube und ich saß oben und wusste nicht, was ich tun sollte. Er hatte laute Musik aufgedreht und tanzte herum wie Rumpelstilzchen. Ich hoffte, dass Brüggi endlich auftauchen würde, aber der kam nicht. Irgendwann bin ich dann nach unten …« Sie rückte mit dem Stuhl näher an den Tisch heran. »Er kam auf mich zugesprungen, hüpfte und feixte, dieser widerliche Gnom. Ich stand auf dem unteren Treppenpodest. Da hat er sich niedergekniet und mir zum wiederholten Male seine Liebe gestanden … es war so ekelerregend … und dann sagte er: »Was hindert uns denn, was hindert uns denn, ich schick das Weib in die Wüste, ich schick es in die Wüste und wir machen uns ein feines Leben … ein feines Leben. Dann ist er aufgestanden und hat versucht mich um die Hüfte zu fassen, ich stand ja erhöht … es war so erniedrigend und ich war außer mir … und dann sagte er noch – was spricht denn dagegen, Liebes.«

Schielin tat der Oberschenkel weh und er hätte gerne seine Position verändert, doch traute er sich nicht.

Nora Seipps Stimme wurde zittrig vor Anspannung. Schielin sah, wie sich die Muskeln ihrer Unterarme strafften, als sie mit beiden Händen Fäuste bildete und sich erhob. Wenzel schob sich mitsamt dem Stuhl zurück, um schnell aufspringen zu können, falls was passieren sollte. Nora Seipp stand gebeugt am Tisch, schlug immer heftiger werdend mit ihren Fäusten auf die Tischplatte und sprach voller Anspannung und Aggression: »Weil es meine Mutter ist. Weil es meine Mutter ist. Weil es meine Mutter ist. Weil es meine Mutter ist.«

Das Hufeisen tanzte auf der Tischplatte im Takt ihrer Schläge, Schielins Unterlagen vibrierten stumm. Er hatte Angst, sie würde das Hufeisen packen und jemandem an den Kopf werfen. Wenzel und alle anderen sahen Nora Seipp zu, die vor ihren Augen die Tischplatte zu Gundolf Kohn machte und warteten ab, bis sie erschöpft in den Stuhl zurücksank.

Als Wenzel wieder alle Sinnen beisammenhatte, fragte er so instinktlos wie genial: »Und dann?«

Nora Seipp sah ihn mit offenem Mund an. Ihre Zunge wischte den Speichel von ihrer Unterlippe. »Er lag am Boden«, presste sie hervor, noch nach Atem ringend.

»Wie?«, entfuhr es Wenzel.

»Ich hatte ein Trennmesser in der Hand. Man benötigt es für alte Papiere, die in zusammenhängenden Bögen kommen, zum Auftrennen.«

»Und mit dem …«

»Habe ich ihn getötet.«

Schielin wollte auf die juristischen Finessen hier nicht eingehen. »Was haben Sie dann getan?«

»Ich wollte es ihr erklären, aber sie ist wie ferngesteuert an mir vorbeigelaufen, wortlos, einfach vorbeigelaufen und zur Tür hinaus.«

»Wem wollten Sie was erklären?«, fragte Lydia Naber.

»Ja, meiner Mutter.«

»Wie? Sie war dabei, sie hat das alles mitbekommen?«, fragte sie fassungslos.

»Natürlich.«

»Ja, aber ich denke, sie war außer Haus. Wo war sie denn im Haus?«, fragte Schielin.

»Hinten in der Küche hatte sie gestanden. Sie muss in der Zwischenzeit zurückgekommen sein. Ich habe das oben in der Werkstatt nicht mitbekommen. Es war ... schrecklich ... Sie hatte schon Kaffee gekocht ...«

Nun spürte Schielin einen leichten Schwindel. Er fuhr mit der Zunge einige Male über die Lippe.

»Sie hat das alles mit angesehen und mit angehört?«, fragte er.

Nora Seipp nickte und ließ einen grausigen Laut dabei hören.

»Und Gundolf Kohn hat dieses Schauspiel aufgeführt, obwohl seine Frau es mit anhören und ansehen konnte?«

»Ich weiß, das ist nicht zu glauben, aber genauso war es. Genauso war es.«

Schielin nickte. Er wusste, dass sie die Wahrheit sprach. »Wie ging es dann weiter?«

Von Nora Seipps Gesicht liefen die Schweißbäche in Strömen. Ihre Locken waren verklebt und jedes Schwingen war aus ihnen verschwunden. Unter dem Brustbein hatte sich auf dunkelrotem Seidengrund ein tiefschwarzer Ring gebildet.

»Ich weiß nur, dass ich auf einem Stuhl saß und auf diesen verkrümmt daliegenden Menschen gesehen habe. Ich wollte eigentlich die Polizei anrufen, doch dann kam Brüggi die Einfahrt hochgefahren.«

»Sie haben die Tür versperrt«, sagte Schielin.

»Ja. Die Tür versperrt und das Radio leiser gedreht. Ich habe mich dann oben versteckt.«

»Brüggi ist ja gleich wieder verschwunden«, sagte Lydia Naber.

»Ja. Aber dann kam diese eklige Nachbarin ... die Tätowierte.«

Sie sah in die Runde und stellte fest, dass man wusste, wen sie meinte.

»Aber die Tür war doch noch versperrt«, warf Wenzel ein, der keine Angst mehr hatte, dass er es sein könnte, der ihren Redefluss störte.

»Nein. Als Brüggi weggefahren war, habe ich wieder aufgeschlossen und in den Hof rausgeschaut. Ich dachte ... völlig verrückt ... meine Mutter da irgendwo entdecken zu können. Da habe ich dann gesehen, wie diese schwarzhaarige Nachbarin von hinten über die Wiese gekommen ist. In dem Moment ist mir der Keller eingefallen.«

»Der Schacht.«

»Genau.«

»Und durch den sind Sie dann verschwunden.«

»Ja. Mir war eigentlich klar, dass diese Nachbarin umgehend die Polizei holen würde. Ich hatte ja eigentlich vor, das selbst zu tun, bis die dann auftauchte. Es ging alles so schnell. Ich meinte, dass dann ein Geständnis unmöglich wäre und bin eben weggerannt.«

»Durch den Schacht sind Sie dann in der Nacht wieder ins Haus zurück. Warum?«

»Ich hatte etwas für mich Unbezahlbares vergessen. Ein

Geschenk meiner Großmutter. Außerdem war nichts zu hören von einem Mord. Nicht im Radio, nicht in der Zeitung, nicht in den Gesprächen in den Cafés. Ich war auch völlig konsterniert, dass von dem Geschehen nichts mehr zu sehen war. Ich dachte, dass vielleicht meine Mutter …«

Schielin wusste im Moment nicht, was er sagen sollte.

Jasmin Gangbacher freute sich, denn ihr war klar: Es war kein Mord. Mit einem guten Anwalt war es nicht mal Totschlag. Vielleicht war es eine Körperverletzung mit Todesfolge. Je nachdem, welchen Tag das Gericht erwischte. Aber es war kein Mord.

Nach einer Weile, in der alle schwiegen und sich erholten, fragte sie: »Was hat es mit der Zauberei auf sich?«

»Und ich kann meine Mutter dann sehen?«, fragte Nora Seipp wieder.

Schielin versprach es ihr abermals.

»Ich habe es von meiner Großmutter. Es überspringt immer eine Generation.«

»Was überspringt eine Generation?«

»Die Fähigkeit, die Anlage, die Kraft.«

Wenzel verzog das Gesicht.

Nora Seipp sah es. »Es ist aber so. Es geht auch nicht darum, andere Menschen, oder Dinge zu verzaubern. Es geht vielmehr darum, sich selbst zu verzaubern, sich selbst …«

»Und dazu muss man Tiere töten«, kam es anklagend von Schielin.

Sie sah ihn kopfschüttelnd an. »Ja. Ich töte Tiere. Aber keines muss leiden. Überlegen Sie lieber einmal, wo die Tiere herkommen, die in den Hähnchenbratereien so hübsch am Spieß bräuneln. Die werden noch nicht mal mit der Hand angefasst. Da fährt eine Maschine in die Ställe, ein riesiger Staubsauger, und saugt sie einfach raus, in die Schlachterei. Mahlzeit.«

»Ach … und am Tierheim die Katzen?«

Sie zuckte mit den Schultern. »Bedauerlich, aber nicht die Regel. So, nun haben Sie die Mörderin von Gundolf Kohn gefasst, ein Geständnis für Ihre Protokolle – ich möchte nun meine Mutter sehen.«

Schielin kniff die Augen zusammen. »Das haben wir vermutlich nicht.«

Sie funkelte ihn an. »Wie?«

»Gundolf Kohn hat noch einige Stunden gelebt, nachdem Sie das Haus verlassen haben. Das hat die Obduktion ergeben. Das wird eine schwierige Angelegenheit.«

Er berichtete von dem, was die Haubachers im Haus veranstaltet hatten.

Eseltier

Gewitter waren gekommen. Über einen Tag hinweg hatte der smaragdfarbene Schimmer der Wolken einen kräftigen Stich ins Grüne erhalten. Es war, als hielte das Leben für eine Sekunde an, als die erste Böe die Wasserburger Halbinsel streifte und bald darauf die Lindauer Insel traf. Mit einem Mal war der fiebrige Dunst wie weggefegt. Ein Blick nach Westen zeigte, was kommen würde. Es wurde mitten am Tag dunkler und die Konturen der Schweizer Hügel traten scharf hervor. Mit bloßem Auge erkannte man Häuser, Kirchen, Straßen. Die orangenen Sturmwarnungen blinkten an den Ufern, der See erwachte. Allerorten wurden Markisen eingezogen, Sonnenschirme verstaut und Geschirr nach innen geräumt.

Mit Wucht schlug der erste Donner an den Pfänder, hallte mehrfach wider. Die Tage wurden entspannter und in den Nächten kamen kühle Brisen durch die geöffneten Fenster. Die Tage verstrichen gemächlicher.

Schielin saß in seinem Büro und las. Drüben bei der Polizeiinspektion bekam Laurenz Brender einen Plastikbecher Wasser in die Zelle gebracht. Er war im Büro eines Notars ausgerastet, hatte den Mann angegriffen, anschließend versucht seine Wut am Mobiliar auszulassen. Dabei kam der Notar nur seiner Pflicht nach und verlas, was Brenders Mutter verfügt hatte. Sie war einige Tage zuvor gestorben, im Zimmer, oben, mit Blick auf See, Säntis und Altmann. Die Hitze hatte sie noch ausgehalten. Die Abkühlung aber, die gekommen war und alle anderen erfrischte, die hatte sie nicht verkraftet.

Schielin war alleine. Gerade noch hatte er Lydia erzählt, dass das Zusammentreffen von Nora Seipp mit ihrer Mutter entgegen seinen Befürchtungen völlig entspannt verlaufen war. Nora Seipp hatte zu ihm gesagt, dass ihr die Erinnerungslosigkeit ihrer Mutter nichts ausmachte. Jetzt habe sie mehr, als sie jemals zuvor gehabt hatte. Der Prozess sollte erst in einigen Wochen stattfinden. Bis dahin musste sie noch in Memmingen sitzen. Er erzählte Lydia noch, dass Jasmin Gangbacher sie regelmäßig besuchte.

Vorne im Büro bei Robert Funk hatten sich alle anderen versammelt. Wenzel las halblaut aus der Lindauer Zeitung vor. Unterdrücktes Gekicher und Lachen war zu hören. Robert Funk wischte eine Träne von der Backe. Wenzel las einige Passagen des Artikels mehrfach vor, dessen Überschrift lautete: *Feriengäste von Esel gebissen!*

Programm Kriminalromane

Schielins Fälle

Galgeninsel – Schielins erster Fall

Die Leiche des rüden und unbeliebten Immobilienhändlers Kandras treibt vor der Lindauer Insel auf. Seine Hände sind auf dem Rücken gefesselt und die gesamten Umstände seines Verschwindens sind mysteriös.
Galgeninsel, Jakob Maria Soedher, 240 Seiten, € 9,95

Pulverturm – Schielins zweiter Fall

Schielin wird mitten in einer Eseltour mit Ronsard zurückbeordert, um einen Fall zu übernehmen. Ottmar Kinker, ein eigenbrötlerischer, zurückgezogener Junggeselle, liegt erstochen am Pulverturm.
Pulverturm, Jakob Maria Soedher, 240 Seiten, € 9,95

Heidenmauer – Schielins dritter Fall

Der Journalist Günther Bamm wird erschlagen im Stadtgarten von Lindau aufgefunden. Zuletzt war er mit Recherchen für ein neues Buch befasst, in dem es um die Lebensgeschichte von Gemälden ging.
Heidenmauer, Jakob Maria Soedher, 256 Seiten, € 9,95

Hexenstein – Schielins vierter Fall

Schielin findet ein verlassenes Haus vor, der Tisch ist gedeckt, das Radio läuft. Wo ist das Ehepaar geblieben und was führte zu ihrem Verschwinden?
Hexenstein, Jakob Maria Soedher, 304 Seiten, € 9,95

Bucher ermittelt

Der letzte Prediger
Eine junge Frau wird von einem psychopathischen Täter in ihrer Wohnung ermordet. Die Ermittlungen führen in einen Sumpf aus Lebenslügen, familiären Entfremdungen und in den Dunstkreis der Kirchen. Doch wo verläuft die Grenze zwischen doppelbödigen bürgerlichen Existenzen und einem kontrollsüchtigen Mörder, der nicht anders kann, als zu töten – und in welchem Milieu wird sich der Täter finden?

Jakob Maria Soedher, Taschenbuch, 432 Seiten, 9,95 €

Requiem für eine Liebe
Eine tote Frau in der Stille eines verwunschenen Auengrundes. In ihrem Haus findet sich ein Stapel geheimnisvoller Bücher. Ein Gartenbild Liebermanns von ungeklärter Herkunft gerät in den Mittelpunkt der Ermittlungen, und ein zurückgezogen im Wald lebender Kerl gibt Rätsel auf.

Als TB erschienen im Aufbau-Verlag (Berlin), 336 Seiten, 8,95 €
gebunden in der edition hochfeld, Auenklang, 336 Seiten, 16,90 €

Im Schatten des Mönchs
Schon die ersten Ermittlungsschritte bestätigen die Ahnung zweier skeptischer Kollegen – die junge Frau hat niemals Suizid begangen. Wer konnte ein so kalt geplantes Verbrechen begehen? Und woher stammt das fünfjährige Mädchen, das sich in der Wohnung der Toten versteckt hatte und keinen Namen und keine Sprache hat?

Jakob Maria Soedher, Taschenbuch, 400 Seiten, 9,95 €

Danksagung
Besonderen Dank möchten wir unseren Kolleginnen und Kollegen des Südost Verlages aussprechen, sowie dem Autor Manfred Böckl.
Ihrem Einverständnis ist es zu danken, dass wir für unseren vierten Schielin-Krimi den Titel Hexenstein verwenden durften, unter welchem bereits ein Roman von Manfred Böckl erschienen ist.

München Krimi

Rotkreuzplatz da Vinci

Es hätte ein belangloser Morgen werden können; ein weiterer dieser unspektakulären Alltage im Leben des Kunsthistorikers Samuel Binder, Kurator an der Staatlichen Graphischen Sammlung in München. Doch ein so wohltuender und belebender, wie flüchtiger Duft erfasst Samuel Binders Sinne und bringt ihn auf die Spur einer geheimnisvollen Frau. Er stößt auf eine seit Jahrzehnten leer stehenden Wohnung, in der einst ein Verbrechen geschehen ist, bekommt auf mysteriöse Weise eine alte Kriminalakte in die Hand und fragt sich, ob damals der Richtige als Täter festgenommen worden ist. Selbst Handelnder, wird er doch vom Treiben der Dinge mitgerissen, um am Ende festzustellen, dass all das Mysteriöse, das ihm widerfährt, mit ihm selbst zu tun hat. Aus welchen Gründen auch immer – das Schicksal hat ihn dazu bestimmt, die Dinge zusammenzuführen.

Jakob Maria Soedher, Rotkreuzplatz da Vinci, 304 S., 9,95 €, Oktober 2010

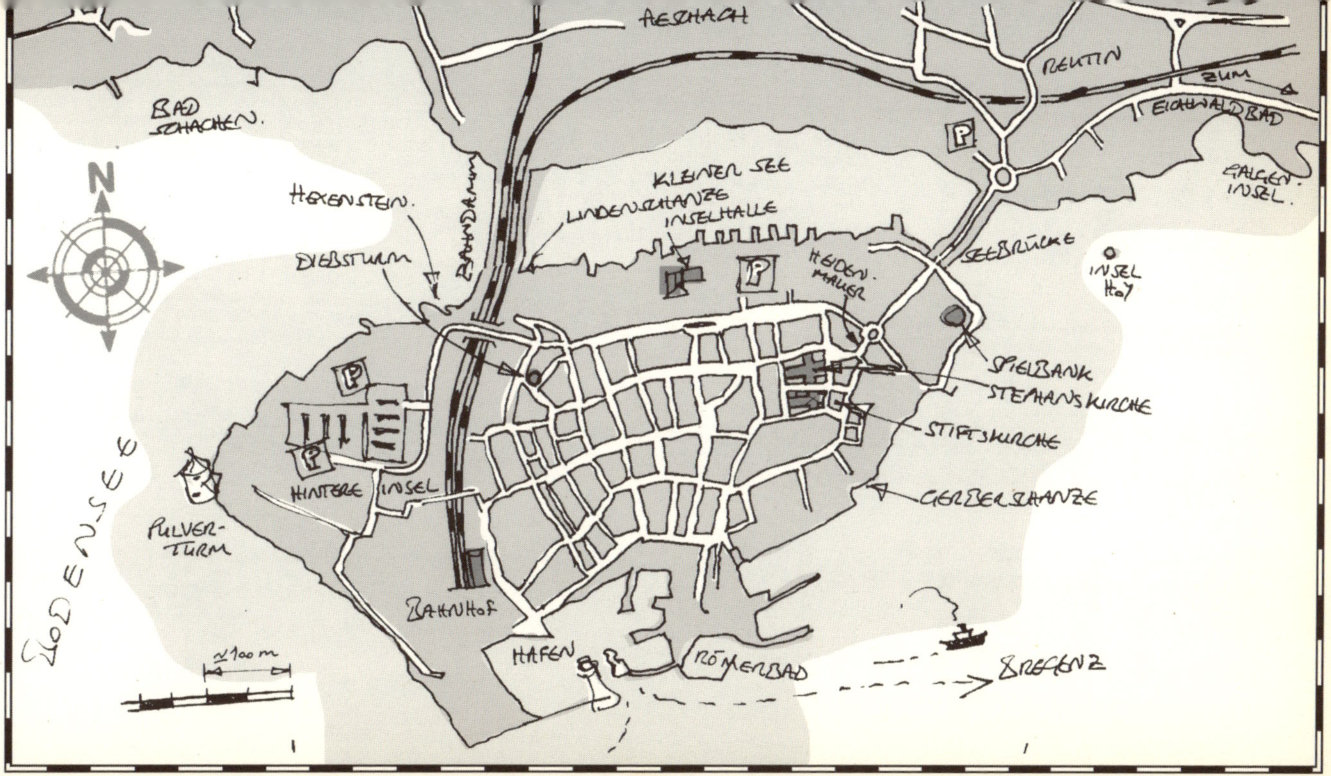
AESCHACH
REUTIN
ZUM
EICHWALDBAD
BAD SCHACHEN.
KLEINER SEE
GALGEN-INSEL.
HEXENSTEIN.
LINDENSCHANZE
INSELHALLE
BAHNDAMM
DIEBSTURM
SEEBRÜCKE
HEIDEN-MAUER
INSEL Hoy
SPIELBANK
STEPHANSKIRCHE
STIFTSKIRCHE
HINTERE INSEL
GERBERSCHANZE
PULVER-TURM
BODENSEE
BAHNHOF
HAFEN
RÖMERBAD
BREGENZ
~100 m
N
P

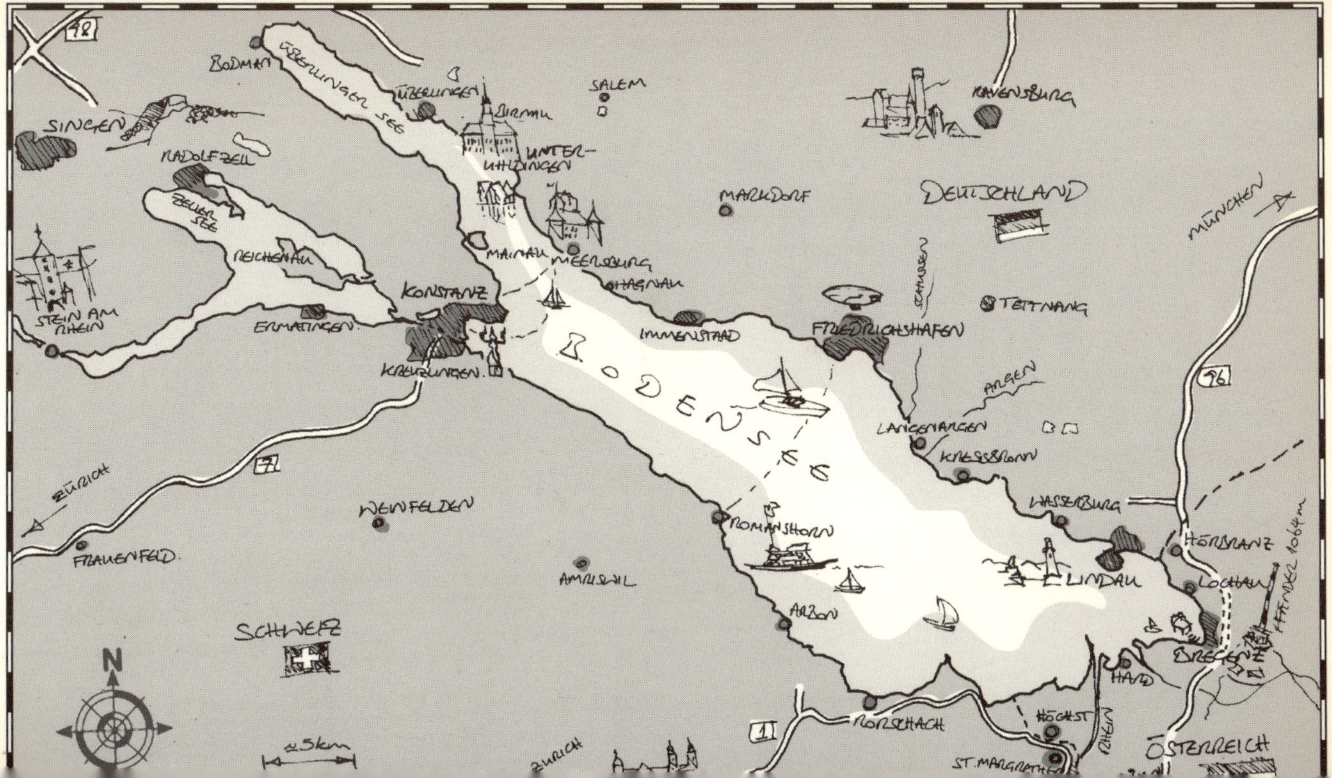

98
BODMAN
ÜBERLINGER SEE
ÜBERLINGEN
SALEM
RAVENSBURG
SINGEN
BIRNAU
RADOLFZELL
UNTER-UHLDINGEN
ZELLER SEE
MARKDORF
DEUTSCHLAND
MÜNCHEN
REICHENAU
MAINAU
MEERSBURG
HAGNAU
KONSTANZ
TETTNANG
STEIN AM RHEIN
ERMATINGEN.
IMMENSTAAD
FRIEDRICHSHAFEN
SCHUSSEN
BODENSEE
KREUZLINGEN.
ARGEN
96
LANGENARGEN
KRESSBRONN
7
ZÜRICH
WEINFELDEN
WASSERBURG
ROMANSHORN
FRAUENFELD.
HÖRBRANZ
PFÄNDER 1064 m
LINDAU
AMRISWIL
LOCHAU
ARBON
SCHWEIZ
BREGENZ
N
HARD
≈ 5 km
1
RORSCHACH
HÖCHST
RHEIN
ZÜRICH
ÖSTERREICH
ST. MARGRATHEN